# इंस्टाग्राम वाला लव

# इंस्टाग्राम वाला लव

## लाइक से लाइफ़ तक

कैलाश मांजू बिश्नोई

MANJUL
मंजुल कथाकार
मंजुल पब्लिशिंग हाउस का इम्प्रिंट

MANJUL

**मंजुल कथाकार**

मंजुल कथाकार, मंजुल पब्लिशिंग हाउस का इम्प्रिंट है

*कॉरपोरेट एवं संपादकीय कार्यालय*

• द्वितीय तल, उषा प्रीत कॉम्प्लेक्स, 42 मालवीय नगर, भोपाल-462 003

*विक्रय एवं विपणन कार्यालय*

• सी–16, सेक्टर 3, नोएडा, उत्तर प्रदेश, 201301

वेबसाइट : www.manjulindia.com

*वितरण केन्द्र*

अहमदाबाद, बेंगलुरू, कोच्चि, कोलकाता, चेन्नई,
हैदराबाद, मुम्बई, नई दिल्ली, पुणे

यह संस्करण मंजुल कथाकार में मंजुल पब्लिशिंग हाउस द्वारा 2025 में प्रकाशित

द्वितीय आवृत्ति 2026

*इंस्टाग्राम वाला लव*



**ISBN 978-93-7317-340-5**



आवरण चित्र : विकाश तोरकोड

टाइपसेटिंग : डीजीअल्ट्राबुक्स प्रा. लि., नई दिल्ली

मुद्रण व जिल्दसाज़ी : रेप्रो इंडिया लिमिटेड

# अनुक्रम

# 1

# कमेंट वाला क्रश

एक दिन इंस्टाग्राम पर श्रद्धा कपूर ने फोटो अपलोड की थी—नीली साड़ी, समंदर किनारे, हवा में उड़ते बाल।

कैप्शन : "Let the waves wash away what the heart can't."

हिमांशु नाम के एक लड़के ने शराफ़त से कमेंट ठोंका : "कुछ लहरें सिर्फ़ किनारों को नहीं, यादों को भी छू जाती हैं।"

आईना नाम की एक लड़की ने कमेंट सेक्शन में वहीं जवाब दिया, "और कुछ यादें लहरों में भी नहीं बहतीं..."

आईना के डीएम में हिमांशु ने भेजा एक मज़ाकिया मैसेज—"आपकी प्रतिक्रिया में समंदर से ज़्यादा गहराई थी। मिलना चाहेंगी कभी?"

आईना ने लिखा—"कभी किसी कविता की वजह से किसी आपके शहर में आई तो ज़रूर।"

इंस्टाग्राम की आभासी गलियों में, जहाँ दिल की धड़कनों से ज़्यादा अंगूठों की गति मायने रखती है, वहीं अगले कुछ मिनट में आईना की एक रील पर हिमांशु ने कमेंट किया था—"pure vibe!"

और वहीं से आईना की आँखें उसके प्रोफ़ाइल तक पहुँची थीं। कुछ देर उसकी फोटोज़ देखीं, फिर 'About' पढ़ा—"Future storyteller | BA Hons DU, Kirodimal College | Overthinker." उस शाम, एक हल्की थकान और एक अजीब सी उत्सुकता में उसने उसे 'follow back' किया। (आज की पीढ़ी का प्रेम ऐसा है कि पहले 'DP' देखो, फिर 'bio' पढ़ो, फिर कोई रील पसंद आ गई तो 'DM' कर दो। अगर जवाब आ गया तो समझो प्रेम की प्रथम सीढ़ी चढ़ ली। लेकिन जवाब न आया तो "सेल्फ रिस्पेक्ट" नामक कोई चीज़ एक्टिवेट हो जाती है और व्यक्ति कैप्शन डालता है—"Love yourself first"।)

और फिर एक दोपहर, जब शहर गर्म था लेकिन उसकी ठंडी चैट, धीमे और धीमे गर्म हो रही थी—आईना ने डीएम में लिखा : "Your last reel... it felt... real."

इश्क़ की दुनिया में एक समय था जब महबूबा की खिड़की पर पत्थर फेंका जाता था, चिट्ठियाँ कबूतर के माध्यम से पहुँचती थीं और प्रेमी छत पर खड़े होकर 'एक झलक' की भीख माँगते थे। पर अब प्रेम डिजिटल डिस्प्ले पिक्चर और सीन ज़ोन में सिमट गया है।

सीन ज़ोन!

इसका अर्थ वही है जो अदालत में तारीख़ मिलने का होता है—"तुम्हारी बात देखी गई है, पर निर्णय बाद में आएगा।"

जिस प्रेम को दिल की गहराइयों से शुरू किया था, वो अब ब्लू टिक पर आकर दम तोड़ रहा है।

आजकल का प्रेमी सुबह उठकर सबसे पहले अपने दिल की धड़कन नहीं, बल्कि व्हाट्सएप पर "Seen 8:03 AM" देखता है।

और फिर शुरू होती है मन के अंदर की हाईकोर्ट :

"उसने देखा, तो जवाब क्यों नहीं दिया?"
"क्या वो किसी और से चैट कर रही है?"
"स्टेटस तो अभी-अभी डाला है, तो जवाब क्यों नहीं दिया?"

इश्क़ अब लव लेटर से नहीं, टाइपिंग... के तीन बिंदुओं से बंधा है।

तीन बिंदु यानी आशा की डोरी—*कुछ तो टाइप कर रही है, शायद माफ़ कर दे... शायद कहे*—'I miss you too'...

लेकिन फिर अचानक टाइपिंग गायब और प्रेमी भी लो-बैटरी मोड में चला जाता है।

और देखिए, अब तो ब्लॉक करना तलाक से भी बड़ा दंड है।

पहले लोग मंदिरों में कसम खाते थे, अब चैट पर कहते हैं—"Seen करके, इग्नोर मत करना प्लीज़!"

सीन ज़ोन का प्रेम न संगीतमय है, न कवितामय।

यह एकतरफ़ा भक्ति है, जिसमें आरती भी तुम उतारते हो, दीप भी तुम जलाते हो और अंत में प्रसाद की जगह "Last seen today at 2:17 AM" मिलता है।

और हद तो तब होती है जब लड़की स्टोरी डालती है—"Healing ✨ #SelfLove"

और लड़का उस पर हार्ट वाला रिएक्शन भेजता है...

जो अब "Double Tap for Disrespect" जैसा महसूस होता है।

प्रेम अब सीन ज़ोन का ज़िन्दाबाद बन चुका है।

जवाब नहीं चाहिए, बस इतना जान लेना कि देखा गया है, ...यही अब इश्क़ की नई मंज़िल है।

आईना को याद है, उस सुबह उसने अलवर की छत से पढ़ाई शुरू की थी, पर इंस्टाग्राम की नोटिफिकेशन ने स्लेट पर उँगली फेर दी—"Hi Aina, I think you are preparing for REET?"

पहला विचार : *ये लड़का स्टॉकर है या स्कॉलर?*

पर उसकी प्रोफ़ाइल देखी, कैमरे की धूप, वीडियो में गाँवों की धूल और कैप्शन में कुछ ऐसा जो किताबों में नहीं मिलता—"Learning to fail beautifully."

आईना ने पलटकर लिखा—"Yes, how did you know?"

और उत्तर आया... "इंस्टाग्राम पर आपकी टाइमलाइन पढ़ ली!"

पढ़ाई छोड़कर कोई उसका रूटीन पढ़े... ये भी आज़ादी की एक परिभाषा थी और थोड़ी चाय जैसी मीठी।

उस दिन, दो चीज़ें गर्म थीं—

गुनगुनी धूप में रखी उसकी किताबें
हिमांशु की 4G की भावनाएँ

एक माँ की तरह समाज ने कहा था... "फ़ोन मत छुओ, पढ़ाई बिगड़ जाएगी।"
पर दिल ने कहा, *कभी-कभी सिलेबस से बाहर की बातें भी आत्मा का पोर्शन होती हैं।*

सुबह 8 बजे "Good morning" से शुरू हुई चैट।

8:30 पर "क्या आपने दही-भल्ले खाए हैं इंडिया गेट पर?"

9 बजे हिमांशु ने जवाब दिया—"हाँ।"

उस दिन पढ़ाई के चार पीरियड मिस हुए, पर हिमांशु के 100 मैसेज पूरे हुए। पीडीएफ़ न खुले, पर दिल के नोट्स बनने लगे। आईना ने मोबाइल की स्क्रीन पर उँगली फिराई, जैसे दिल की स्याही से अंडरलाइन कर रही हो... उसका हर जवाब।

नोटबुक के लास्ट पेज पर लिखा था—

"Attempt all MCQs."... और वो सारे MCQs अब हिमांशु ही बन चुका था।

—Most Caring?
—Most Confusing?
—Most Chatty?

उत्तर? All of the above.

दोपहर को माँ ने पूछा, "तू क्यों इतना मुस्कुरा रही है? टेस्ट में अच्छे नंबर आए क्या?"

आईना ने झूठ नहीं बोला, "हाँ माँ, किसी ने मेरे दिल की कॉपी पर हस्ताक्षर किए हैं।"

हिमांशु का अगले दिन मैसेज स्क्रीन पर उभरा, जैसे किसी पुराने संदूक से इत्र में भीगी चिट्ठी अचानक हाथ लग जाए—

"चाहे जो भी हो अंजाम, तुझे चाहूँगा
ज़िंदगी भर तेरा नाम ही गाऊँगा
तेरी चाहत में जो दर्द मिला है मुझको
उसको भी अपने सीने से लगाऊँगा"

आईना ने उसे पढ़ा और होंठों पर एक ऐसी मुस्कान आई, जो न पूरी हँसी थी, न पूरी गंभीरता। उसने टाइप किया— "दर्द को गले लगाने की आदत अच्छी नहीं, जनाब।"

दूसरा मैसेज आया, जैसे किसी पुराने पेड़ पर नया झूला हिल रहा हो—

"प्यार का पहला ख़त लिखने में वक़्त तो लगता है
नए परिंदों को उड़ने में वक़्त तो लगता है

जिस्म की बात नहीं थी, उनके दिल तक जाना था
लंबी दूरी तय करने में वक़्त तो लगता है”

आईना ने स्क्रीन पर उँगलियाँ रोकीं, फिर जवाब लिखा—“मतलब, तुम ये कहना चाह रहे हो कि मेरी ‘रीड रिसीट’ देर से आना भी रोमांटिक है?”

हिमांशु का अगला पैग़ाम था, जो किसी चुप शाम में गिरते पत्ते की तरह हल्का और उदास था—

“उसकी हसरत है जिसे दिल से मिटा भी न सकूँ,
ढूँढ़ने उसको चला हूँ जिसे पा भी न सकूँ।”

आईना ने अपनी भौंहें उठाईं और मज़ाकिया लहजे में लिखा—“तो आप एक तरह से गूगल मैप्स पर ‘नो रूट फाउंड’ वाले रिश्ते के शौकीन हैं?”

इसके बाद स्क्रीन पर जैसे धीमे से सितार के तार छू गए हों—

“तुम को आता है मेरे प्यार पर ग़ुस्सा लगता है,
मुझ को तेरे ग़ुस्से पर प्यार आता है।”

आईना ने मुस्कुराहट वाली इमोजी भेजी।

हिमांशु ने एक और पैग़ाम भेजा, जैसे शाम की हवा में गुलाब की हल्की ख़ुशबू घुल रही हो—

“अपने होंठों पर सजाना चाहता हूँ,
आ, तुझे मैं गुनगुनाना चाहता हूँ।
कोई आँसू तेरे दामन पर गिराकर,
बूँद को मोती बनाना चाहता हूँ।”

आईना ने हँसने वाली इमोजी के साथ टाइप किया—"कविता में तो ठीक है, पर रियल में आँसू गिराने से पहले टिश्यू रखना, वरना दामन का ड्राई-क्लीन बिल तुम भरोगे।"

फिर उसने पढ़ा—

"अपने हाथों की लकीरों में सजा ले मुझको,
मैं हूँ तेरा, तू नसीब अपना बना ले मुझको।
मैं जो काँटा हूँ, तो चल मुझसे बचा कर दामन,
मैं हूँ गर फूल तो जूड़े में सजा ले मुझको।"

उसने जवाब दिया— "काँटे और जूड़े... दोनों का रखरखाव मुश्किल है। फूल वाले ऑप्शन पर सोच सकती हूँ।"

हिमांशु ने अगली पंक्तियाँ भेजीं, मानो रात के आकाश में एक और तारा जोड़ दिया हो—

"सौ चाँद भी चमकेंगे तो क्या बात बनेगी
तुम आए तो इस रात की औक़ात बनेगी"

आईना ने एक इमोजी भेजा—😊— और लिखा—"इतनी तारीफ़ तो चाँद भी सुनकर शरमा जाए, पर अभी मैं मुँह पर फेस मास्क लगाए बैठी हूँ... औक़ात थोड़ी डाउन है।"

उस शाम आईना के हाथ में सिलेबस का प्रिंटआउट था और दिल में किसी नए चैप्टर की रूपरेखा।

हिमांशु ने पूछा—"क्या तुम कैमरे के सामने आओगी?"

आईना ने मुस्कुराकर इमोजी भेजा—😳 🙈

कभी-कभी, इंसान कैमरा-शाय नहीं होता, बस अपने रियल इमोशंस से डरता है। पर उस दिन डर भी रोमांच लगने लगा ...जैसे कोई MCQ में गेस सही बैठ जाए।

आईना की डायरी में लिखा गया—"आज हिमांशु ने पढ़ाई नहीं करवाई, पर पढ़ाया ज़रूर... मुस्कराना। बिना वजह, बिना सिलेबस।"

रात में उसने सोचा, *क्या यही डिस्ट्रैक्शन है?* पर दिल ने उत्तर दिया—*नहीं, ये वो कन्संट्रेशन है जो आँखों में टिक जाता है... पर्मानेंट मार्कर की तरह।*

शाम का वह हिस्सा जो ना पूरी तरह से दिन था, ना रात... जैसे कोई रिश्ता जो तय नहीं है, पर तय हो चुका है। अलवर की गली से आती हल्की रोशनी और कमरे के कोने में टिके उस मोबाइल की स्क्रीन पर अब भी हिमांशु का seen चमक रहा था। आईना की उँगलियाँ स्क्रीन पर ठहरी थीं, पर जवाब देने की जल्दी में नहीं थीं। शायद मन कहीं और था या शायद वो जानती थी कि कुछ देर की चुप्पी, प्रेम को गहराई दे देती है। किसी संवाद को लेट करना, कभी-कभी उसे अधिक मूल्यवान बना देता है। बाहर हवा में नमी थी, लेकिन भीतर कुछ और बह रहा था ...कोई डिजिटल स्पंदन, जो अब भावना बन चुका था।

हिमांशु ने मोबाइल स्क्रीन को ऐसे घूरा जैसे उसमें कोई पुरानी परीक्षा का रिजल्ट छपा हो, वो भी तब, जब आप पास हो चुके हों, पर अंक नहीं आए हों। सुबह 9:03 पर भेजा गया "GM Aina" अब भी Seen Zone में लटका था, जैसे रेलवे प्लेटफॉर्म पर कोई ट्रेन हो, जो आएगी... पर अनाउंसमेंट नहीं हो रहा।

10:42 पर उसका धैर्य जवाब दे गया... "लगता है मेरी स्पीड 4G है, तुम्हारे नेटवर्क में ही problem है।"

आईना ने एक सेकंड सोचा... फिर हँसी। वो हँसी कोई सामान्य इमोजी वाली प्रतिक्रिया नहीं थी—उसमें एक मौन स्वीकार था कि 'हाँ, इस लड़के के पास शब्दों का वो तराजू है, जो भावनाओं का वज़न नाप सकता है।'

दो मिनट बाद उसका जवाब आया—"नेटवर्क पर शक नहीं, डेटा ऑफ था... अब ऑन कर दिया है।"

हिमांशु ने सोचा—*वाह! लड़की है या* Wi-Fi, hotspot, *एक बार जुड़ जाए तो पूरा दिन डेटा फ्री लगता है।*

और यहीं से उनका चैट-रिश्ता Seen Zone से निकलकर Soul Zone में प्रवेश कर गया... जहाँ हर चैट सिर्फ़ उत्तर नहीं, इंतज़ार का प्रमाण थी। अब चैट्स सवाल नहीं करती थीं, वे दो आत्माओं के बीच चल रहे अनकहे संवादों की लिपि थी ...जिनमें कभी-कभी GIF, कभी Sticker और कभी सिर्फ़ "Hmmm..." होता था ...पर हर चीज़ का अपना एक अर्थ था।

उस शाम की हवा में एक हल्की-सी ठंडक थी—जैसे किसी पुराने ख़त की तह से कोई अधूरी कविता बाहर निकल आई हो। आईना खिड़की के पास बैठी थी, मोबाइल की स्क्रीन पर उँगलियाँ चल रही थीं, लेकिन आँखें स्थिर थीं—किसी ऐसे व्यक्ति की तरह, जो भीतर कुछ महसूस रहा हो, बाहर कुछ लिख रहा हो। वहीं दूसरी ओर, हिमांशु कमरे की दीवार से टिका हुआ, चैट विंडो के हर शब्द को पढ़ते हुए मुस्कुरा रहा था ...उसकी हँसी किसी पुराने रेडियो की तरह धीमी, मगर गुनगुनी थी। यह कोई साधारण बातचीत नहीं थी; यह प्रेम का वह प्रारंभ था, जहाँ शब्दों के बीच इमोजी की आँच थी और तुकबंदियों में दिल की धड़कन।

"तुम्हारे प्रोफाइल पर जो ब्लर है, वैसा ही मेरा दिल भी धुँधला-सा हो गया तेरे ...में।"

आईना ने पलटकर कहा, "फिर फोकस कर लो, मैं ताज़गी की कॉफ़ी की तरह हर दिन क्लियर हो जाऊँगी।"

कभी ये संवाद हँसी में बह जाते, कभी इशारे में उलझ जाते।

"तुम्हारी हर पोस्ट पर दिलवाले इमोजी देखकर लगता है, तुम तो दिल की डाकू हो।"

आईना ने मुस्कराकर लिखा, “तो दिल दे दो, फिर डाका क्यों डालूँ?”

इन कुछ लाइनों में दो शहरों के बीच की दूरी जैसे मिटने लगी थी। वो इंस्टा के रील्स नहीं थे... वो तो धड़कनों की पंक्तियाँ थीं, जिन्हें हिमांशु अपनी आँखों से पढ़ रहा था।

“तुम्हारी स्टोरी में इतना एटीट्यूड क्यों होता है?”

आईना ने टाइप किया, “तुम्हारे कमेंट में जो फ़िक्र होती है, उसी का असर है।”

और सच में, ये संवाद बस स्क्रीन पर नहीं, उनके चेहरों पर खिल रहे थे—जैसे गुलाब की पंखुड़ियों पर ओस... जैसे पहली बारिश में बूँदों की टपक।

“तुम्हारी इंस्टा प्रोफाइल देखी, तुम तो पेंटिंग्स भी पोस्ट करती हो?”

आईना ने कहा, “हाँ, दिल की भावनाएँ रंगों में भर देती हूँ।”

हिमांशु लिखता है, “तो एक बार मेरा दिल भी पेंट कर दो, थोड़ा ‘ब्राइट’ हो जाएगा।”

ये कोई चैट नहीं थी, ये तो दो आत्माओं की बातचीत थी—जहाँ शब्द प्रेम के कपड़े पहनकर, वक़्त की देहरी पर नाच रहे थे।

“मेरी स्टोरी पर तुमने जो ‘🔥’ इमोजी छोड़ी, मेरे अरमानों में आग लग गई।”

आईना ने तब लिखा, “अगले स्टोरी में ‘❄️’ भी डाल दूँगी—ताकि थोड़ी ठंडक भी महसूस हो।”

रात गहराती गई थी, लेकिन नींद किसी वेटिंग लिस्ट में अटकी हुई थी जैसे उसे मंज़ूरी तभी मिलेगी जब हिमांशु का “good night” आएगा और आईना “sleep tight” कहेगी। उन दोनों की बातचीत किसी ‘नेटवर्क’ पर नहीं, अब भरोसे पर चल रही थी।

उनके दिलों में अब कोई ब्लर नहीं था—था केवल फोकस।

आईना की स्क्रीन हल्की नीली रोशनी में झिलमिला रही थी और मोबाइल के उस छोटे से कोने में दो दिल एक-दूसरे के बहुत पास बैठे थे—बिलकुल

वैसे, जैसे किसी कहानी के दो किरदार, जो पहली बार एक-दूसरे को ख़ुद से भी ज़्यादा पढ़ रहे हों।

शाम ढल चुकी थी, लेकिन कमरे में वो रोशनी अब भी थी जो किसी स्क्रीन से नहीं, किसी प्रतीक्षा से फूटती है। आईना अब शांत थी... और हिमांशु भी। दोनों ने एक ही बात समझी थी कि डिजिटल दुनिया में हर 'Seen' मतलब 'समझा हुआ' नहीं होता, पर कुछ लोग ऐसे होते हैं जिनकी चुप्पी भी उत्तर बन जाती है। मोबाइल की स्क्रीन पर अब कुछ नया नहीं था, पर मन में एक स्थायी संवाद चल रहा था। शायद प्रेम का सबसे गूढ़ रूप वही है—जहाँ शब्द ख़त्म हो जाते हैं और अनुभूति शुरू होती है।

रात अपनी सबसे सधी हुई चुप्पी में थी। खिड़की के बाहर शहर सो चुका था, लेकिन आईना की उँगलियाँ अब भी मोबाइल स्क्रीन पर चल रही थीं, जैसे किसी पुरानी चिट्ठी को फिर से पढ़ा जा रहा हो। बैटरी की लाल बत्ती अब मात्र चेतावनी नहीं, मोहब्बत की साक्षी थी... यह वही क्षण था, जब टेक्नोलॉजी भी हार मान गई थी, लेकिन दिल नहीं। उसके कमरे में फैला अँधेरा जैसे कोई इंतज़ार था, हिमांशु की आवाज़ का, जो अब शब्दों में नहीं, साँसों में घुलता चला आ रहा था। शायद प्रेम में संवाद कभी पूरा नहीं होता, वह बस देर तक खिंचता है... जैसे सूरज डूबने के बाद भी आकाश में उसकी रोशनी देर तक टिकी रहती है।

रात के दो बज रहे थे, मोबाइल की स्क्रीन पर चमकती 2% बैटरी और आँखों में चमकते 200 परसेंट जज़्बात ...यह किसी प्रेम कथा का आख़िरी पन्ना नहीं था, बल्कि शायद वही पहला वाक्य था, जिससे कोई गाथा शुरू होती है।

"तू चार्जर लगा ले, मैं तब तक दिल की बातें करता हूँ।" हिमांशु की आवाज़ स्क्रीन से ज़्यादा, दिल की धड़कनों में सुनाई दी।

आईना हँसी—एक थकी हुई, लेकिन जगी हुई हँसी... "पहले तुम बताओ, मुझे किसने चार्ज किया?"

मोबाइल के स्पीकर से आई ख़ामोशी का कंपन पूरे कमरे में गूंजा। वह कोई जवाब नहीं था, एक स्वीकार था।

"दिल लेना खेल है दिलदार का
अजीब सा खेल, क्या कहें इस इम्तिहान का..."

आईना ने गुनगुनाया। लगता था जैसे वॉट्सएप कॉल अब रेडियो हो गया हो और उस रेडियो में इश्क़ का चैनल ट्यून हो चुका हो।

फ़ोन के उस पार न कोई लाइट जल रही थी, न कोई रिकॉर्डिंग चालू थी पर वो बातचीत किसी शाश्वत गीत की तरह जन्म ले रही थी, जिसे दो आत्माएँ गुनगुना रही थीं।

"जो भी हुआ है वो प्यार में हुआ है,
दिल ने हर राज़ खोल दिया।
तुझसे मिलने की चाहत ने,
हर ख़्वाब नया खोल दिया।"

आईना चुप थी, पर उसका मौन एक संगीत था और हर नोट हिमांशु की आवाज़ में प्रतिध्वनित हो रहा था। कॉल किसी डेटिंग ऐप का हिस्सा नहीं थी, यह प्रेम का आधी रात का आरंभ था।

"तेरे मेरे मिलन की ये रैना
नया कोई गुल खिलाएगी।
तभी तो चंचल हैं तेरे नैना
देखो ना, देखो ना,

तेरे मेरे मिलन की ये रैना...”

सुनते-सुनते आईना की आँखें भीग गईं और हिमांशु ने यह नहीं पूछा कि क्यों। प्रेम में आँसू पूछे नहीं जाते, वे सुने जाते हैं।

“उधर तुम हसीं हो, इधर दिल जवाँ है
ये रंगीन रातों की एक दास्ताँ है।
ये कैसा है नग़मा, ये क्या दास्ताँ है?

बता ए मोहब्बत, मेरा दिल कहाँ है?” हिमांशु ने शायराना अंदाज़ में कहा।

“अफ़साना लिख रही हूँ, दिल-ए-बेकरार का
आँखों में रंग भर के तेरे इंतज़ार का,
जब तू नहीं तो कुछ भी नहीं है बहार में
जी चाहता है मुँह भी ना देखूँ बहार का” आईना ने लिखा।

“संवादों से बीत गई, आठों पहर रैन।
मोबाइल की खिड़की बनी, दो दिलों का चैन॥
बात-बात में रात बही, सुध-बुध गई उड़ाय।
आईना के हँसी-हँसी में, दुनिया नयी बसाय॥” हिमांशु ने लिखा।

“लोग कहे क्या प्यार हुआ, इंस्टा पर जो मिलाय।
हिमांशु हँसे, कहे सहज—‘प्रेम कहाँ डराय?’।” आईना ने शायराना अंदाज़ में जवाब दिया।

दिल्ली की सर्द हवाओं ने उस रात कुछ ख़ास कहानियाँ अपने दुपट्टे में समेट रखी थीं। मोबाइल की स्क्रीन एक खिड़की बन चुकी थी और वह खिड़की अब किसी सामाजिक चौखट की मोहताज नहीं थी। हिमांशु और आईना

की बातचीत अब टेक्स्ट से कहीं आगे, भावनाओं की टाइपिंग में तब्दील हो चुकी थी। किसी शाम की चाय की तरह, उनके बीच की ख़ामोशी भी अब गरमागरम होने लगी थी। चौपाइयों की मिठास और शेरों की नमी से लिपटे संवाद—यही उनका रात्रिकालीन संसार बन चुका था, जहाँ प्रेम की कोई रीति नहीं थी, केवल प्रतीक्षा और उपस्थिति थी।

सुबह की पहली किरण खिड़की से झाँक रही थी, पर मोबाइल की स्क्रीन अब बुझ चुकी थी। कॉल कट गया था, लेकिन जो जुड़ा था वह कहीं अंदर तक जाकर ठहर गया था। आईना की पलकें भारी थीं, पर मन हल्का था ...जैसे कोई प्रश्न अब प्रश्न नहीं रहा। उस रात उन्होंने एक-दूसरे की आवाज़ में अपने हिस्से की नींद बाँट ली थी।

आज का प्रेम अक्सर कोई बड़ी घटना नहीं होता ...वो दो फीसदी बैटरी और बेतहाशा सहेजे गए शब्दों की चुप बातचीत में घटता है।

कभी-कभी... सुहागरात से पहले ही दो दिल साथ सो चुके होते हैं—अलग-अलग कमरों में, एक ही सपने के भीतर।

कमज़ोर दिल वालों के लिए इंस्टाग्राम युद्धभूमि है।

लड़के की आत्मा हर बार कांप जाती है जब वो किसी लड़की को फॉलो करते हैं... और 3 मिनट बाद, 47 बार प्रोफाइल चेक करते हैं—"उसने फॉलो बैक किया या नहीं?"

नहीं किया तो मन में संशय—

"क्या मेरी प्रोफाइल अच्छी नहीं?"

"क्या मेरी पोस्टें कम cute हैं?"

"क्या DP में फिल्टर कम था?"

अब इश्क़ में इंतज़ार की परिभाषा भी बदल चुकी है... पहले चौराहे पर खड़े होके इंतज़ार होता था, अब इंस्टा की फॉलोइंग लिस्ट पर नज़रें गड़ी

होती हैं। अगर किसी लड़की ने गलती से भी "फॉलो बैक" कर लिया—तो समझिए प्रेम के सात फेरे ऑनलाइन ही हो गए।

और नहीं किया तो एकांत में बैठकर दर्दभरी कविता—"तूने प्रोफाइल देखी, पर मुझे नहीं समझा..."

कुछ तो इतने भावुक होते हैं कि अगर लड़की ने फॉलो बैक नहीं किया तो Unfollow करके भी चैन नहीं मिलता। तुरंत एक स्टोरी लगाते हैं—

"I don't chase people, I replace them. 💔"

और अगली सुबह फिर से उसे ही फॉलो करते हैं... और फिर वही चक्र—"क्या उसने देखा? क्या उसने माना? क्या उसने मुझे वर्चुअल स्वीकारा?"

इंस्टाग्राम की Follow Back न मिलने की पीड़ा, अब वो अघोषित मानसिक बीमारी है जिसका इलाज न साइकोलॉजिस्ट के पास है, न इंस्टाग्राम के डाटा सेंटर में।

इश्क़ अब दिल से नहीं, followers की संख्या से मापा जाता है। और जो "follow back" नहीं करता... उसके लिए कमज़ोर दिल वालों की आत्मा से आवाज़ आती है—"काश तूने मुझे नहीं, पर मेरी feelings को ही follow कर लिया होता..."

इश्क़ पहले ख़तों में अटकता था, अब "टाइपिंग..." में अटकता है। पहले महबूबा का जवाब न आए तो लोग डाकिए को गरियाते थे, अब टाइपिंग देख-देखकर मोबाइल की स्क्रीन को तकते हैं, जैसे वो महबूबा की आँखें हों।

"टाइपिंग..."—एक ऐसा भावनात्मक झूठ जो प्रेमी को उम्मीद भी देता है और टेंशन भी।

मन कहता है—*देखो, वो कुछ लिख रही है...* पर दिल पूछता है—*इतना क्या लिख रही है?* UPSC *का निबंध?*

अब तो प्रेमी को टाइपिंग देखकर लगने लगता है कि शायद वो लड़की "I love you too" नहीं, बल्कि पूरी टर्म्स एंड कंडीशंस टाइप कर रही है।

टाइपिंग एक ऐसा ट्रैप है, जिसमें आशा लटकती है। तीन डॉट्स (...) में अब तीन भावनाएँ समाई होती हैं—

1. शायद अब माफ़ कर दे।
2. शायद अब बोल दे, "चलो फिर से बात करते हैं।"
3. या फिर—"सॉरी, मैं किसी और को चाहने लगी हूँ!"

लेकिन फिर अचानक टाइपिंग बंद... और प्रेमी के दिल में बफरिंग चालू।

"क्या नेट चला गया?"

"क्या उसने डिलीट कर दिया?"

"क्या मैं अनसीन हो गया?"

असली प्रेम का इम्तिहान वही है जो चैट विंडो में टाइपिंग... देखकर भी शांत रह सके। अब आप ही बताइए, ये कैसा इश्क़ है जिसमें कोई कुछ लिखता नहीं, सिर्फ़ टाइपिंग करता है? जिसमें लड़का एक जवाब के लिए 45 मिनट बैठा रहता है—और फिर भी जवाब नहीं आता, लेकिन इंस्टाग्राम स्टोरी तुरंत अपडेट हो जाती है—"कुछ जवाब ख़ामोशी में भी होते हैं..."

कभी-कभी ये टाइपिंग ऐसी भी होती है जैसे कोई सर्जन ऑपरेशन कर रहा हो। लड़का सोचता है—

"हो सकता है वो मैसेज टाइप करते-करते इमोशनल हो गई हो..."

"शायद रो रही हो..."

या

"शायद बस इमोजी ढूँढ़ रही हो..."

लेकिन इस प्रेम में न आख़िरी शब्द होता है, न आख़िरी उम्मीद। बस "टाइपिंग..." चलती रहती है और प्रेमी—चार्जर लगाकर, स्क्रीन लॉक करके, फिर अनलॉक करके, बार-बार देखता रहता है—शायद अब लिखा हो : "मैं भी तुझसे प्यार करती हूँ..."

आज का प्रेम कमिटमेंट से नहीं, टाइपिंग से तय होता है। जवाब आ भी जाए तो भावनात्मक कर्ज और न आए तो "Seen पे मत जाना यार, टाइपिंग देखो... उम्मीद अभी ज़िंदा है!"

अब इश्क़ में दिल की धड़कन नहीं, मोबाइल का नोटिफिकेशन बजता है। पहले प्रेम में 'प्रणय निवेदन' होता था, अब फॉलो बैक होता है। इश्क़ अब गुलाब से नहीं, इंस्टाग्राम के हार्ट वाले बटन से होता है। पहले रांझा दरिया पार करता था, अब लड़का 5 सेकेंड की रील बना कर दरिया में डूबने की एक्टिंग करता है और लड़की कमेंट कर देती है—"aww so cute!" बस, यही है आज का इश्क़!

एक ज़माना था जब चिट्ठियाँ इश्क़ की पूंजी होती थीं। आजकल तो व्हाट्सएप पर ब्लू टिक देखकर दिल टूटता है। प्रेम की परिभाषा अब "seen at 9:02" बन चुकी है। जवाब नहीं आया तो यह समझो कि मोहब्बत 'डेटा लिमिट' के साथ समाप्त हो गई है। यह देख कर मुझे संत कबीर याद आते हैं—"प्रेम गली अति सांकरी..." लेकिन आज की प्रेम गली में स्पॉन्सर्ड ऐड और डिजिटल पोस्टर लगे हुए हैं।

सच कहूँ, तो आज का प्रेम रिचार्ज प्लान जैसा हो गया है—28 दिन तक unlimited attention, फिर validity ख़त्म। पुराने ज़माने में प्रेमी-प्रेमिका एक-दूसरे की आँखों में ब्रह्मांड देख लेते थे, अब तो स्क्रीनशॉट लेकर दोस्तों को दिखाते हैं—"देख इसने 'seen' किया लेकिन जवाब नहीं दिया। घटिया इंसान है!"

आज के समय में एक लड़का IAS बनता है, लड़की कमेंट करती है—"so proud of you" और अगले दिन प्रपोज़ल भेज देती है। अब दिल नहीं देखा जाता, LinkedIn प्रोफाइल देखी जाती है।

प्रेम अब सेक्रिफाइस नहीं, स्ट्रेटजी है। कौन पहले मैसेज करे, कौन स्टोरी देखे, कौन टाइपिंग में रुके और कौन एक इमोजी भेज कर सब स्पष्ट कर दे—इन सब में दिमाग इतना खर्च होता है कि यूपीएससी की तैयारी भी आसान लगती है।

और यदि ब्रेकअप हो गया तो तुरंत डीपी काली, स्टोरी में "healing" और कैप्शन में—"No more expectations, only reality!"

साहब, अब मोहब्बत में दर्द नहीं होता, एल्गोरिदम फेल होता है।

अगर तुलसीदास आज होते तो शायद लिखते—

"सीन बिना संयोग नहीं, रिप्लाई बिना प्रेम नहीं!"

तो अब प्रेम के मंदिर में घंटी नहीं बजती, notification की टनटनाहट होती है। रिश्ता तभी तक जीवित है जब तक नेट चालू है और प्रेमी वही जो typing करते हुए धोखा न दे।

मुझे डर है कि आने वाले समय में शायद शादी के कार्ड में लिखा जाएगा—

"With blessings of Jio and Airtel, we are pleased to invite you..."

कुल मिलाकर, आज का प्रेम एक एप है—इंस्टॉल करो, चलाओ और जब बोर हो जाओ तो अनइनस्टॉल कर दो।

और पीछे सिर्फ़ एक लाइन रह जाती है—

"Last seen yesterday at 9:02 PM."

उस रात अलवर की हवा में एक हल्की ठंडक उतर रही थी। खिड़की के शीशे पर जमी नमी में आईना की उँगलियों ने कुछ नाम लिखे, जिन्हें उसने तुरंत मिटा भी दिया। जैसे कोई ख़्वाब देखने से पहले ही डर जाए कि वो टूट जाएगा। दूसरी ओर हिमांशु फरीदाबाद स्थित घर की छत पर बैठा तारों को गिन रहा था... पर असल में, वो उन पलों को गिन रहा था जो अब आईना से बात किए बिना गुज़र रहे थे। मोबाइल की स्क्रीन पर 'टाइपिंग...' दिखा और फिर कुछ नहीं। उस अधूरे क्षण में, किसी रोमांस—उपन्यास की पूरी कहानी छिपी थी। वह चुप्पी, जिसमें प्रेम अपनी पूरी संपूर्णता से बोला ...बिना बोले।

"मैं तुम्हें सुनना चाहता हूँ, कहना नहीं," हिमांशु ने वॉइस नोट भेजा।

आईना ने उसे जवाब में एक भी शब्द नहीं कहा... सिर्फ़ एक साँस ली और ऑडियो नोट के रूप में भेज दी—गहरी, धीमी, जैसे किसी सदी से बहकर आई हो।

हिमांशु ने उस वॉइस नोट को दस बार सुना। वो चाहने लगा कि जो लड़की यूँ अपनी साँसों की आहट भेजती है, वो उसकी किताबों में नहीं—उसके जीवन में रहे।

रात की नीम रोशनी में, मोबाइल की बैटरी कम थी पर दिल की बैटरी फुल चार्ज और एक छोटे से संदेश में प्रेम की पूरी परिभाषा समा गई।

"क्या ये प्रेम है?"

"नहीं," आईना ने लिखा, "ये प्रेम की प्रतीक्षा है... जैसे सोंधी—सोंधी ख़ुशबू बारिश से पहले आती है।"

तभी जैसे कोई दूसरी दुनिया खुल गई—

हिमांशु ने लिखा :

"कभी-कभी दो लोग सिर्फ़ इसलिए प्रेम में पड़ते हैं क्योंकि वो अकेलेपन से एक जैसी बातें करते हैं।"

आईना ने उत्तर दिया—"या क्योंकि दोनों रवींद्रनाथ ठाकुर को चुपचाप पढ़ते हैं और बोलते हैं—'मैं तुम्हें प्रेम करता हूँ, न कह सकूँ इतना ही प्रेम है।'"

आईना ने लिखा :

"तुम्हारी voice में वो मौन शब्द हैं, जो मुझे किसी भी गाने से ज़्यादा अच्छे लगते हैं।"

हिमांशु ने उत्तर दिया :

"क्योंकि ये गाना तुम्हारे लिए ही बना है। तुम्हारा नाम 'आईना' है—और मैं हर बार ख़ुद को बेहतर दिखाना चाहता हूँ, जब तुम मुझे देखो।"

रात धीरे-धीरे सुबह में घुल गई थी। आसमान हल्का नीला था और मोबाइल की स्क्रीन पर आख़िरी voice note की 'Seen' रेखा अभी भी ताज़ा थी। आईना ने खिड़की के पार झाँककर देखा—दुनिया वही थी, पर भीतर

कुछ बदल गया था। यह प्रेम कोई तेज़ आँधी नहीं था, यह तो ठहरी हुई बूँद थी, जो चुपचाप आत्मा में उतरती चली जाती है।

हिमांशु ने बाद में लिखा—"वो दो सेकंड की साँस... शायद वही मेरी पूरी उम्र बन जाएगी।"

और प्रेम, इस बार कोई इश्तिहार नहीं था—वह एक voice note था...

जिसे मिटाया नहीं गया, दोबारा सुना गया... हर बार, नए अर्थ में, नई साँस के साथ।

दिल्ली की रातें जब अपनी साँसें भीतर खींच लेती हैं और अलवर की गलियाँ नींद से पहले हल्के कुहरे में लिपट जाती हैं... तब प्रेम किसी अलक्षित ताप की तरह मन में पसरने लगता है। खिड़की के बाहर सर्दी की हवा जब चेहरे को छूकर जाती है, तो लगता है जैसे कोई नाम पुकार कर गया हो। उस सर्द रात, जब अलवर की दीवारों पर चाँदनी झुकी थी और दिल्ली की इमारतों के शीशे शरमाए हुए थे, हिमांशु और आईना की स्क्रीन के दोनों छोर पर निंद्राहीन दिल जाग रहे थे। प्रेम अब किसी मुलाक़ात का मोहताज़ नहीं था, वह किसी गर्म चाय की तरह फोनों के भीतर खनक रहा था—संवादों की भाप में। यह प्रेम सिर्फ़ रोमांस नहीं, एक गहराई थी, जो शब्दों के पीछे की चुप्पियों से बुना जा रहा था।

रात के दो बज चुके थे। अलवर की गलियाँ शांत थीं, जैसे किसी किले की आँखें नींद में हों। दिल्ली की सड़कों पर हल्की धुंध उतर आई थी और हिमांशु की खिड़की से बाहर फैले शहर की रोशनी वैसी ही थी ...जैसे आईना की मुस्कान उसके सपनों में उतर रही हो।

हिमांशु ने फ़ोन उठाया— "फोटो भेजूँ?"

"किसकी?"

"मन की, जिसमें तू हमेशा रहती है।" हिमांशु का उत्तर था।

"फिर तो स्क्रीनशॉट ले लो... मेरी स्टोरी का नहीं, मेरे सुकून का।"

हिमांशु ने तुरंत कैमरा खोलकर अपनी मुस्कराहट भेज दी—बिना फिल्टर।

"इसमें फिल्टर नहीं है।" आईना ने रिप्लाई किया।

"क्योंकि ये तुझे देखकर ली है।" हिमांशु की उँगलियाँ ठंडी थीं, पर उसने लिखा।

रात की गहराई अब नींद की नहीं रही, वो प्रतीक्षा की ऊँचाई थी। 2:45 हो चुका था। आईना ने पूछा—"तू सो क्यों नहीं रहा?"

"तू जो आँखों में बस गई है, सपने की ज़रूरत नहीं पड़ती।"

फिर अचानक, स्क्रीन काली हुई।

फ़ोन की बैटरी 1% थी।

अगले दिन सुबह जब सूरज ने अलवर की छतों को हल्के पीले रंग में रंगा, हिमांशु का मैसेज आया—"फ़ोन सो गया, मैं नहीं।"

आईना की हथेली से सर्दी अब भी चिपकी थी, पर उसने धीमे से टाइप किया—"दिल को चार्जर से जोड़ लो, हमेशा ऑन रहेगा।"

यह संवाद कोई सामान्य संवाद नहीं था। यह उन प्रेमियों का था जिनके पास वक़्त नहीं होता, पर हर क्षण होता है।

दिल्ली की हल्की ठंड और अलवर की चुप छतें, दोनों इस संवाद की गवाही बन चुकी थीं।

आईना खिड़की के पास बैठी थी, बालों की लटें हवा से उलझ रही थीं, मानो बादलों में बिजली की कौंध हो। हिमांशु ने वीडियो कालिंग में देखा और मुस्कुराते हुए बोला, "मैं बहुत साधारण आदमी हूँ, आईना। मैं तारे तोड़ लाने की बात नहीं करूँगा। मेरे वश में न तो समुद्र की लहरें लाना है, न चाँद को हथेली पर रखना। हाँ, हफ़्ते में एक बार कॉलोनी के पार्क में जलेबी और समोसे की दावत दे सकता हूँ। अगर मेरी सरलता पर मरती हो तो तुम्हारा स्वागत है।"

आईना ने उसकी बात पर नाक सिकोड़ते हुए कहा, "तो फिर क्या करोगे? शाम को बालकनी में बैठकर चाय पियोगे और अख़बार में दुनिया की ख़बरें पढ़ते हुए बड़बड़ाओगे कि देश का भविष्य अंधकार में है? या फिर सड़क किनारे गोलगप्पे खाते हुए तेल के बढ़ते दामों पर बहस करोगे?"

हिमांशु ने चश्मे को थोड़ा ऊपर खिसकाते हुए जवाब दिया, "अरे! मेरी जान, इतना भारी-भरकम व्यंग्य क्यों? तुम तो जानती हो, मैं सादा आदमी हूँ। मेट्रो में सीट छोड़ने वाला, ट्रैफिक सिग्नल पर रुकने वाला और कभी-कभी नुक्कड़ पर सब्जी वाले से मुफ़्त धनिया माँगने वाला। अगर तुम्हें मुझमें शाहरुख का रोमांस, सलमान की मसल्स और रणबीर का एटीट्यूड चाहिए, तो साफ़-साफ़ कह दो, मैं अपने मोहल्ले के लड़कों को भेज दूँगा, वो 'हैंडसम हंक' बन कर रोज़ तुम्हारे सामने बाइसेप्स फुलाए खड़े रहेंगे।"

अलवर की सुबह अब भी ठंडी थी, पर आईना की उँगलियों में जो ताप था ...वह हिमांशु के शब्दों का था। दिल्ली के किसी कोने में हिमांशु भी अब अपने मोबाइल की बैटरी नहीं, दिल की स्थिति देख रहा था—चार्ज, स्थिर और जुड़ा हुआ।

प्रेम कभी-कभी इतना कह चुका होता है कि कुछ भी कहने की आवश्यकता नहीं रहती—बस स्क्रीन पर उभरी "Typing..." की तीन बिंदियाँ ही काफी होती हैं।

और उसी सुबह, जब आईना ने बाहर देखा, तो धूप उसकी हथेली पर थी—जैसे कोई अदृश्य स्पर्श जिसने कहा हो—"तू ऑनलाइन है... और हमेशा दिल में है।"

उस शाम हवा में एक धीमा विराम था ...जैसे शहर कुछ कहने से पहले रुक गया हो। आईना की हथेली में रखा मोबाइल सिग्नल की तलाश में था, लेकिन उसके भीतर हिमांशु की आवाज़ अब भी गूंज रही थी। बाहर का नेटवर्क टूटा था, पर भीतर कोई संवाद निरंतर चल रहा था। प्रेम कभी-कभी रेखाओं पर नहीं, रुकावटों में पनपता है ...जहाँ एक मिस्ड कॉल में सौ कथाएँ होती हैं और एक इमोजी बिना बोले बहुत कुछ कह जाता है।

एक दिन नेटवर्क ख़राब था। आईना ने हिमांशु को सिर्फ़ एक मिस्ड कॉल दी। और वही एक मिस्ड कॉल जैसे पूरी किताब का शीर्षक बन गई। कौन जानता था कि प्रेम अब टेलीफ़ोन की घंटियों में नहीं, उसकी अनुपस्थिति में बसने लगा है।

हिमांशु ने कहा—“मैंने उस एक मिस्ड कॉल में तुझे तीन बार सोचा, दो बार याद किया और एक बार मुस्कराया।”

आईना ने हँसी रोकते हुए लिखा—“बस? मुझे लगा था, तुम चार बार पगला चुके होगे!”

एक दिन गुस्से में हिमांशु ने आईना को अनफॉलो कर दिया। आईना को मालूम पड़ा तो उसने आँखें मिचमिचाईं और मुस्कुराते हुए सोचा—*ओह, जनाब नाराज़ हैं?*

आईना ने तुरंत मैसेज भेजा—“वाह! आज तो बड़े स्वाभिमानी बन रहे हो?”

हिमांशु ने मज़ाक में जवाब दिया—“स्वाभिमान भी कभी-कभी इंस्टा डीएम में पलता है।”

आईना ने दिखावे की नाराज़गी जताई—“तो फिर मैं भी ब्लॉक कर दूँ क्या?”

“ब्लॉक करोगी तो दिल का नेटवर्क भी कट जाएगा।”

“अच्छा! फिर देखो कैसे लाइन आती है वापस!” आईना ने तुनककर भेजा।

अब यह उनका एक प्यारा सा खेल बन गया था—कभी हिमांशु ब्लॉक करता, कभी आईना। कभी हिमांशु अनफॉलो करता, कभी आईना स्टोरी में ताना मारती।

“तू अनफॉलो करेगी तो क्या मैं तेरी स्टोरीज नहीं देखूँगा?”

“तू ब्लॉक करेगा तो क्या मैं तुझे याद नहीं करूँगी?”

"तुझे देखे बिना मेरी फीड भी बेरंग हो जाती है।" हिमांशु ने कहा।

"तेरी बिना 'seen' के चैट अधूरी लगती है।"

उनका हर अनफॉलो—एक नई पंक्ति बनता, हर ब्लॉक—एक नई चाहत जन्म देता।

धीरे-धीरे ये खेल एक मीठी आदत बन गया।

फॉलो, अनफॉलो, ब्लॉक, अनब्लॉक—जैसे साँस लेना और छोड़ना।

"तू ब्लॉक करती है तो ऐसा लगता है, जैसे आसमान में अचानक बादल घिर आए।" हिमांशु ने कहा।

"तेरा वापस फॉलो करना बारिश जैसी राहत है।"

"तेरी तस्वीरें मेरे मौसम बदल देती हैं।" उन्होंने कहा।

"तेरी डीपी देखकर दिल हर बार नए ख़्वाब बुनने लगता है।"

एक दिन बिना कोई खेल, हिमांशु सचमुच गायब हो गया। आईना ने नोटिफिकेशन चेक किया—न कोई फॉलो, न कोई स्टोरी, न कोई मैसेज।

उसने बेचैनी से हिमांशु का नाम टाइप किया, फिर ख़ुद से कहा—"ये तो खेल नहीं था... ये तो मेरी सांसों में था।"

आईना—"तुम कहाँ चले गए हिमांशु? मैंने तो बस मज़ाक किया था, दिल से नहीं।"

"कभी लौट आओ, जैसे सूखे रेगिस्तान में कोई खोया हुआ बादल लौट आता है।" उसकी उँगलियाँ अनजाने में पुराने मैसेजेज़ पर फिसलती रहीं। हर चैट, हर अनफॉलो, हर ब्लॉक—अब एक अमिट दस्तावेज़ बन गया था।

आख़िरकार उसे समझ में आया—वो जिसे मज़ाक समझती रही, असल में उसकी धड़कनों की लय बन गया था।

"तुम्हारे बिना मेरा इंस्टा अकाउंट ख़ाली नहीं है, मेरा दिल ख़ाली है।" आईना ने कहा।

"तुम्हारा ब्लॉक करना भी अब वरदान लगता है—कम-से-कम यकीन तो था कि तुम हो।"

"अब तुम्हारे न होने का ब्लॉक कोई खोल नहीं सकता।"

कहीं दूर हिमांशु भी बैठा था, अपने अकाउंट को निहारता हुआ, जहाँ अब सिर्फ़ एक नाम गूँजता था—“आईना...”

और उसी एक नाम में, दोनों के अधूरे फॉलो—अनफॉलो, हमेशा के लिए संगीतमय हो गए थे।

“बारह बजने में बस पाँच मिनट... वह ज़रूर विश करेगी।” हिमांशु ने घड़ी की ओर देखा।

उसने इंस्टाग्राम खोला, देखा... “ब्लॉक लिस्ट में अब भी वही नाम—‘आईना’।”

“शायद अब दिल से भी मैं ब्लॉक हो चुका हूँ।” हिमांशु ने ख़ुद से कहा। दरवाज़ा खोला तो सामने एक छोटा-सा केक था और एक गुलाबी चिट्ठी... जिस पर लिखा था—“ब्लॉक लिस्ट से बाहर आओ, जन्मदिन मनाएँ!” हिमांशु के होंठ फड़फड़ाए—“यह तो वही लिखावट है... वही ख़ुशबू!” उसने केक उठाया, चिट्ठी को सीने से लगाया—“तो तू आज भी पास है... बस दो उँगलियों की दूरी पर नहीं, दिल के भीतर।”

केक पर लिखा था—“Happy Birthday to the One I Block, but Never Stop Loving!”

अगले दिन आईना ने नया खेल सुझाया—“जो पहले ब्लॉक करेगा, उसे अपनी सबसे बड़ी सच्चाई बतानी होगी।”

“तू हार जाएगी, तुझे ख़ुद पर भरोसा नहीं।” हिमांशु ने हँसते हुए कहा।

आईना ने मुस्कुराकर फौरन उसे ब्लॉक कर दिया।

हिमांशु चौंक गया—“इतनी जल्दी हार मान ली?”

आईना ने फुसफुसाते हुए लिखा—“सच ये है कि पहली बार तुझे देखा था, तब ही दिल हार चुकी थी।”

हिमांशु ने पलटवार किया और झटपट आईना को ब्लॉक कर दिया।

दिल्ली की जुलाई में उमस और मन की उलझनें एक-सी हो गई थीं। आईना और हिमांशु के बीच अब संदेशों का आदान-प्रदान नहीं, बल्कि 'last seen' का विश्लेषण चलता था। वे दोनों उस Instagram की गली में खड़े थे जहाँ एक तरफ़ block लिखा था और दूसरी तरफ़ 'follow back'। शब्दों के अर्थ खो चुके थे, अब बस तुकें बची थीं। हिमांशु ने एक कविता लिखी—"तेरे offline होने से, मेरे emotions out of coverage हो गए।" आईना ने 'typing...' लिखा और बंद कर दिया। कोई लिखे और मिटा दे, इससे ज़्यादा दर्दनाक कुछ नहीं। प्रेम अब उँगलियों से फिसलते अक्षरों में बदल चुका था, जहाँ इमोजी भी संवेदना के शत्रु लगने लगे थे।

हिमांशु ने अपने प्रोफ़ाइल से वह 'आईना ♡' वाला बायो मिटा दिया था, लेकिन जैसे ही फ़ोन की गैलरी खोली, हर तस्वीर पूछने लगी—"हमसे तो रिश्ता मत तोड़ो।" चित्रों की यह जिजीविषा, जैसे पुराने मंदिर में बसी आरती की ध्वनि, जो किसी भजन से नहीं, स्मृतियों से गूंजती है। उस रात उसने एक स्टोरी डाली : "तुम्हारा bio मिटाया, पर यादें फोटो में सेव थीं।" और आईना ने एक reels पर slow motion में आँखें मूंदते हुए लिखा—"कभी ज़िंदगी थी, अब बस followers हैं।" अब ये प्रेम नहीं, एक डिजिटल महाभारत था, जहाँ अर्जुन ऑफलाइन हो गया और कृष्ण टाइपिंग...

(आईना ने अपनी नोटबुक में लिखा 'हमने रिश्ते को ज़िंदा रखा, पर नेटवर्क इतना ख़राब था कि प्रेम तक डिलीवर नहीं हुआ।')

आईना ने जब हिमांशु को इंस्टाग्राम और व्हाट्सएप पर ब्लॉक किया तो हिमांशु से गुमसुम सा रहने लगा। उसने अपने रफ़ रजिस्टर के आख़िरी पन्ने पर शायराना अंदाज़ में कुछ पंक्तियाँ लिखीं :

"ये सफ़र अधूरा है और मंज़िल अनजान क्यों है,<br>
कदम बढ़े थे वहाँ, जहाँ दिल को सुकून था,<br>
अब उसी राह पे काँटों का मकान क्यों है।

चाँदनी पास थी, अब धुआँ-सा आसमान क्यों है,
वक़्त मेरा था, मगर ये क़िस्सा बेगाना क्यों है।
रातें जो फूल-सी थीं, अब उनमें चुभन क्यों है,
मिलन का वक़्त था, अब इतना विभाजन क्यों है।

जो लफ़्ज़ सजाए थे, अब वो बिखरे-बिखरे क्यों हैं,
जिन राहों पे चला, वहाँ अब सन्नाटे क्यों हैं।
जहाँ गूँजती थी कभी तेरी हँसी की तान,
अब वहाँ सिर्फ़ ख़ामोशी का मकान क्यों है।

जो बूँद थी दुआ की, अब वही तूफ़ान क्यों है,
था जो वफ़ा का किला, अब वहाँ वीरान क्यों है।
जहाँ दरख़्त छाँव देते थे सफ़र में,
अब उसी ठाँव पर रेगिस्तान क्यों है।

और अगर यही सच है, तो ये छलावा क्यों है,
जीत मेरी थी, मगर हार का तमाशा क्यों है।
जो वादा था तेरे होंठों पे सुबह का,
उस रात का अब अंत इतना काला क्यों है।"

आईना अपनी डायरी में लिख रही थी—"प्रेम में सबसे बड़ी विडंबना यह है कि तुम जो कह नहीं सके, वही तुम्हें सबसे अधिक याद आता है।" वहीं हिमांशु, गुड़गाँव के किसी क्लब में कैमरा ऑन कर vlog बना रहा था—"आज मैं बताने वाला हूँ कि ब्रेकअप के बाद कौन से पाँच कैफ़े सबसे अच्छे हैं।" प्रेम, जिसे वे आत्मा का स्पर्श मानते थे, अब एक यूट्यूब थंबनेल बन गया था—"She LEFT Me 😢 | My Pain Story | Jaipur to Delhi Journey"—और लोग कमेंट कर रहे थे, "भाई, next video में उसकी शादी दिखा देना।"

वे दोनों अब एक-दूसरे की कहानियों में नहीं, उनके दोस्तों की कहानियों के background में दिखते थे। mutuals अब mutual नहीं रहे, hashtags अब दिल के निशान नहीं... trending tools हो गए। लेकिन दिल? वो अभी भी वही था... एक पुराने गाने पर टिक-टिक करता हुआ। आईना ने अपनी एक पोस्ट में लिखा—"शायद मोहब्बत वहीं होती है जहाँ block करने का मन हो, पर unfollow तक ही रुके।" और हिमांशु ने हँसते हुए एक कवि सम्मेलन में कहा—"वो लड़की थी... जो typing में ज़्यादा सुंदर लगती थी।"

एक दिन आईना ने अनब्लॉक कर दिया तो हिमांशु को उसकी आईडी दिखाई दी।

वैसे हिमांशु दिन में तीन बार अनब्लॉक करके वापस ब्लॉक कर देता था... क्योंकि वह देखता था कि आईना ने उसे ब्लॉक से हटाया या नहीं।

"अब तेरी सच्चाई?" आईना ने मुस्कराते हुए पूछा।

"तेरी पहली 'हाय' के दिन से मैं तुझसे प्यार करता हूँ।" हिमांशु ने धीमे से लिखा।

"इतने दिन... इतने चुपके?" आईना की आँखें चमक उठीं।

"तेरे हर 'seen' में मैं अपना ख़ुदा ढूँढ़ता रहा।" हिमांशु ने कहा।

"हमने इंस्टा पर जंग लड़ी... और दिल में जश्न जीता।" आईना ने लिखा।

"तेरे हर ब्लॉक में एक दुआ छुपी थी, तेरे हर अनब्लॉक में एक इकरार।" हिमांशु ने जवाब दिया।

"मैं ब्लॉक करती थी ताकि तुझे याद कर सकूँ।"

"मैं अनब्लॉक करता था ताकि तुझे पा सकूँ।"

"तेरा ब्लॉक भी गुलाब जैसा लगता था।" आईना ने कहा।

"तेरी अनब्लॉकिंग में पूरी कायनात बसती थी।" हिमांशु ने कहा।

"चलो अब आख़िरी बार ब्लॉक करें... दुनिया को!" आईना ने लिखा।

"और सिर्फ़ एक-दूसरे को फॉलो करें... ज़िन्दगी भर के लिए।" हिमांशु ने हँसते हुए कहा।

"तेरे साथ हर स्टोरी अनलिखी ही सही, पर अमर है।"

"तेरे हर मैसेज में चाँदनी की चमक है।"

"तेरे हर अनदेखे इशारे में प्यार की ख़ुशबू है।" आईना ने कहा।

"अब कोई ब्लॉक नहीं, कोई दीवार नहीं, सिर्फ़ तू और मैं।" हिमांशु ने कहा।

और उसी रात, फेक अकाउंट, ब्लॉक, इंस्टाग्राम ...सब मिट गया... बस 'हिमांशु और आईना' रह गए।

हिमांशु ने उस रात को अपनी नोटबुक में लिखा—

"कभी सोचता हूँ—
अगर मिल भी जाओ तो क्या उस इंतज़ार की गहराई को समझ पाओगी
जो मैंने हर सुबह की चाय और हर रात की नींद में जिया है?

प्रेम की पूर्णता मिलन में नहीं,
बल्कि उस अधूरेपन में है
जो दो आत्माओं को अदृश्य रेखा से जोड़ देता है।
प्रेम का वो क्षण,
जब तुमने कहा था—'हम मिलेंगे ज़रूर...'
बस वही वाक्य...
हर दिन, हर मौसम, हर उदासी को एक कविता में बदल देता है।

इंतज़ार अब तन्हाई नहीं,
एक दिव्य अनुष्ठान बन गया है—
जिसमें तुम्हारा नाम,
हर रोज़ मन के दीपक में जला करता है।
इंतज़ार करने वाले लोग,
कभी हारते नहीं,
वो तो प्रेम की सबसे उजली तस्वीर होते हैं।
वो जानते हैं कि

प्रेम सिर्फ़ साथ चलने का नाम नहीं,
कभी-कभी दूरी में भी नज़दीकी बचा लेने का जतन है।

इश्क़ में इंतज़ार करना आसान नहीं होता,
ये वही जानते हैं जो
हर रात को प्रेम-पत्र की तरह मोड़कर
तकिये के नीचे रख देते हैं,
और हर सुबह उसे फाड़कर
फिर से जी लेते हैं।
प्रेम का सौंदर्य 'आना' नहीं, 'आस' में है।

हमारे समय की सबसे बड़ी त्रासदी यह नहीं है कि प्रेम बदल गया है,
बल्कि यह है कि प्रेम अब डिजिटल हो गया है—
पलकों में चुभता रहा, पर उँगलियों के टच से रिसने लगा।

कभी प्रेम की मौनता में चिट्ठियाँ भरी जाती थीं,
अब वो मौन, Seen के notification में कैद हो चुका है।

हिमांशु और आईना की कहानी में
वो सब कुछ था जो प्रेम में होता है—
इंतज़ार, मनमुटाव, आग्रह और अब... रिक्वेस्ट।
पर प्रेम अब भीतर से नहीं निकलता,
बल्कि 'फॉलो' बटन के हल्के कंपन से बाहर आता है।

हिमांशु ने जब देखा कि आईना ने उसे ब्लॉक कर दिया है,
तो उसने फ़ोन एक तरफ़ रखकर गहरी साँस ली,
मानो वो प्रेम नहीं, तपस्या कर रहा हो।

उसने तय कर लिया—
अब ना message, ना call, ना seen...
बस मौन व्रत और इंस्टा के “वैकल्पिक” अकाउंट से
उसकी स्टोरी देखने का ब्रह्मचर्य निभाया जाएगा।

उसने एक नया insta ID बनाया:
**“life_is_peace_2021,”
और DP में शिवजी का चित्र लगाकर
ख़ुद को तपस्वी प्रेमी घोषित कर दिया।

हर दिन उसकी दिनचर्या कुछ यूँ थी :
सुबह स्नान, दो रील अपलोड,
फिर आईना की स्टोरी देखना...
कभी किताबों की फोटो, कभी दोस्तों के साथ हँसी,
और कभी किसी अनजान लड़के की परछाईं...
बस, वहीं से हिमांशु की आत्मा फिर से भस्म होने लगती।

लोगों ने पूछा—
“भाई, तू अब भी उसकी स्टोरी क्यों देखता है?”
हिमांशु बोला—“मैं तो मोक्ष की राह पर हूँ,
लेकिन मन है कि डिजिटल द्वारिका से बाहर ही नहीं आता।”

ब्लॉक हो जाना अब कोई नई बात नहीं,
पर ब्लॉक के बाद भी स्टोरी देखना
ये नया प्रेमयोग का पाठ है।
आईना को भनक थी कि कोई तो देख रहा है,
जो उसे जानता भी है, समझता भी है...

लेकिन वो कौन है?
वो जो लाइक नहीं करता, रिप्लाई नहीं देता,
पर हर स्टोरी पर सबसे पहले "seen" में आता है।

हाँ, वही तपस्वी आशिक़,
जो अब प्रेम नहीं करता,
बस आदरपूर्वक देखता है,
मानो कह रहा हो—
"तेरे दर्शन से मन प्रसन्न हुआ, अब रेस्ट मोड में जा रहा हूँ।"

और निष्कर्ष ये निकला :
ब्लॉक कर देने से प्रेम नहीं मरता,
वो बस alternate ID में पुनर्जन्म ले लेता है।"

दिल्ली विश्वविद्यालय का उत्तरी परिसर उस समय पीली धूप से भरा रहता था। कैम्पस के हरे पेड़ों की छाँव में स्टूडेंट्स अपने-अपने वायदे, विचार और वहम लिए चलते थे। कोई सिविल सर्विसेज़ की तैयारी कर रहा था, कोई प्रेम में हार रहा था। हिमांशु इन दोनों ही रास्तों का मुसाफ़िर नहीं था... वह आधा साहित्य की ओर, आधा आईना की ओर था।

वहीं, अलवर में, अरावली की पहाड़ियों के बीच बसी वह छोटी-सी गली थी जहाँ आईना रहती थी। उसका कमरा छत के पास था—वहाँ से नीम और बरगद के पेड़ों की शाखाएँ सीधे खिड़की में झाँकती थीं। रीट की तैयारी करते हुए भी उसका मन बार-बार उस छोटी सी स्क्रीन पर जा टिकता जहाँ हिमांशु किसी नये संवाद की प्रतीक्षा कर रहा होता है।

इसी बीच उनका एक ऑनलाइन सिलसिला शुरू हुआ...

हँसी, शरारत, प्रतीक्षा और कभी-कभी तो बेमतलब की बेचैनी भी...

"तुम्हारे 'लास्ट सीन' का इंतज़ार वैसे ही करता हूँ, जैसे एग्जाम के रिजल्ट का।"

दिल्ली की लाइब्रेरी की छत पर बैठा हिमांशु ये टाइप कर रहा था, जबकि नीचे सड़क पर ऑटो वाले चिल्ला रहे थे। धूप में पसीना बह रहा था, लेकिन उसकी उँगलियाँ गर्म नहीं थीं—वे किसी और ताप से तप रही थीं... उस अज्ञात सन्नाटे से जो आईना की Seen without reply वाली आदत से उपजा था।

"और तुम्हारे 'सीन' का इम्पैक्ट वैसे ही है, जैसे बचपन में चोरी पकड़े जाने का डर।" आईना ने कहा।

अलवर में अभी-अभी बिजली गई थी। हाथ में पंखा और दिमाग में हिमांशु।

उसने मुस्कराकर ये टाइप किया और अचानक से भीतर कुछ हल्का हो गया।

"तुम्हारी हर 'रील' मेरे दिल का एंट्रेंस इग्जाम है, पास होते ही दिल की फीलिंग सेट हो जाती है।"

एक हाथ में किताबें थीं, लेकिन मन आईना की प्रोफाइल पर टिका था।

उसकी एक सिंपल सी वीडियो—जिसमें आईना बाल समेट रही थी—

उसने दो बार देखी थी, फिर भी रिप्लाई नहीं किया।

हिमांशु : "तुम्हारे 'Block' का डर ऐसे सताता है, जैसे फ़ोन की बैटरी 1% पर आ जाए।"

और जब दो घंटे तक 'ऑनलाइन' नहीं दिखा, तो ये डर और पुख़्ता हो गया।

"और तुम्हारे 'Unblock' का इंतज़ार वैसे होता है, जैसे स्कूल में आधी छुट्टी की घंटी का।" आईना ने कहा।

उसने अपनी कॉपी में टिक-टिक करते हुए लिखा—हवा में हल्की धूल थी और धूल में एक चेहरा जो कभी साफ़ दिखता, कभी ओझल।

"तुम्हारी हर पोस्ट मेरे दिल की डीपी बन गई है, बस 'लाइक' करने की देर है।"

आईना की एक पुरानी तस्वीर पर नज़र गई—नीले सूट में, पेड़ के नीचे बैठी। वो तस्वीर कुछ नहीं कहती थी, लेकिन सब कुछ बयां करती थी।

आईना : "और तुम्हारा हर कमेंट मेरी रील का बैकग्राउंड म्यूजिक है—हमेशा दिल को ख़ुश कर देने वाला।"

उसने उस दिन पहली बार महसूस किया कि शब्दों का संगीत भी होता है। दिल्ली की भागती भीड़ और अलवर की ठहरी हुई गलियों में एक सूत जुड़ गया था।

"तुम्हारे फॉलोबैक ने मेरी प्रोफाइल को वो ख़ुशी दी है, जैसे इंग्लिश के पेपर में हिंदी का सवाल मिल जाए।" हिमांशु ने कहा।

उसने लिखा और ख़ुद ही हँस पड़ा। हॉस्टल के कमरे में अकेले, खिड़की से बाहर झाँकते हुए—वहाँ न आईना थी, न अरावली, बस उसका इंतज़ार था।

"हाँ और मेरे दिल को वो किक दी है, जो फिजिक्स का फॉर्मूला याद आते ही मिलती है।"

उसके कमरे में एक हल्का झोंका आया—नीम की पत्तियाँ खड़खड़ाईं। उसने फ़ोन को छाती से लगा लिया और आँखें बंद कर लीं। जैसे कहीं कोई चुपचाप उसे देख रहा हो—बिना कैमरे, बिना इंटरनेट के।

दिल्ली विश्वविद्यालय का वह हिस्सा जहाँ हिमांशु पढ़ता था—हिंदू कॉलेज के लॉन, आर्ट्स फैकल्टी की ऊँची दीवारें, कैफ़े में उठती कॉफ़ी की भाप... वहाँ शब्दों के मायने बदलते थे। लेकिन कुछ शब्द अब भी उतने ही पुराने और सच्चे थे : प्रेम, प्रतीक्षा, पुनर्मिलन।

अलवर, एक शांत शहर जहाँ सांझ होते ही गलियों में हल्की ठंडक घुलने लगती है। आईना का कमरा घर के बैकयार्ड की ओर था। वहाँ से अरावली

की पहाड़ियाँ दिखती थीं... उनींदी, धुँधली और स्थिर। उन पहाड़ियों के बीच वह हर शाम हिमांशु का मैसेज पढ़ती थी और कभी-कभी अपने संवादों से जैसे उस पहाड़ी शहर में प्रेम की बारिश करा देती थी।

उनकी बातचीत अब संवाद से अधिक सांस्कृतिक भूगोल बन गई थी—

जहाँ दिल्ली की सड़कों का शोर,
और अलवर की दोपहरों का मौन,
दो अलग भाषाएँ बोलते हुए भी
एक ही अर्थ की ओर बहते थे।

तभी तो हिमांशु ने लिखा था—

"जब मैं तुम्हारे साथ बात करते हुए चलता हूँ, तो पत्तों की सरसराहट भी प्रेम गीत गाती है।"

और आईना ने उत्तर दिया—"मेरे भीतर एक सावन बाकी है, जो सिर्फ़ तुम्हारे मिलने का इंतज़ार करता है।"

इस संवाद में भूगोल नहीं, भाव-गोल था... जिसमें दिल्ली और अलवर, प्रेम और प्रतीक्षा की दो भुजाएँ थीं।

कई महीने बीत चुके थे।

दिल्ली के उस लॉन में अब सरसों के पीले फूलों की बजाय सीमेंट की दीवारें उग आई थीं।

हिमांशु अब इंस्टा पर कम, नोटबुक पर ज़्यादा लिखता था।

हिमांशु ने एक दिन अपनी डायरी में लिखा—"तुम्हारे हाथों की गर्मी से ज़्यादा कोई रज़ाई मुझे आज तक सुकून नहीं दे सकी।"

और आईना, बारिश में खड़ी हो गई थी... बिना छाता लिए।

उसे कुछ याद आया—"कभी बारिश में मेरे साथ भीगोगे? शायद तुम्हें मेरे भीतर के मौसम का अंदाज़ा हो जाए।"

हिंदू कॉलेज का मंच सजाया गया था, जैसे कोई सरकारी मंत्री आने वाला हो। हालाँकि मंच पर केवल हिमांशु का आना शेष रह गया था, जो न मंत्री था, न संतरी, बस एक प्रेरक विचारधारा का छात्र था, जिसे ख़ुद यह भ्रम था कि उसके भीतर कोई विवेकानंद छिपा बैठा है और बाहर आते ही क्रांति मच जाएगी। मंच पर माइक रखा था, जो इतना पुराना था कि उससे आवाज़ कम और कराह ज़्यादा निकलती थी... जैसे कोई पुराना नेता चुनाव हारने के बाद अंतिम भाषण दे रहा हो।

पीछे सफ़ेद पर्दा टँगा था, जिस पर बड़े-बड़े अक्षरों में लिखा था : "हिंदू कॉलेज—युवा प्रेरणा व्याख्यानमाला"। मगर प्रेरणा शब्द कुछ झुक गया था, जैसे उससे भी उम्मीदें कम हो गई हों। मंच के एक कोने में तीन कुर्सियाँ थीं, जिनमें से एक पर प्राचार्य जी जमे हुए थे, जिनका चेहरा वैसा था जैसा कोई सीरियस आदमी किसी अज्ञात वक्ता को सुनने से पहले बना लेता है। दूसरी कुर्सी ख़ाली थी... संभवतः वहाँ वक्ता का 'ईगो' बैठा था। तीसरी कुर्सी पर हिंदी विभाग के एक सज्जन थे, जो मंच पर बैठे-बैठे ख़ुद के बारे में सोच रहे थे—*भाषण मैं देता, तो ज़्यादा तालियाँ बजतीं...*

और तब आया हिमांशु। हिमांशु मंच पर कुछ वैसे चढ़ा जैसे कोई महापुरुष संन्यास लेने के पहले अंतिम प्रवचन देने जा रहा हो। चेहरे पर वैसी ही गंभीरता, जैसी उपवास के छठे दिन किसी मंत्री के दर्शन की प्रतीक्षा करती जनता के चेहरे पर होती है। उसके हाथ में नोट्स नहीं थे क्योंकि वह दिल से बोलने वालों में था, यानी याद करके आया था कि कहाँ-कहाँ ठहरकर गर्दन हिलानी है और किस वाक्य के बाद पॉज़ लेकर दर्शकों को बुद्धिमान समझना है।

"बंधुजनो!" हिमांशु ने सभा की ओर गंभीर दृष्टि फेंकते हुए कहा—"मानव जीवन का समस्त प्रयोजन लक्ष्य में ही अंतर्निहित है। बिना लक्ष्य के जीवन, बहते हुए बादल के तुल्य होता है... दिशा तो होती है, पर मंज़िल

नहीं। ऐसे जीवन का प्रत्येक क्षण, दिशाहीन व्याकुलता में ही व्यतीत होता है। जिस व्यक्ति ने अभी तक लक्ष्य नहीं चुना, वह परवश होकर जगत के हाथों में खिलौने के सदृश बन जाता है। लक्ष्य तय करो, वरना ज़िंदगी तुम्हें दूसरों के सपनों की पूर्ति में खपा देगी...” आगे फिर मोटिवेशनल पंक्तियाँ उछालीं... “भटकाव वहीं होता है जहाँ दृष्टि तो होती है, पर दिशा नहीं। लक्ष्यहीन श्रम केवल थकावट देता है, जबकि लक्ष्यमय श्रम सफलता की अमिट छाया रचता है।”

हिमांशु ने समझाया कि बड़े लक्ष्य छोटे-छोटे हिस्सों से पूरे होते हैं... जैसे किसी को प्रेम प्रस्ताव देना हो, तो पहले दोस्ती करनी पड़ती है, फिर बातचीत, फिर भरोसे का पुल बनाना होता है। मगर आज के छात्रों को ये सब नहीं चाहिए, वो सीधे इंस्टाग्राम पर ‘Will you marry me?’ का पोल डालकर कहते हैं—देखो जनता क्या चाहती है!

“लक्ष्य तय करो, वरना ज़िंदगी तुम्हें दूसरों के सपनों की पूर्ति में खपा देगी!”

यह सुनकर मंच के पीछे बैठे हिंदी विभाग के प्रोफ़ेसर का चेहरा एकदम संकुचित हो गया। उन्हें याद आया कि उन्होंने भी कभी आईएएस बनने का लक्ष्य तय किया था, लेकिन अब वे तीस साल से ‘प्रेरक भाषणों पर आलोचनात्मक निबंध’ पढ़ा रहे हैं। लक्ष्य का ऐसा प्रहार उनके अधूरे पीएचडी शोधप्रबंध पर हुआ कि वे एक पल को मंच छोड़कर हरिद्वार भाग जाना चाहते थे। हिमांशु जब कह रहा था। “भटकाव वहीं होता है जहाँ दृष्टि तो होती है पर दिशा नहीं।” यह सुनकर एक छात्रा फुसफुसाई—“मेरी दृष्टि तो मोबाइल स्क्रीन पर है, पर दिशा शायद इंस्टाग्राम रील्स की है।”

कुल मिलाकर भाषण में इतना दर्शन था कि अगर ज़्यादा देर चलता, तो सामने बैठे लोग मोक्ष की अवस्था में पहुँच जाते। भाषण समाप्त होते ही जैसे वातावरण में कोई आध्यात्मिक विस्फोट हुआ हो। हिमांशु मंच से उतरा ऐसे जैसे उसने जीवन के गूढ़ रहस्य खोल दिए हों और अब छात्र स्वयं

निर्वाण प्राप्त कर लेंगे। छात्रों ने ताली बजाई। कुछ ने सोच-समझकर, कुछ ने इसलिये कि उनके मोबाइल की बैटरी अब 10% पर थी। मंच के पीछे खड़े प्रोफ़ेसर ने 'बहुत अच्छा बोला' कहकर सिर हिलाया, पर मन में यह सोचा कि *अब ये लड़का मुझे भी पढ़ाएगा क्या?*

# 2

# हिमांशु और दिल्ली यूनिवर्सिटी

दिल्ली विश्वविद्यालय के नॉर्थ कैंपस में सुबह हल्की धूप उतर रही थी—पेड़ों की शाखाओं से फिसलती हुई, रिक्शों की घंटियों पर ठहरती हुई। हिमांशु हॉस्टल से निकलकर कॉलेज की ओर बढ़ रहा था। बारिश की बूँदें रात भर की स्याही से अभी भी धरती पर लकीरें बना रही थीं। वह जब रुककर अपने फ़ोन पर नोटिफिकेशन खोलता, तब इंस्टाग्राम पर आईना की हरी बत्ती उसे किसी आध्यात्मिक उपस्थिति की तरह लगती।

उसने टाइप किया—“तुम्हारे होंठों की मुस्कान मेरी सुबह की आरती है।”

थोड़ी देर बाद उत्तर आया—“अच्छा जी!”

कॉलेज के सामने चाय वाले की टपरी पर बच्चों की भीड़ थी, मगर उसके भीतर कोई चुप्पी जमा हो रही थी। उसने फिर लिखा—“मैं तुम्हें पाने की नहीं, तुम्हें समझने की साधना में लगा हूँ।”

बारिश की बूँदें उसकी हथेली पर गिरीं। आईना की तरफ़ से जवाब आया—“तुमसे मिलना किसी मुलाक़ात की तरह नहीं होगा, वो मेरी अधूरी दुआ का उत्तर होगा।”

इन संवादों में कहीं कोई शोर नहीं था, न कोई प्रदर्शन। सब कुछ भीग रहा था—सड़कें, पत्ते और उसका हृदय। इंस्टाग्राम का वह नीला टिक निशब्द था, मगर उससे ज़्यादा कोई नहीं बोल रहा था।

आईना अलवर की सिटी लाइब्रेरी के कोने में बैठी थी। खिड़की के बाहर बारिश गिर रही थी, जैसे कोई पुराना वाद्य यंत्र किसी पहाड़ी गाँव में बज रहा हो—धीमा, आर्द्र और भीतर तक उतरता हुआ। उसका फ़ोन किताब के नीचे दबा था, मगर ध्यान वहीं अटका था। जैसे ही ब्रेक मिला, उसने फ़ोन उठाया और देखा—हिमांशु का मैसेज था : "और रीट वाला लव?"

आईना की उँगलियाँ काँपीं और उसने टाइप किया—"ओह!..." फिर कुछ सेकंड रुककर उसने एक और वाक्य भेजा—"तुमसे पहले मैं ख़ुद को अधूरा समझती थी।"

लाइब्रेरी में बाकी छात्र अख़बार पलट रहे थे, कुछ लक्ष्य गाइड को घोल कर पी रहे थे। मगर आईना, एक मौन की तैयारी कर रही थी—जहाँ शब्दों से नहीं, स्मृतियों से उत्तर लिखे जाते हैं।

हिमांशु ने फिर लिखा—"तुम वो ख़त हो जिसे मैं रोज़ पढ़ता हूँ, बिना भेजे, बिना लिखे।"

उसी रात में जब दिल्ली में बिजली चली गई और अलवर में तेज़ बारिश शुरू हुई, दोनों के शहर अलग-अलग भीगे। लेकिन उनका चैटबॉक्स उस समय एक ही मौसम में साँस ले रहा था।

हिमांशु ने लिखा—"हाय, मेरी पहली कम आख़री मोहब्बत।"

आईना ने उत्तर दिया—"अगर प्रेम की कोई परिभाषा होती, तो वो तुम्हारी आँखों में लिखी मिलती।"

फिर कुछ देर चुप्पी रही, जैसे बारिश थम गई हो।

फिर हिमांशु ने लिखा—"जब-जब तुम चुप होती हो, तब-तब मेरी रूह तुम्हें पुकारती है।"

आईना ने खिड़की से बाहर झाँकते हुए लिखा—"जब तुम जाते हो, तो तुम्हारी यादें मेरी सांसों में आकर ठहर जाती हैं।" कुछ समय बाद, उसने

स्क्रीन पर उँगलियाँ फिराईं—"तुम्हारी हँसी मेरे जीवन का सबसे मधुर संगीत है।"

दिल्ली की दीवारों से टपकता पानी और अलवर की किताबों की गंध... दोनों मिलकर एक प्रेम को जन्म दे रहे थे, जो न तो किसी कॉलेज की सीमा जानता था, न किसी शहर का नाम।

अंत में आईना ने लिखा... "जब तुम पास होते हो, समय भी रुककर हमारे बीच बैठ जाता है।"

और हिमांशु ने फ़ोन को सीने से लगाया जैसे आत्मा भी मुस्कुरा रही हो।

"तेरे महँगे लिबासों का भी राज़ हमीं निकले,
तेरी इंस्टा रीलों के आवाज़ हमीं निकले।
तू तो बस फ़िल्टर में झलकती रही,
तेरे सौंदर्य के असली परवाज़ हमीं निकले!"

हिमांशु ने लिखा—

तेरी यादें आईं जब-जब, टूट गया मेरा हौसला,
एक ख़्वाब अधूरा लेकर, फिर जागा मेरा फ़ासला।

भीगी आँखों की चुप्पी में, तेरे नाम का इक ज़िक्र रहा,
तू दूर गया पर दिल में, ज़िंदा रहा तेरा सिलसिला।

वो शाम अधूरी अब तक, जब तू बिना कहे चल पड़ा,
मैं मौन खड़ा था तब भी, माँग रहा था बस एक सिला।

आईना ने शायराना अंदाज़ में रिप्लाई किया।

अब रातें भी डरती हैं, जब तन्हा मन की बात कहूँ,
इन सर्द हवाओं से अब, टूट न जाए ये काफ़िला।

शाम का झुकता सूरज, किसी पुरानी कविता की तरह, आसमान के पन्नों पर लालिमा घोल रहा था। हवा में घुली हल्की सी ठंडक, मानो दो पुराने प्रेमियों की अधूरी बातों की गवाह हो। आईना अपने कमरे की बालकनी में खड़ी थी, उसकी उँगलियाँ फ़ोन की स्क्रीन पर ठहरी हुईं, जैसे किसी अधूरे गीत की तान। उसने स्टोरी पोस्ट की—"अभी भी सिंगल, कोई इंटरेस्टेड?"

दूर किसी पेड़ की शाख से पत्तियाँ गिरने लगीं, जैसे समय की एक बेमौसम बारिश। हिमांशु ने उस स्टोरी को देखा और उसकी आँखों में एक हल्की सी मुस्कान तैर गई। उसने स्टोरी रीपोस्ट करते हुए लिखा... "मेरा इंटरेस्ट तो पहले दिन से फिक्स है।"

रात गहरी हो चली थी। खिड़की के बाहर की बत्तियाँ जल चुकी थीं, जैसे किसी अनजान शहर की वीरान गलियों में टिमटिमाते जुगनू। आईना का फ़ोन हल्का-सा काँपा—"तुम हाँ कहोगी तो खुलेआम प्रपोज कर दूँगा।"

उसने स्क्रीन पर उभरे शब्दों को पढ़ा और धीमे से मुस्कुराई। उसने दिल का इमोजी भेजा, मानो किसी दूर देश के प्रेमी को एक चुपचाप ख़त लिखा हो। चाँदनी खिड़की से अंदर घुस आई, उसके चेहरे पर हल्की चमक डालते हुए।

उसने सोचा—*क्या सच में कोई इस तरह खुलेआम इश्क़ करने की हिम्मत कर सकता है?*

हिमांशु ने अपने फ़ोन पर वो इमोजी देखा तो एक गहरी साँस ली, जैसे किसी लंबे सफ़र के बाद मंज़िल देखी हो। उसने तुरंत प्रोफाइल पिक बदली—"Taken by the Queen." उसकी तस्वीर में, चेहरे पर एक आत्मविश्वास की लहर थी, जैसे किसी युद्ध में विजय प्राप्त करने वाले योद्धा की। उसी पल, दूर कहीं, हवा के झोंके ने एक सूखे पत्ते को नाचते हुए जमीन पर ला दिया... जैसे किसी अधूरे प्रेम की आख़िरी सांस।

आईना ने उसकी नई प्रोफाइल पिक देखी तो उसकी धड़कनें हल्की-सी बेतरतीब हो गईं। उसने फ़ोन किनारे रख दिया और खिड़की से बाहर देखने लगी। दूर कहीं एक पुराने मंदिर की घंटियाँ बज उठीं, जैसे किसी पुराने प्रेम

की गूँज। उसने धीमे से अपने होंठों को भींचा, आँखें मूँद लीं और ख़ुद से बुदबुदाई—“शायद, इश्क़ यूँ ही बेपरवाह होना चाहिए... जैसे इस खुली हवा में बहती खामोशियाँ।”

हिमांशु ने एक दिन सोचा कि *शहर की चकाचौंध छोड़कर थोड़ी हवा बदली जाए*। उसका मित्र अभिषेक JNU में पढ़ता था वो भी राजनीति विज्ञान विभाग में। राजनीति विज्ञान में पढ़ाई कम, बहस ज़्यादा होती है। और JNU में तो बहस का उत्पादन केंद्र 24×7 खुला रहता है—यहाँ बहस बिजली के मीटर की तरह है, बस चलती रहती है, जिसका बिल नहीं भरना पड़ता है।

दिल्ली का आसमान, अगस्त की नमी और जेएनयू की पगडंडियाँ...

यहीं कहीं, ढलती शाम में, धीमे-धीमे चल रहा है हिमांशु।

हाथ में किताब, आँखों में सपने और दिल में एक अजीब-सी बेचैनी। पैरों के नीचे कंकड़ीली सड़क की हल्की ‘चर-चर’ आवाज़ आती है।

हिमांशु—हिन्दी साहित्य का छात्र, लेकिन असल में, ज़िंदगी का विद्यार्थी। ये पगडंडी, जो लाइब्रेरी से गंगा ढाबा तक जाती है, उसके लिए बस रास्ता नहीं... ये उसका सोचने का मैदान है, उसका अकेलापन, उसकी डायरी।

JNU के गेट पर पहुँचते ही सुरक्षा गार्ड ने एक ऐसी मुस्कान दी, जैसे कह रहा हो—“अंदर घुस रहे हो, पर सावधान... यहाँ की हवा में विचारधारा का वायरस है, एक बार चढ़ गया तो पूरी ज़िन्दगी उतरता नहीं।”

गेट से अंदर घुसे तो सन्नाटा। लेकिन ये वैसा सन्नाटा नहीं जो कब्रिस्तान में होता है, बल्कि वो जो लाइब्रेरी के कोने में बैठी किसी विद्यार्थी की आँखों में होता है—शांत, पर भीतर सवालों का समुद्र।

अभिषेक उसे लेने आया, वही कुर्ता-पाजामा वाली पुरानी यूनिफॉर्म पहने, जो राजनीति विज्ञान वालों को प्रवेश के साथ मुफ़्त मिलती हो जैसे।

चलते-चलते अभिषेक ने बताया—“ये गंगा हॉस्टल है, उधर ब्रह्मपुत्र, पीछे नर्मदा।”

हिमांशु ने सोचा—*ये हॉस्टल नहीं, किसी नक्शे में घूम रहा हूँ। अगर यहाँ एक हफ़्ता रहा तो नदियों का भूगोल याद हो जाएगा, बिना* NCERT *खोले।*

हॉस्टल के अंदर से आवाजें आ रही थीं—"मार्क्स सही था" ... "नहीं, गांधी बेहतर थे" ...

हिमांशु ने कान में कहा—"भाई, ये हॉस्टल है या बहस-घर?"

अभिषेक हँसते हुए बोला—"यहीं से हमारी डिग्री बनती है... और कभी-कभी दुश्मनी भी।"

पहला पड़ाव—गंगा ढाबा। यहाँ टेबल पर चाय नहीं, बहस परोसी जाती है।

एक तरफ़ चार लोग चाय के साथ संविधान की धारा 370 का विश्लेषण कर रहे थे, तो दूसरी तरफ़ दो लड़के बहस कर रहे थे कि विराट कोहली का स्ट्राइक रेट ज़्यादा अहम है या लोकतंत्र का।

हिमांशु ने सोचा—*ये लोग क्रिकेट में भी संसद ले आए!*

अभिषेक ने चाय मंगवाई। चाय गरम थी, पर तर्क उससे भी गरम। फिर वे पहुँचे मामू ढाबा। मामू ख़ुद मुस्कान के साथ खड़े थे—जैसे बिना बोले कह रहे हों, "चाय लो, पर अपना पक्ष भी रखो।"

यहाँ एक मेज़ पर चार लोग मैगी खा रहे थे और बहस कर रहे थे—राहुल गांधी और नरेंद्र मोदी में कौन ज़्यादा 'स्ट्रीट स्मार्ट' है?

दूसरी मेज़ पर एक जोड़ा प्रेम में था, पर उनके डायलॉग में भी 'वैचारिक स्पेस' और 'इक्वल पॉलिटिकल पार्टनरशिप' जैसे शब्द थे।

हिमांशु ने सोचा—*यहाँ इश्क़ भी विचारधारा के साथ पैक होकर आता है!*

शाम को अभिषेक हिमांशु को मुगल दरबार ले गया। उसने सोचा—*नाम मुगल, खाना बिरयानी वाला और बहस फिर वही—साम्राज्यवाद के ख़िलाफ़।*

एक टेबल पर आठ लोग चिकन खा रहे थे और अमेरिका की विदेश नीति पर चर्चा कर रहे थे।

हिमांशु के मन में आया—*दुनिया में शायद यही जगह है जहाँ चिकन टिक्का खाते-खाते भी पूंजीवाद का तिरस्कार किया जाता है।*

रात होते-होते पहुँचे डॉ. भीमराव अंबेडकर सेंट्रल लाइब्रेरी। यहाँ कदम रखते ही हिमांशु को अहसास हुआ कि यह लाइब्रेरी नहीं, विचारों का भंडारगृह है।

WebOPAC मशीनें चमक रही थीं—आप किताब ढूँढ़िए, ये मशीन बताएगी कि किस रैक, किस शेल्फ और किस विचारधारा के पास वो रखी है।

अंदर बैठी एक लड़की माओ पर किताब पढ़ रही थी और बगल में लड़का 'पोस्ट कोलोनियल स्टडीज' में डूबा था।

हिमांशु ने सोचा—*यहाँ प्यार में भी* footnotes *लगते होंगे!*

इतना घूमने के बाद हिमांशु के भीतर का व्यंग्यकार जाग उठा। उसने अभिषेक से कहा—"भाई, तुम्हारा ये कैंपस तो दुनिया का सबसे बड़ा 'ओपन माइक' है—कोई भी उठकर कुछ भी बोल देता है और सामने वाला क्लैप की जगह काउंटर आर्गुमेंट देता है।"

अभिषेक बोला—"यही तो खूबसूरती है... यहाँ बहस हारो, पर सोच जीतनी चाहिए।"

हिमांशु ने जवाब दिया—"सोच तो जीत जाती है, लेकिन कई बार चाय ठंडी हो जाती है।"

रात के करीब 2 बजे भी ढाबों पर रोशनी थी, बहसें चल रही थीं और दूर से किसी के गिटार की आवाज़ आ रही थी। हिमांशु ने महसूस किया कि JNU में रात का मतलब आराम नहीं, बल्कि विचारों का प्राइम टाइम है। यहाँ पढ़ाई का सिलेबस किताब में नहीं, बल्कि दोस्तों की बातचीत, ढाबे की चाय और लाइब्रेरी के कोनों में लिखा होता है।

सुबह जब निकले, तो गेट से बाहर आते वक़्त ऐसा लगा जैसे किसी और ग्रह से लौट रहे हों। बाहर वही शहर था—हॉर्न, धूल और जल्दबाज़ी। पर भीतर जेएनयू की हवा का एक टुकड़ा साथ आ गया था—वो हवा, जो कहती है कि सवाल पूछना पाप नहीं, आदत होनी चाहिए।

हिमांशु ने मन में सोचा—*ये सिर्फ़ विश्वविद्यालय नहीं... विचारों की मंडी है, जहाँ मुद्रा तर्क है और लाभ दृष्टिकोण।*

दिल्ली की सड़कों पर बूँदें नृत्य कर रही थीं, जैसे किसी विरही नायिका के पायल की झंकार हो। सड़कों पर बहता पानी, पुरानी इमारतों की दीवारों को छूते हुए अपने साथ अनगिनत कहानियाँ बहा रहा था। छतों से गिरती बूँदें मानो किसी पुरानी ग़ज़ल की धीमी लय पर थिरक रही थीं।

हिमांशु ने फ़ोन उठाया, आईना को कॉल किया, "सुनो, ये बारिश तुम्हारी याद दिला रही है।"

आईना हँस पड़ी, "अरे, अच्छी बात है।" उसकी हँसी की गूँज, किसी दूर पहाड़ से टकराकर लौटती हुई प्रतिध्वनि जैसी थी।

आईना की हँसी में एक मद्धिम लहर थी, जो मुम्बई के समुद्र की उठती-गिरती लहरों से मिलती-जुलती थी। हिमांशु ने मुस्कुराते हुए कहा, "तो क्या हुआ, हम साथ तो भीग सकते हैं।"

बूँदें उसके कमरे की खिड़की पर टपकने लगीं, मानो कोई प्रेम-पत्र हो जो उसने ख़ुद लिखकर भेजा हो। बारिश की ठंडक ने उसके दिल में बसी वो गर्माहट जगा दी, जो हर बार आईना की हँसी सुनते ही उठ खड़ी होती थी। दिल्ली की भीड़ भरी सड़कों के बीच भी, उसे ऐसा लगा जैसे वो अकेला नहीं है—आईना की आवाज़ उसके साथ थी।

संवादों में खोई दुनिया, मोबाइल से नाता जोड़।<br>
बिन पंखों के उड़ चला मन, ज्यों बादल संग घनघोर॥

आईना ने फ़ोन पर धीमे से कहा, "फिलहाल फ़ोन के इस पार से ही सही!"

हिमांशु ने उसकी आवाज़ में एक हल्की मुस्कान महसूस की, जैसे बारिश की पहली बूँद से झील में उठी छोटी-सी लहर। उसकी उँगलियाँ फ़ोन के किनारों पर थिरकने लगीं, जैसे किसी बांसुरी की मधुर तान। उसकी आँखों के सामने छतरी के नीचे हँसती हुई आईना की छवि उभर आई। उसने दिल से

एक पंक्ति बुदबुदाई—

"जल थल में रंग रचे, मन का मीत पिया,
सावन झूलत है, तृष्णा घेरत है, अब तो आ संग सिया।"

दिल्ली की तंग गलियों में, एक खिड़की पर बैठे हिमांशु की आँखें, सामने वाले पार्क के सूने पेड़ों पर टिकी थीं। हवा में एक हल्की ठंडक घुली हुई थी, जो उसके मन में आईना की यादें जगाती थी। जैसे बादल बिन कहे बरसने की तैयारी कर रहे हों, वैसे ही उसका दिल बिन देखे उसे छूने की कोशिश करता।

हिमांशु ने खिड़की से बाहर झाँका। पत्तों पर ठहरी बूँदें, कच्ची मिट्टी की सोंधी महक में घुलकर, उसकी सांसों में उतर आई थीं। *तुम्हारी तस्वीर नहीं रखता जेब में, क्योंकि तुम मेरे दिल की दीवारों पर खुदी हो,* उसने सोचा। मानो उसके शब्द, हवा के संग बहकर, मुम्बई की गीली हवाओं तक पहुँच रहे हों। आईना उन दिनों मुंबई घूमने गई थी।

आईना ने अपने कमरे की खिड़की खोली, बाहर समुद्र की लहरें ऊँची उठ रही थीं, जैसे किसी पुराने वादे को निभाने का आवेग हो। "मैं तुम्हें पाना नहीं चाहती, मैं तुम्हें महसूस करना चाहती हूँ... हर सांस में," उसने हिमांशु को मैसेज किया।

हिमांशु ने हँसते हुए जवाब दिया, "और मेरी साँसें, तुम्हारे छुपे हुए ख़यालों की तलाश में, बारिश की बूँदों में घुल जाती हैं।"

दोनों के बीच एक अजीब-सा सुकून था, मानो बारिश की बूँदें उनके दिलों की ख़ामोशी को एक नई आवाज़ दे रही हों। हिमांशु ने अपने कमरे की दीवार पर टँगे पोस्टर को देखा, जिसमें बारिश में नाचती एक लड़की की छवि थी।

"शायद तुम भी ऐसी ही हो, बूँदों में खिलती, हँसती और छुपती," उसने आईना को लिखा।

आईना ने उसकी शरारत को भाँपते हुए जवाब दिया। "तुमसे प्रेम करना मेरे लिए सांस लेने जैसा सहज हो गया है।"

ये छोटे-छोटे पल, उनकी दूरियाँ पाट देते थे, जैसे बादलों के बीच चमकता इंद्रधनुष।

"सुनो, तुम्हें बिना देखे भी, मैं तुम्हारी धड़कनें महसूस कर सकता हूँ... मैं प्रेमी नहीं, एक साधक हूँ... तुम्हारा पहली दफ़ा मिलना मेरी तपस्या का फल होगा... दिल से कहूँ तो प्रेम अगर धर्म है, तो तुम मेरी आराधना हो।" हिमांशु ने कहा।

आईना की हँसी उभर आई, जैसे बारिश की पहली बूँद के गिरने पर जमीन से उठती सोंधी महक। "तुम जब मेरा नाम लेते हो, तो लगता है जैसे ब्रह्मांड में कोई मंत्र गूंज उठा हो। मुझे नहीं मालूम प्रेम क्या होता है... पर जब तुम मुझसे बातें करते हो, तो सब कुछ अर्थपूर्ण लगता है... मैं जब तुम्हें सोचती हूँ, तो हवा भी तुम्हारे नाम की ख़ुशबू ला देती है। तुम्हारे शब्द, बूँदों की तरह मेरे दिल पर गिरते हैं... और हर बार, मैं थोड़ी और पिघल जाती हूँ।"

रात के सन्नाटे में, जब दोनों अपने-अपने बिस्तरों पर लेटे थे, फ़ोन की हल्की रोशनी में उनके शब्दों का सिलसिला जारी था।

"कभी सोचता हूँ, ये बारिश हमारे मिलन की गवाह बने," हिमांशु ने लिखा।

आईना ने जवाब दिया, "शायद तब ये बूँदें और भी हसीन हो जाएँ, जब हम साथ में भीगेंगे।" और फ़ोन की उस स्क्रीन पर, उनके बीच की हज़ारों मील की दूरी पिघलने लगी, जैसे बर्फ़ की चादर पर पड़ती बूँदें।

# 3

# किरोड़ीमल कॉलेज

सुबह की पहली किरणों के साथ ही किरोड़ीमल कॉलेज का प्रांगण जाग उठता है। पहली किरण जब किरोड़ीमल कॉलेज की पुरानी ईंटों पर गिरती है, तो दीवारें चुपचाप मुस्कराती हैं—जैसे किसी रिटायर्ड अध्यापक को उसकी पहली नौकरी का पत्र याद आ गया हो। हरे मैदान में पत्तों की हल्की सरसराहट और चाय की दुकान से उठती भाप मिलकर एक ऐसा संगीत रचती है, जो सिर्फ़ वही सुन पाता है जो पाठ्यक्रम से ज़्यादा, ज़िंदगी की व्याकरण पढ़ने आया हो। यहाँ लड़के-लड़कियाँ किताबें लेकर नहीं, अक्सर अपने अधूरे सवाल और थोड़े-बहुत सपने लेकर आते हैं—जिन्हें क्लासरूम की खिड़की से बाहर झाँकता सूरज धीरे-धीरे सेंकता है।

कॉरिडोर में प्रोफ़ेसरों की बातचीत, कॉफ़ी के प्याले में डूबे दर्शनशास्त्र के उद्धरणों से लेकर इतिहास के फुटनोट्स तक भरे होते हैं। कोई फ़ुटपाथ के किनारे बैठा कवि 'एनईपी' के तहत बदलते शिक्षा के अर्थ गिन रहा है, तो कोई छात्र, बिखरे बालों और चश्मे के पीछे छिपा कवि, 'कैफ़े' को 'काव्य-कक्ष'

समझ चुका है। कैंटीन में समोसे की चटनी से लेकर सिलेबस की बहस तक सब कुछ गर्म रहता है। यहाँ हर दीवार को कुछ कहना है और हर खिड़की से कुछ नया देखना है—क्योंकि ये कॉलेज नहीं, एक जीवित आत्मा है, जिसकी नसों में साहित्य, राजनीति और प्रेम एक साथ बहते हैं।

शाम होते ही परिसर में एक नीली उदासी उतरती है, वैसी ही जैसी रवींद्रनाथ ठाकुर की कविताओं में होती थी। पुस्तकालय का अँधेरा कोई ख़ाली मंच लगता है, जहाँ हर विद्यार्थी अपने विचारों का एकांत नाटक खेलता है। टेबल लैंप की पीली रोशनी, काग़ज़ों पर झुके सिर और बाहर से आती साइकिल की धीमी घंटी... एक कोने में लड़के–लड़कियाँ बेंच पर झुके हैं, किताबों से कहीं ज़्यादा बातचीत उनके चहरे पर खिली मुस्कान बयां करती है। गणित के जटिल सूत्र हों या साहित्य की कोमल कविताएँ, दोस्ती की भाषा में सब कुछ आसान हो जाता है। कभी चाय की प्याली के साथ राजनीतिक विषयों पर बहस, कभी ग़ज़ल की एक-एक ग़ज़ल पर सरगम—यहाँ हर चर्चा में जीवन की ख़ुशबू समाई होती है। समूह प्रोजेक्ट के कागजों पर कभी पेन की कालिख उभरते तनाव का स्वर देती है, तो कभी हँसी-ठिठोली उसकी मिठास। इसी सहयोग से बनी यादें, कॉलेज की लकड़ी की कुर्सियों से आगे बढ़कर आत्मीयता की दीवार पर उकेर देती हैं।

खुले लॉन पर पैर रखकर छात्रों को ऐसा लगता है मानो सोच की परतें खुलने लगी हों। वायु में ताज़गी और उड़ती खोलियाँ, कक्षाओं की चौखट से परे, सोच की ऊँचाइयाँ छूने का अहसास कराती हैं। यहाँ किसी ने शाम को योग मैट बिछाई हो, तो कोई तन्हा बोल लिख रहा हो; दोनों ही स्थितियाँ एक ही राग की धुन सुनाती हैं—स्वतंत्रता का। जीवन की जटिलता से विराम लेकर, दोस्ती की गर्माहट के बीच, विचारों का निर्बाध प्रवाह मिलता है। जैसे नदी अपने रास्ते ख़ुद चुन लेती है, वैसे ही यहाँ हर छात्र अपनी मंज़िल की खोज में स्वतंत्र होता है।

पेड़ों की सरसराहट, फूलों की रंगत और कोयल की मधुर कूक—कैंपस का हर कोना एक मौन कविता मालूम पड़ता है। किरोड़ीमल की बालकनी से झाँकती धूप की किरणें मानो कहती हों, "यहाँ बैठो, साँस लो, सोचो।" पत्तियों

पर गिरती ओस की बूँदें चुपचाप बताती हैं कि समय की रफ़्तार भी विराम ले सकती है। शाम के वक़्त सरसों की पीली रेखा-सी उजास फैलते हुए मैदान को सुनहरे आंचल में लपेट लेती है, जहाँ छात्र-छात्राएँ मस्त होकर बातें साझा कर रहे होते हैं। इस प्राकृतिक राग में जी उठती आत्मा, पढ़ाई और जीवन के बीच संतुलन की राह दिखाती हुई, मन को निर्मल कर देती है।

दिल्ली विश्वविद्यालय की गलियाँ, कभी-कभी किसी पुरानी डायरी की तरह लगती हैं। जिनके पन्नों पर समय की स्याही से लिखे गए कुछ नाम होते हैं—कुछ अधूरे, कुछ धुंधले, लेकिन ज्यों के त्यों जीवित।

हिमांशु का घनिष्ठ मित्र शशांक, किरोड़ीमल कॉलेज का एक साहित्यिक छात्र। दक्षिण भारतीय माँ और हरियाणवी पिता का बेटा—अपने शब्दों में उलझा, अपने मौन में रमा। जबकि श्वेता, मिरांडा हाउस की छात्रा, समाजशास्त्र पढ़ती थी… तेज़तर्रार, स्पष्ट और अक्सर अपने विचारों से वाद-विवाद में जीतने वाली। दोनों की मुलाक़ात डीयू के एक सेमिनार में हुई, जहाँ विषय था "कबीर और समकालीन समाज में उनकी भूमिका।" शशांक बोलते वक़्त अक्सर शब्दों से पहले मौन रखता था और श्वेता को वह मौन बहुत आकर्षित करता था।

बातों का सिलसिला शुरू हुआ। पहले कॉफ़ी हाउस की काली दीवारों पर चाय के प्यालों के साथ, फिर नॉर्थ कैंपस की सड़कों पर साथ चलते हुए। श्वेता जब अपनी माँ के बताए विवाह प्रस्तावों को नकारती, तो शशांक धीरे से कहता—"जानू, मेरी जान"।

(प्रेम को अगर आज की लड़की समझाए, तो उसमें तीन बातों का ज़िक्र ज़रूर होता है—Data Privacy, Emotional Labor और Zomato Rating)

हिमांशु, शशांक का मित्र—इस रिश्ते का तीसरा कोण था। वह अक्सर दोनों की बातचीत में सहभागी होता, पर स्वयं को केवल एक दर्शक मानता। एक दिन, श्वेता ने हिमांशु से कहा—"तुम्हारी बातें मुझे कभी-कभी उस दोस्त की तरह लगती हैं, जो दोनों किनारों को बाँधता है लेकिन कभी बीच में नहीं

उतरता।" शशांक और श्वेता का प्रेम गहराया, लेकिन साथ ही उनके स्वप्नों की दिशा अलग-अलग होने लगी। श्वेता सामाजिक आंदोलनों से जुड़ना चाहती थी और शशांक एकांत में कविता लिखना।

हिमांशु का एक और मित्र रोहित, जो अर्थशास्त्र में शोध कर रहा था, कभी किसी की आँखों में सीधे नहीं देखता था। किताबों के बीच उसका संसार था और भावनाओं से वह कुछ दूरी बनाए रखता। (अर्थशास्त्र का छात्र अगर प्रेम में पड़े, तो पहले प्रेम की लागत निकालेगा, फिर दिल की जीडीपी घटाएगा।)... वहीं सुनीता—हंसी में लहराती, जोधपुर से आई एक छात्रा—जिसके लिए हर दिन एक चित्रकारी था। पुस्तकालय के दूसरे तल पर, जहाँ पुरानी पत्रिकाओं की गंध और ख़ामोशी का संगीत साथ चलता था, वहीं इन दोनों की पहली नज़र मिली।

एक दिन जब रोहित चुपचाप *सोफी का संसार* पढ़ रहा था, सुनीता ने उससे पूछा, "तुम्हें ऐसा क्या मिल जाता है शब्दों में, जो लोगों में नहीं मिलता?" रोहित ने धीरे से किताब बंद की और कहा, "शब्द मुझे धोखा नहीं देते।" इस बातचीत के बाद, दोनों की शामें पुस्तकालय के बाहर लगे पेड़ के नीचे बीतने लगीं। वे साथ में पुराने वृत्तांतों पर चर्चा करते— सुनीता अपनी दादी की कहानियाँ सुनाती और रोहित अपने भीतर की उलझनों को खोलता।

सुनीता और रोहित का रिश्ता सघन होता गया, लेकिन सुनीता को अपने गाँव लौटकर कुछ सामाजिक कार्य करने थे। एक दिन, जब दोनों की मुलाक़ात अंतिम होनी थी, रोहित ने कहा—"क्या एक प्रेम जो तुम्हारे जाने के बाद भी जीवित रहे, वही सबसे पवित्र नहीं होता?" सुनीता ने मुस्कराकर सिर हिलाया और कहा—"मैं तुम्हें हर चिट्ठी एक फूल की तरह भेजूँगी।" (दिल्ली की हवा में प्रदूषण से ज़्यादा अफेयर हैं और मोहब्बत से ज़्यादा एक्स हैं।)

हिमांशु का जीवन जैसे किसी राग की स्थायी पंक्ति था—जो हर अंतरे में लौट आती। वह न तो शशांक जैसा गंभीर था, न रोहित जैसा संकोची। वह दोस्त था, लेकिन कभी-कभी जब वह श्वेता की आँखों में स्नेह देखता, या सुनीता की हँसी में खो जाता, तो स्वयं को आइने के सामने पाता—जिसमें न

प्रेमी दिखता था, न पूरी तरह से अकेला। वह दोनों प्रेम कहानियों का एक मौन पुल बन गया। कभी शशांक को अपने निर्णयों में स्पष्टता देता, कभी रोहित को सुनीता के ख़तों में छिपे अर्थ समझाता। लेकिन वह जानता था, उसकी भूमिका किनारे की है। जहाँ प्रेम तो ठहरता है, पर अधिकार नहीं होता। हिमांशु को देखकर कभी-कभी लड़कियाँ भी कहतीं—"तुम बहुत समझदार हो, लेकिन दोस्त ही अच्छे लगते हो।" (कॉलेज की छात्राओंको लगता था कि जिस दिन 'Friendzone' को स्वतंत्र देश घोषित किया जाएगा, हिमांशु वहाँ का प्रधानमंत्री होगा।) हिमांशु शशांक का रूममेट— इस त्रिकोण का तीसरा कोण था। वो दोनों का unpaid therapist बन गया।(अगर आप DU में पढ़ते हैं और आपके दोस्त का अफेयर हो रहा है, तो आपकी भूमिका वही होती है जैसे चुनाव में NOTA की... है भी, लेकिन गिनती में नहीं आते।)

दिल्ली विश्वविद्यालय का नार्थ कैंपस एक ऐसा आश्रम है, जहाँ विद्यार्थियों को ज्ञान के बजाय सबसे पहले चाय की दुकानें खोजने की ट्रेनिंग दी जाती है। क्लास शुरू होने से पहले छात्र यह तय करते हैं कि 'क्लास जाएँ या कैफे के बाहर बौद्धिकता झाड़ें।' सुबह का सूरज जब साउथ कैंपस की पगडंडियों पर गिरता है, तो हवा में एक ऋषि-सी शांति घुल जाती है, जैसे ज्ञान को सांसों से उतारा जा रहा हो।

DU की सेंट्रल लाइब्रेरी एक साइलेंस ज़ोन है। मतलब वहाँ मौन इसलिए होता है क्योंकि छात्रों को समझ ही नहीं आता कि किताब पढ़ें या बस Instagram पर लाइब्रेरी की सेल्फी डाल दें: #ProductiveDay, कुछ छात्र तो वहाँ केवल इसलिए जाते हैं कि प्रेमिका देख ले और सोच ले: "देखो, लड़का सीरियस है!" जबकि असल में किताब खोलते ही उन्हें नींद आने लगती है—जैसे पन्ने में नींद की गोलियाँ लपेटी हों। उधर छात्रावास... वह जगह नहीं, एक रिसर्च लैब है—जहाँ यह अध्ययन होता है कि कितनी देर तक मोबाइल चलाने के बाद भी इंसान पास हो सकता है। हॉस्टल के कॉरिडोरों में सबसे ज़्यादा ज्ञान वही देता है, जिसने पिछले साल बैक लगाई हो—और वह दूसरों को बताता है कि "भाई, सिस्टम ही ख़राब है!" शाम को तितलियाँ

दिखती हैं, तो छात्र कहता है: "देखो, प्रकृति भी आज डिप्रेस है!" और जब कोई गौरैया गुनगुनाती है, तो कुछ छात्र उसे भी रिकॉर्ड कर Spotify पर डाल देते हैं—DU का हर कोना ज्ञान से ज़्यादा जुगाड़ से चलता है।

एक दिन हिमांशु से श्वेता ने कहा, "हिमांशु, तुम आईना को वाकई चाहते हो न?"

हिमांशु मुस्कुराया, "चाहना क्या होता है? वो जब ऑनलाइन आती है, मेरी साँसें धीरे हो जाती हैं। अगर ये प्यार नहीं तो शायद मेरा दिल झूठा है।"

हॉस्टल की छतें केवल कपड़े सुखाने की जगह नहीं होतीं, वहाँ सपनों की सलाइयाँ चलती हैं। रात के साढ़े ग्यारह बजे, जब कैम्पस की आवाज़ें धुँधली हो जाती हैं, हिमांशु अपने गिटार के साथ छत पर बैठा था। उसके पास आकर शशांक बोला, "अरे तू सच में उससे मिला? श्वेता से?"

हिमांशु मुस्कराया, "हाँ... और वो वैसी ही निकली जैसी उसकी आँखों में दुनिया थी।"

तभी श्वेता भी आई, उसके हाथ में कॉफ़ी और आँखों में गहराई। शशांक और श्वेता के बीच भी एक अनकहा रिश्ता था, जो लाइब्रेरी की खामोशियों में पनप रहा था। उनकी बातचीत गिटार की धुन में घुलने लगी, जैसे हवा में कोई पुरानी कविता तैर रही हो। छत के कोने में सुनीता और रोहित बैठे थे और उनके बीच की ख़ामोशियाँ बाक़ी सबके शोर से ज़्यादा गूंजती थीं। उस रात छत पर सिर्फ़ दोस्त नहीं थे...4 अधूरे प्रेम एक-दूसरे को सहारा दे रहे थे, जैसे तारों की छाँव में दिल अपने घाव दिखा रहे हों।

डीयू की कैंटीन में जो शोर होता है, वह दरअसल सैकड़ों अधूरी इच्छाओं का संगीत है। सुबह की चाय, दोपहर के समोसे और शाम की ठंडी बोतलों के बीच पनपती हैं ऐसी बातें, जो सालों तक स्मृतियों में रह जाती हैं। वहीं, कैंटीन के कोने में बैठा था रोहित और सामने सुनीता। उसके चेहरे पर वो शांत मुस्कान थी, जो केवल उन्हीं चेहरों पर आती है जो बहुत कुछ सह चुके होते हैं।

"क्या तू भी हुकअप कल्चर से डरता है?" सुनीता ने पूछा।

रोहित ने जवाब में सिर्फ़ उसकी आँखों में देखा और कहा, "मैं डरता नहीं, पर उसमें स्थायित्व नहीं दिखता। तुम दिखती हो।" इस एक वाक्य में रोहित ने अपने दिल का दरवाज़ा खोल दिया था। वहाँ मौजूद शशांक और श्वेता ने एक-दूसरे की ओर देखा। दो प्रेम कहानियाँ समानांतर पटरियों पर चल रही थीं...

दूसरी ओर हिमांशु की और आईना की बातचीत धीरे-धीरे रोज़मर्रा का हिस्सा बन गई थी। इंस्टाग्राम की चैट अब भावनाओं की डायरी बन चुकी थी।

श्वेता और शशांक की मुलाक़ातें लाइब्रेरी में एक अलग किस्म की तृप्ति लाती थीं। वहाँ शब्द नहीं, सिर्फ़ मौन होता था—लेकिन ऐसा मौन, जो श्वेता की मुस्कान से भर जाता।

एक दिन जब शशांक ने 'दरवाज़ा खोलो बाबा' नामक किताब श्वेता को दी, उसने पन्नों में एक चिट्ठी रख दी—"अगर कभी किताबों से थक जाओ, तो मैं कहानी बनकर पास बैठ जाऊँगी।" उस चिट्ठी को पढ़ते ही शशांक की आँखें गीली हो गईं। प्रेम जब बोलता है, तब शब्दों की आवश्यकता नहीं होती। पर बाहर की दुनिया, पार्टियों और इंस्टा रील्स की दुनिया, इस ख़ामोशी को नहीं समझती थी।

श्वेता के दोस्त उसे समझाते रहे, "Emotions में मत उलझो, practical बनो।" लेकिन श्वेता जानती थी, कुछ रिश्ते दिल से शुरू होकर दिल में ही समाप्त होते हैं।

सुनीता और रोहित के बीच का रिश्ता, बारिश की बूँदों जैसा था... अनिश्चित, लेकिन प्यारा।

एक बार जब सुनीता ने कहा, "मैं तुम्हें इसलिए पसंद नहीं करती कि तुम अलग हो, बल्कि इसलिए कि मैं तुम्हारे साथ अलग महसूस करती हूँ।"

उस वाक्य ने रोहित को उस दुनिया में ला खड़ा किया, जहाँ प्रेम क्षणिक नहीं होता, बल्कि वो हर सुबह के साथ एक नया रूप लेता है। लेकिन सुनीता के भीतर भी एक द्वंद्व था—स्वतंत्रता या समर्पण? प्रेम या आत्मसम्मान? उसी

कैंटीन की भीड़ में, जहाँ नए रिश्ते हर घंटे बनते-बिगड़ते, वह रोहित की आँखों में एक स्थायित्व देखती थी। यह कहानी थी उस प्रेम की, जो आधुनिकता के बीच भी अपना देसीपन नहीं खोता।

समय बीत गया, कॉलेज के बेंच पर नई कहानियाँ लिखी जाने लगीं। लेकिन हिमांशु, शशांक, श्वेता, सुनीता और रोहित...उनके भीतर वो प्रेम अब भी कहीं साँस ले रहा था। दिल्ली विश्वविद्यालय उनके लिए केवल एक शिक्षण संस्थान नहीं रहा, बल्कि एक स्मृति थी—जिसकी हर परछाईं में कोई एहसास चुपचाप खड़ा था। यह कहानी उसी प्रेम की है, जो न पोस्टर पर दिखता है, न लाइक्स में मापा जाता है। यह वह प्रेम है जो मन की दीवार पर टंगा रहता है और समय-समय पर झूल जाता है... जैसे गुलमोहर की सूखी डालियों में एक आख़िरी फूल।

सबके बीच हिमांशु अकेला था..आईना के बिना अधूरा। उसने इंस्टाग्राम पर नहीं, कल्पनाओं की स्क्रीन पर अपने प्रेम का विस्तार किया था। एक दिन जब हॉस्टल की छत पर सभी दोस्त इकट्ठा हुए ...गिटार की मद्धम धुनों, चाय की सोंधी ख़ुशबू और तारों की झिलमिलाहट के बीच—हिमांशु ने एक कविता सुनाई :

> "दिल का कोई ठिकाना नहीं, तेरे बिना कहाँ जाऊँ  
> अधूरी सी है दुनिया मेरी, तेरे बिन मैं कहाँ जाऊँ  
> तेरे ख़यालों की धारा में बहकर खो जाऊँ  
> बिन तेरे किस मोड़ पर फिर मैं ठहर जाऊँ"

शशांक उस रात भी अपनी डायरी में वही वाक्य दोहरा रहा था, जो वह सेमिनार के मंच पर कह चुका था—"कबीर बोलते हैं, क्योंकि हम चुप हैं।"

उसकी उँगलियाँ नीले स्याही से भर चुकी थीं और कमरे में केवल खिड़की से छनती पीली स्ट्रीट लाइट की परछाइयाँ थीं। बाहर मिंटो रोड की सड़कें नींद में थीं और भीतर शशांक की आत्मा जागी हुई। उस रात, श्वेता ने भी अपनी डायरी खोली थी, लेकिन शब्दों की जगह ख़ालीपन था—शायद डर। डर किसी अनाम छाया का, जो पिछले दो दिनों से उसके पीछे था। वह जानती थी, उसकी हर कॉल मॉनिटर की जा रही थी, उसकी हर मीटिंग की ख़बर किसी को जा रही थी।

एक हफ़्ता पहले उन्होंने प्लान बनाया था—पुरानी दिल्ली स्टेशन से निकलेंगे, शालीमार मालानी एक्सप्रेस पकड़ेंगे और जयपुर की किसी NGO में अपनी नई ज़िंदगी की शुरुआत करेंगे। उनके पास नक्शे थे, टिकट के स्क्रीनशॉट थे... लेकिन योजना लीक हो चुकी थी। श्वेता की माँ ने फ़ोन पर कहा था—"तू अपनी मर्ज़ी से निकलेगी तो हमारी लाश देखेगी।" उसी शाम शशांक ने सुनीता और रोहित को बुलाया था—दोनों दोस्त थे, लेकिन भरोसे की रेखा अब धुंधली थी। रात को कैंटीन में, कोल्ड कॉफ़ी के गिलास के बीच तीन चेहरों के बीच एक ख़ामोश डील हो रही थी—किस पर कितना यकीन किया जाए?

शाम की वह घड़ी कुछ विचित्र थी। किरोड़ीमल कॉलेज की पुरानी इमारत की छाया जैसे धीरे-धीरे शशांक की आत्मा में उतर रही थी। उसने अंतिम बार श्वेता का हाथ थामा था—हिचकते हुए, जैसे कोई अपना भविष्य किसी और की हथेली में रख रहा हो। पास में ही हडसन लेन का मोड़ था, जहाँ वे अक्सर चुप बैठ जाया करते थे। लेकिन इस बार श्वेता की आँखों में न वह हँसी थी, न वह हल्की चिंता। सिर्फ़ एक गहरी थकान थी—जैसे वह अपने ही घर से भागते हुए भीतर ही भीतर दम तोड़ चुकी हो।

श्वेता यादव का परिवार एक कट्टर यादव समुदाय से था, जहाँ 'इज़्ज़त' का मतलब था, औरतों की चुप्पी और पुरुषों की मर्ज़ी। उन्होंने श्वेता के कॉलेज जाने को एक ज़रूरत माना था, विकल्प नहीं। लेकिन श्वेता ने विकल्प चुन लिया था—शशांक मीणा। परिवार को उनके रिश्ते की भनक तब लगी जब एक

स्थानीय युवक ने दोनों को मेट्रो स्टेशन पर एक साथ देखा और मोबाइल से तस्वीरें ले लीं। तस्वीरें, जो बाद में व्हाट्सएप पर 'इज़्ज़त का तमाशा' बन गईं।

श्वेता की माँ ने उसे कमरे में बंद कर दिया। अगले दिन कॉलेज नहीं, थाना था लेकिन शशांक के ख़िलाफ़ नहीं। पुलिस से ज़्यादा भरोसा उन्हें बिरादरी पर था। बिरादरी की पंचायत बुलाई गई। "बेटी हाथ से निकली जा रही है," उनके चाचा ने कहा। पंचायत ने एक स्वर में निर्णय दिया : "इसे वापस लाओ और फिर..." बात अधूरी थी, पर हर कोई समझ रहा था। हत्याएं अब फैसले बन चुकी थीं। घर के भीतर तय की जाती थीं, खून के रंग बिरादरी के झंडे से मिल जाते थे।

श्वेता को घर से निकालने की योजना बेहद संगठित थी। एक दिन उसकी चचेरी बहन उसे मॉल चलने के बहाने बाहर ले गई। वहीं, गाड़ी में पहले से मौजूद तीन पुरुष—जिनमें उसका भाई, मामा और एक स्थानीय दबंग शामिल थे, ने उसे जबरन गाड़ी में बैठाया। श्वेता की चीखें बंद शीशों में गूंज कर रह गईं। उसे उत्तर प्रदेश की सीमा के पास एक पुराने फार्महाउस में ले जाया गया। उधर शशांक, जो लगातार कॉल कर रहा था, सिर्फ़ 'स्विच्ड ऑफ' की मशीन जैसी आवाज़ सुन रहा था। उसे महसूस हो रहा था जैसे कोई शून्य उसकी ज़िंदगी निगलने वाला हो।

श्वेता को उस रात नींद नहीं आई। रातभर फार्महाउस की दीवारें पूछती रहीं : "क्या प्रेम की सज़ा मौत है?" सुबह, जब सूरज उगने को था, श्वेता को ज़हर की एक छोटी शीशी दिखाई गई। "इज़्ज़त से मर जा, वरना गला घोंट देंगे," भाई ने कहा। श्वेता ने कुछ नहीं कहा। जब ज़हर उसके होठों तक पहुँचा, उसने माँ का चेहरा याद किया वही माँ, जिसने कभी सिर सहलाया था। और फिर सब काला पड़ गया। उधर शशांक, जो पुलिस स्टेशन भागा था, उसकी एक न सुनी गई। "मामला व्यक्तिगत है," एक इंस्पेक्टर ने कहा और बिस्किट चाय में डुबोकर खाता रहा।

श्वेता की मौत की ख़बर दो दिन बाद आई, एक अज्ञात लड़की की लाश के रूप में, जिसकी पहचान उसके कंगन और एक आधे जले आईकार्ड से हुई। शशांक की आँखों में कुछ बुझ गया था, पर कुछ जाग भी गया था। वह इंसाफ़

की लड़ाई लड़ने को तैयार था। उसने मीडिया, सोशल मीडिया और हर मंच को आवाज़ दी। लेकिन हर जगह एक ही उत्तर मिला : "ये ऑनर किलिंग थी, मगर सबूत कहाँ हैं?" सुनीता और रोहित ने गवाही देने का वादा किया, लेकिन अगले ही दिन उनके माता-पिता ने उन्हें कॉलेज से निकाल लिया— "जितना पढ़ लिया, बहुत है।"

अब वह समय नहीं रहा जब प्रेम चुपचाप किसी कोने में पनप जाता था। अब प्रेम सीसीटीवी, जाति प्रमाण पत्र और कॉल रिकॉर्ड की कैद में था। शशांक अकेला था। अपने शब्दों के साथ, श्वेता की यादों के साथ। वो हर दिन पास था, लेकिन आदत बन चुका था। और आदतें कब ज़रूरत बन जाती हैं, यह तब समझ आता है जब वो चला जाता है और पीछे सिर्फ़ ख़ालीपन रह जाता है। प्रेम जब पास होता है, तो हम उसे दर्पण समझते हैं। और जब वो दूर हो जाता है, तब एहसास होता है—वो तो आत्मा का उजास था, जिसमें हम अपनी पहचान देखते थे... कभी सोचा नहीं था कि जो हर रोज़ मिल जाता है, वही एक दिन सबसे अनमोल हो जाएगा। जीवन की यही त्रासदी है—हम मूल्य को दूरी से मापते हैं।

रिश्ते, वो नदी हैं जो हमारे आँगन से बहती रहती हैं। हम उसकी कल-कल को नज़रअंदाज़ करते हैं और जब वो सूख जाती है... तब हमें प्यास की असली परिभाषा समझ आती है। वो रोज़ सुबह की चाय में उसकी मुस्कुराहट घोल देता था। अब जब वो नहीं है, तो चाय वही है... पर स्वाद जीवन से रुख़्सत हो चुका है। रिश्ता जब दूर चला जाता है, तब तस्वीरें भी आवाज़ करने लगती हैं—जैसे हर मुस्कान एक संवाद है और हर ख़ामोशी एक इल्ज़ाम। वो तुम्हारा पास होना नहीं था, वो मेरा संबल था। और अब जब तुम दूर हो, तो मेरी आत्मा हर दिन ढहती है... एक प्रेमविहीन मंदिर की तरह, कभी-कभी हम जिस रिश्ते को बोझ समझते हैं, वही एक दिन संबल बनकर यादों की सबसे मज़बूत दीवार बन जाता है। काश, ये समझ समय रहते आती।

तुम्हारे होने की आदत हो गई थी, ठीक वैसे ही जैसे नींद से पहले कुछ न सोचकर भी तुम्हारे ख़याल में खो जाना। अब तुम्हारी अनुपस्थिति में नींद भी पराई लगती है। तुम्हारे साथ के दिन, जैसे किसी किताब के खुले पन्ने.. जिन्हें

मैंने पढ़ा नहीं, बस पलटता रहा। अब जब किताब बंद हो गई है, तो पढ़ने की तड़प आँखें नम कर देती है।

दिल्ली के लक्ष्मीनगर में एक मोहब्बत मारी गई है और गवाह है समाज का लुंगीधारी जमीर। शशांक और श्वेता... नाम कुछ भी हो सकते थे, पर दिल्ली की गलियों में प्रेम तो एक जैसा ही तड़पता है। यूँ तो दोनों पढ़े-लिखे, सोशल मीडिया पर ट्रेंडिंग कपल गोल्स थे, लेकिन समाज के गाल पर ये जो 'जाति' नाम की तिलचट्टा मंडराता है, उसने आख़िरकार उनकी मोहब्बत को चप्पल से कुचल ही डाला। श्वेता के घरवालों ने वही किया जो भारत का संस्कारी ख़ून करता है... बेटी की जान ले ली ताकि ख़ानदान की इज़्ज़त बच जाए। इज़्ज़त भी अजीब चीज़ है जनाब, जिसे टंकी पर खड़ा होकर लड़का चिल्लाए तो रोमांस कहलाता है, पर जब वही लड़का दूसरी जात का हो तो उस टंकी को जेल की कोठरी बना दिया जाता है।

भारत के संविधान में भले ही प्रेम स्वतंत्र हो, पर घरवालों के संविधान में वो दंडनीय अपराध है। बेटी की मर्ज़ी आज़ादी नहीं, आतंक लगती है। इस देश में लड़की की शादी उसके पिता की मर्ज़ी से होती है और अगर लड़की ख़ुद मर्ज़ी दिखा दे तो मरा हुआ समझा जाता है या मार दिया जाता है।

बात अब साफ़ है... जाति, इज़्ज़त, परंपरा और मोहब्बत के बीच चुनाव करना हो तो समाज आँख मूंदकर पहला पक्ष चुनता है। जब तक मोहब्बत पर समाज का अंकुश रहेगा, तब तक शशांक और श्वेता सिर्फ़ नाम नहीं, हर शहर की गली में दो जलते हुए दीयों की तरह बुझाए जाते रहेंगे।

हम मंगल पर पानी खोजने लगे हैं, लेकिन बेटी की आँखों में तैरते सपनों का अस्तित्व अब भी हमें खलता है। हम मोबाइल से पूरे संसार को जोड़ देते हैं, लेकिन बेटी अगर अपने मन के जीवनसाथी से जुड़ना चाहे तो हमें 'कबीला' याद आ जाता है। हम कहते हैं... 'हम आधुनिक हो गए हैं,' पर लड़की की शादी आते ही हमारे अंदर का आदिम जंगली जानवर जाग उठता है।

जब बेटी कहती है कि वह ख़ुद तय करेगी किससे विवाह करना है, तो पिता का कंठ शुद्ध वेद की ध्वनि से नहीं, बल्कि कुल की लाज और बिरादरी के मान-मर्दन से कांप उठता है। हम 21वीं सदी में जी रहे हैं, लेकिन विवाह के मामले में अब भी गुफाओं की दीवारों पर अपने कबीले की पेंटिंग ढूँढ़ते हैं।

'अपना खून, अपनी जात, अपना गोत्र'... यह मंत्र हमें विज्ञान से ज़्यादा याद रहता है। क्या प्रेम करने वाला कोई अपराधी है? या फिर बस इतना कहने भर से ही वह बिरादरी का गद्दार हो जाता है?

कभी-कभी लगता है कि हम संविधान से नहीं, 'वंश-परंपरा नियमावली' से चल रहे हैं। लड़की ने अगर प्रेम किया, तो यह उसके चरित्र का नहीं, बल्कि हमारी मानसिक पराजय का प्रमाण मान लिया जाता है। हम आधुनिक कपड़े पहनते हैं, स्मार्टफ़ोन रखते हैं, लेकिन जब लड़की कहती है 'मैं अपने लिए ख़ुद जीवनसाथी चुनूँगी,' तब हम उसे घूंघट में ढक देना चाहते हैं ताकि उसकी आज़ादी न दिखे।

समाज इतना बड़ा छलावा है कि वो लड़की के पढ़ने को तो गौरव समझता है, पर उसकी स्वतंत्र सोच को अपमान। बेटी के स्कूल जाने पर बधाई मिलती है, पर उसकी पसंद की शादी पर तिरस्कार। क्या लड़की की स्वतंत्रता सिर्फ़ एक विज्ञापन है, या फिर हमारी आत्मा अब भी गीली लकड़ी की तरह धुआँ ही उगल रही है? कहने को तो हम 'बेटी बचाओ, बेटी पढ़ाओ' का नारा लगाते हैं, पर जब वही बेटी अपने निर्णय स्वयं लेना चाहती है, तब हम उसी नारे को 'बेटी छुपाओ, बेटी सिखाओ' में बदल देते हैं। क्या शिक्षा का उद्देश्य सिर्फ़ अंकतालिका तक सीमित है? या फिर मन की स्वतंत्रता का मार्ग खोलने का भी कुछ अर्थ होता है?

कबीलाई सोच की सबसे बड़ी विडंबना यही है कि वो औरत को इज़्ज़त समझता है, इंसान नहीं। इज़्ज़त खो भी सकती है, छीनी भी जा सकती है, पर इंसान अगर उड़ान भरने लगे तो उसे कोई छू नहीं सकता। पर यहाँ हर उड़ती लड़की को काटने के लिए समाज अपने हथियार निकाल लेता है। हर पिता चाहता है कि उसकी बेटी डॉक्टर बने, इंजीनियर बने, IAS बने, पर जब वह

किसी को प्रेम करती है, तो वह चाह एकदम से आतंक में बदल जाती है। मानो बेटी का प्रेम आत्मघाती बटन हो गया हो। जिस समाज में प्रेम को ही अपराध बना दिया गया हो, वहाँ संविधान की प्रस्तावना भी डर-डर कर पढ़ी जाती है। 'स्वतंत्रता, समानता और न्याय' यह किताबों में अच्छा लगता है, पर बेटी अगर अपने मन की बात कहे, तो वही समाज उसे 'अशिक्षित,' 'उच्छृंखल' और 'नालायक़' कहने लगता है।

# 4

# पहली मुलाक़ात...

आईना ने खिड़की से बाहर झाँका—खेत अब सिर्फ़ दृश्य नहीं रहे थे, वे जैसे जीवन के विकल्प बनकर सरक रहे थे। ट्रेन की गति के साथ उसकी साँसों की लय भी बदल रही थी। (हमारे समाज में लड़कियाँ सपनों की ट्रेन पकड़ती हैं और रिश्तेदार उन्हें अगले स्टेशन पर उतरवा लेते हैं—यह कहकर कि 'अब बहुत हो गया घूमना-फिरना'।)

वह अपनी जगह से हटना नहीं चाहती थी, लेकिन समाज की ओर से आ रही प्रगति के इस दबाव में वह ख़ुद को खोने की दिशा में चली जा रही थी। उसकी आँखों में सवाल थे और मन में हलचल। क्या सचमुच वह वो सब कर सकती थी, जिसकी उसने कल्पना की थी? बैग में रखे माँ के पुराने सूट और वो चुप्पियाँ अब किसी सिलाई मशीन की तरह उसके भीतर चलने लगी थीं। वह तय कर चुकी थी कि अब कोई फाल किनारे नहीं करेगा... न उसके सपनों का, न उसकी इच्छाओं का।

आईना के भीतर कोई पुराना डर था, जो अब तक उसके साथ था। पर इस बार, उस डर को उसने अपने निर्णय के रास्ते पर एक झूठा साथी समझा, जिसे पीछे छोड़ दिया। उसने जान लिया था कि उसकी उड़ान का कोई और पंख नहीं, बल्कि उसकी ख़ुद की आँखें और दिल हैं।

ट्रेन के हर झटके पर वह सोचती—क्या वाकई यह सही समय है? फिर ख़ुद ही जवाब भी देती—जब भी तुम अपने लिए कुछ चुनो, वही सही समय होता है। (हमारे यहाँ समय नहीं, शादियाँ तय करती हैं कि कौन क्या बनेगा—कोई पति, कोई पत्नी और कोई सिर्फ़ समझौता।) ...मन की शांति और साहस के बीच वह इधर-उधर मचलती हुई उन निर्णयों को सोचने की कोशिश कर रही थी, जो उसने अपनी ज़िंदगी में पहले कभी नहीं लिए थे।

उसने अपनी डायरी में लिखा—"कभी-कभी, दुनिया से भागना दरअसल, अपनी ओर लौटना होता है।"....वह सोच रही थी समाज को डर इस बात से नहीं कि लड़की घर से निकल गई, डर ये है कि कहीं लौटते हुए वो अपनी शर्तों पर न लौटे।" आईना की यह पंक्ति सिर्फ़ डायरी के एक पन्ने पर नहीं, उसके अस्तित्व की पूरी कहानी में छिपी थी। वह आज़ादी की ओर बढ़ रही थी, जहाँ हर मोड़ पर रुकावटें थीं, पर उसका इरादा अडिग था।

उसने हिमांशु को मैसेज टाइप किया, पर भेजा नहीं। शायद वो जानती थी... इस प्रेम में शब्दों की ज़रूरत नहीं, सिर्फ़ उपस्थिति की थी। हिमांशु का नाम स्क्रीन पर देखकर उसकी आँखों में एक हल्की सी चमक थी, जो बताती थी कि यह संवाद वह व्यक्तिगत तौर पर अपनी आँखों से ही करना चाहती थी।

दिल्ली अब दूर नहीं थी। और पहली बार, उसे अपने निर्णय पर अफ़सोस नहीं था। (हमारे समाज में लड़की अगर सोच ले, तो सारा कुनबा बेचैन हो जाता है—जैसे किसी ने बिन बताए संविधान में संशोधन कर दिया हो।) आईना को यह समझने में देर नहीं लगी कि अब वह अपनी मंज़िल की ओर जा रही थी, जहाँ हर निर्णय उसकी अपनी बनाई हुई राह पर आधारित था। यह कोई बड़ी यात्रा नहीं थी, बस आत्मविश्वास और साहस के साथ की गई एक छोटी सी यात्रा थी।

आईना की ट्रेन अब दिल्ली के स्टेशन की ओर बढ़ रही थी और उसकी आँखों में पहले से ज़्यादा स्पष्टता थी। पुराने डर, पुराने सवालों और समाज के बने-बनाए रास्तों के बावजूद, वह अपने रास्ते पर चलने के लिए पूरी तरह तैयार थी। अब वह जान चुकी थी कि प्रेम और जीवन के हर निर्णय को ख़ुद पर विश्वास से लिया जाता है और इसे किसी को प्रमाणित करने की आवश्यकता नहीं होती। इसी ट्रेन में उसने अपने सपनों के अलावा कुछ और नहीं लिया था।

दिल्ली स्टेशन पर ट्रेन धीरे-धीरे खिसकी... जैसे किसी बूढ़े आदमी ने अपनी बात कहने से पहले लंबी साँस ली हो। लोग दरवाज़ों पर थे, कुछ अपनी मंज़िल ढूँढ़ रहे थे और कुछ किसी को देखकर हाथ हिला रहे थे। आईना ने खिड़की के बाहर देखा—दिल्ली पहली बार ऐसी लगी जैसे किसी पुराने पोस्टकार्ड में से कोई दृश्य जीवित हो उठा हो। वो चुपचाप उठी, बैग संभाला और धीमे क़दमों से प्लेटफ़ॉर्म पर उतरी। और दिल्ली के स्टेशन पर उतरते हुए वह जान चुकी थी—उसकी यात्रा अब उसकी ही राह पर चलने वाली थी, न कि किसी और की।

भीड़ के शोर के बीच उसके कानों को कोई आवाज़ नहीं चाहिए थी—सिर्फ़ एक चेहरा चाहिए था, जो उसकी यात्रा का अंत नहीं, आरंभ हो।

वो उस भीड़ में किसी को ढूँढ़ नहीं रही थी,
बल्कि किसी की आँखें उसे ढूँढ़ रही थीं।

प्लेटफ़ॉर्म के किनारे एक लड़का खड़ा था... सादा शर्ट, स्लिंग बैग और चेहरे पर हल्की-सी घबराई मुस्कान, जो किसी प्रेम-पत्र में लिपटे प्रश्नवाचक चिह्न जैसी लग रही थी।

वो हिमांशु था।

आईना की नज़र उस पर पड़ी और उसकी चाल थम गई, जैसे दिल्ली की भागती रफ़्तार को किसी ने संज्ञा दे दी हो।

हिमांशु ने आगे बढ़कर पूछा—"तुम ठीक हो न?" आवाज़ में हिचक थी, पर नज़रों में भरोसा।

आईना ने बिना बोले सिर हिलाया—मुस्कुराकर। वो वही मुस्कान थी जिसे हिमांशु ने पहली बार वीडियो कॉल में देखा था, पर इस बार, कोई स्क्रीन नहीं था—बस साँसों के बीच की दूरी थी।

कुछ नहीं कहा गया। पर बहुत कुछ सुन लिया गया।

स्टेशन पर कोहरा नहीं था, लेकिन उस पल में समय धुंधला था—और प्रेम एकदम स्पष्ट।

दोनों कुछ कदम साथ चले, भीड़ अब उनके लिए दृश्य भर थी—जैसे शहर किसी प्रेमकथा का सेट बन गया हो।

कैफ़े कोई बड़ी जगह नहीं थी—बस दो दरवाज़ों के बीच पिघली हुई शांति और शीशों पर झरती धूप का ठिकाना। बाहर सड़क पर गाड़ियों की आवाज़ थी, लेकिन भीतर एक अजीब-सी चुप्पी थी—ऐसी चुप्पी, जो इंतज़ार की देह पर ओस की तरह टिक जाती है। उस दिन हवा में अजनबीपन नहीं था, बल्कि ऐसा कुछ था जो बहुत जाना-पहचाना लगता था—जैसे किसी पुराने ख़त की आख़िरी पंक्ति, जो अब भी दिल में गूँजती हो। आईना ने पहली बार सामने बैठने वाले उस चेहरे को देखा, जिसे अब तक सिर्फ़ स्क्रीन की रोशनी में पहचाना था। उसे समझ में नहीं आया—यह मिलना है, या कोई स्मृति जो पुनः घट रही है। उस क्षण में समय थम नहीं गया था... बस धीमा चलने लगा था—ताकि सब महसूस किया जा सके।

कैफ़े की खिड़की के पास वाली मेज़ पर दो कप रखे थे... एक थोड़ा भरा हुआ, दूसरा थोड़ा ख़ाली। बाहर बारिश की धूप और धूप की बारिश थी। जैसे कोई तय नहीं कर पा रहा कि इस मिलन को आँसू दें या उजाला।

आईना अपनी उँगलियों से कप के हैंडल को बार-बार घुमा रही थी—जैसे कोई पुराने गाने की धुन दोहरा रही हो। सामने बैठा हिमांशु, उसके होंठों की

हल्की कंपन को पढ़ने की कोशिश में था... जैसे कोई अजनबी किसी कविता के शीर्षक से पूरी किताब समझना चाहता हो।

"तुम्हें देखना...," हिमांशु रुका, फिर बोला, "जैसे किसी कहानी को पहली बार पढ़ना हो, जिसके पन्ने बिखरे हों—पर ख़ुशबू वही पुरानी हो।"

आईना मुस्कराई—वह मुस्कान जो शब्दों से नहीं, धड़कनों से लिखी जाती है।

"और तुम्हें सुनना," उसने कहा, "जैसे कोई पुरानी डायरी हो, जिसमें बारिश में भीगकर इंक फैल गई हो... मगर हर अक्षर ज़िंदा है।"

कैफ़े की ख़ामोशी अचानक मधुर हो गई—जैसे उनकी साँसों ने कोई ग़ज़ल गुनगुना दी हो।

"तुम्हें डर नहीं लगा?" हिमांशु ने पूछा।

आईना ने कहा, "डर था... पर जो लोग सपनों से डरते हैं, वे अक्सर ज़िंदगी से हार जाते हैं। और मैं सिर्फ़ जीतना नहीं चाहती—तुम्हारे साथ जीना चाहती हूँ।"

उसके इस उत्तर पर, हिमांशु के हाथ की कॉफ़ी ठंडी हो गई थी—पर उसकी हथेली गर्म हो गई थी... जैसे किसी विश्वास की लौ उसमें सुलग उठी हो।

कुछ पल दोनों ने सिर्फ़ एक-दूसरे को देखा—न शर्त थी, न वादा।

केवल एक मौन था—जो किसी प्रार्थना की तरह पवित्र था।

वो पहली कॉफ़ी थी, जिसमें स्वाद से ज़्यादा स्मृति थी, जो आगे की हर सुबह में दोहराई जानी थी—और वह पहली बात थी, जिसमें लफ़्ज़ों से अधिक लय थी।

जब वे दोनों कैफ़े से बाहर निकले, सूरज अब पश्चिम के कोने में थोड़ी देर के लिए ठहर गया था—जैसे जानता हो कि इस मिलन में उजाले की थोड़ी ज़रूरत और है। उनके क़दम साथ चल रहे थे, लेकिन एक छाया पीछे रह गई थी ...वो जो कभी अकेलेपन में उनके साथ चलती थी, आज जैसे पीछे छूट गई थी। सड़क पर कुछ लोग थे, कुछ गुमसुम चेहरे जैसे पूरी दुनिया भी

अपनी-अपनी 'पहली कॉफ़ी' की तलाश में हो। आईना के बाल चेहरे पर आ रहे थे, हिमांशु उन्हें नहीं छू रहा था—वह उस क्षण की गरिमा को हाथ से नहीं, नज़रों से सहला रहा था। ज़िंदगी अब भी वही थी, पर कुछ बदल गया था—जैसे किसी कहानी में शीर्षक जुड़ गया हो। उन्होंने कुछ नहीं कहा, सिर्फ़ देखा... और देखा जाना ही शायद उस दिन प्रेम का पहला स्वीकार था।

दिल्ली के बस स्टैंडों की रातें अक्सर बहुत व्यस्त होती हैं—चाय के कुल्हड़ों से उठती भाप, यात्रियों के हाथ में लटकते बैग और आँखों में उलझे कुछ रुकने-अटकने के संकेत। लेकिन उस दिन प्लेटफ़ॉर्म के एक किनारे, चुपचाप खड़ी आईना—उन सारी हलचलों से बाहर थी... जैसे वह उस भीड़ में नहीं थी, केवल प्रतीक्षा में थी।

हवा में कुछ ठंडक थी, पर आईना की हथेलियों में कोई हल्की गरमाहट रह गई थी—शायद लोधी गार्डन की वो दोपहर अब तक उसके भीतर किसी धीमी आँच की तरह जल रही थी।

हिमांशु कुछ दूर खड़ा था—चुप, सधे हुए क़दमों के साथ। जैसे कोई व्यक्ति जो कुछ कहकर नहीं, कुछ न कहकर अधिक दे गया हो।

उनके बीच कोई अलविदा नहीं हुआ, कोई हाथ नहीं छूए गए... बस वही हल्का-सा सिर झुकाना और आँखों में उतरी एक संवादहीन भाषा।

जब आईना ने बस में सीट ली और खिड़की के पास बैठी, तो दिल्ली के लैंपपोस्ट उसके चेहरे पर रेंगते हुए गुज़रने लगे... जैसे कोई पुरानी याद बाहर दौड़ रही हो और वह भीतर से ठहर गई हो। उसी क्षण मोबाइल की स्क्रीन चमकी—हिमांशु : "गई नहीं हो... बस थमी हो थोड़ी देर के लिए।"

हिमांशु ने फिर टेक्स्ट किया—"तेरे जाने के बाद भी मैं वहीं खड़ा हूँ... तेरे पीछे नहीं, तेरे साथ।"

"यात्राएँ ख़त्म होती हैं, पर कुछ रास्ते याद रह जाते हैं... तू उस रास्ते जैसा ही है।" आईना ने इमोजी के साथ रिप्लाई किया।

रात का वह क्षण, जब बसों की रोशनी सड़क पर लंबी लकीरों की तरह खिंच जाती है—ठीक वैसे ही जैसे कोई स्मृति अपने पाँव खींचती है... अलविदा कहे बिना।

आईना की उँगलियाँ अब भी मोबाइल स्क्रीन पर थिरक रही थीं, जैसे किसी बांसुरी पर धीमे-धीमे कोई राग छेड़ा जा रहा हो, जिसे केवल वही दो सुन सकते थे।

बस धीरे-धीरे आगे बढ़ी... पीछे छूट गया दिल्ली का वह कॉफ़ी मग, वो अधूरी बात और वो एहसास जिसे शब्दों की ज़रूरत नहीं थी।

हिमांशु सड़क पर खड़ा रहा... जब तक बस आँखों से ओझल नहीं हो गई। पर भीतर वह अब भी साथ था—जैसे किसी पृष्ठ के कोने पर टिकी कोई नमी, जो पढ़ते-पढ़ते कभी सूखती नहीं।

आईना ने सीट के पर्दे को हल्का सा सरकाया, बाहर कुछ नहीं था—केवल अंधेरा और उस अंधेरे में एक नाम जो चमक रहा था... हिमांशु।

दिल्ली पीछे छूट रही थी, अलवर सामने था, लेकिन वह प्रेम, जो इन दो शहरों के बीच जन्मा था, अब किसी शहर का नहीं, केवल दो दिलों का पता बन गया था।

# 5

# एक यात्रा की अज्ञात सी पगडंडी

उस वर्ष समर वेकेशन कुछ अलग ढंग से आए थे। गर्मियों की उन दोपहरों में जब दिल्ली की गलियों में हवा भी थम-सी जाती है, हिमांशु के मन में एक अनजानी हूक उठी थी जैसे कोई बंद खिड़की अचानक खुल गई हो और भीतर से यात्रा की कोई पुरानी गंध बाहर फैलने लगी हो। सुशील उसका ममेरे भाई वर्षों से ऑस्ट्रेलिया में सॉफ्टवेयर इंजीनियर था। फ़ोन पर बात करते हुए जब उसने बताया कि उसके माता-पिता पहली बार ऑस्ट्रेलिया आ रहे हैं, हिमांशु के भीतर किसी भूले हुए नक्षत्र की तरह एक इच्छा जागी—*क्या मैं भी चल सकता हूँ?*

उसने यह प्रश्न यूँ ही कह दिया था—जैसे कोई बच्चा चांद माँग ले। उसे लगा था, सुशील हँस देगा या बहाना बना देगा। पर जवाब आया—"आ जा, समर है... सिडनी इस मौसम में सबसे ज़्यादा खुलता है।"

जवाब साधारण था, पर उसमें एक अनकहा निमंत्रण छिपा था—जैसे कोई पुराना दोस्त दरवाज़ा खोलकर कह रहा हो : “भीतर आओ, यहाँ तुम्हारी जगह अभी भी ख़ाली है।”

हवाईअड्डे की उस सुबह हिमांशु को पहली बार लगा कि यात्रा केवल स्थलों की नहीं होती, वह किसी पुराने ‘मैं’ की तलाश भी हो सकती है। (अभी बैठा कहाँ है विमान में?) उसे नहीं पता था कि ऑस्ट्रेलिया उसके लिए सिर्फ़ एक देश नहीं, एक दर्पण बन जाएगा।

सुशील का ऑस्ट्रेलिया बुलाना एक रिश्ता निभाना भर नहीं था—वह एक ख़ामोश संवाद था, जो कभी शब्दों से नहीं कहा गया था। और हिमांशु का जाना—वह कोई निर्णय नहीं था, बल्कि एक स्वीकार—जैसे कोई पौधा तय नहीं करता कि वह किस दिशा में बढ़ेगा, वह बस सूरज की तरफ़ मुड़ता है।

दिल्ली एयरपोर्ट की हवा में एक अलग तरह की उत्तेजना थी—काँच की दीवारों के पार खड़ी उड़ानों की लंबी कतारें, जैसे समय की भुजाओं में बंधे हुए सपनों की उड़ान का इंतज़ार कर रही थीं। हिमांशु ने बोर्डिंग पास जेब में डाला और गेट 18 की ओर बढ़ चला। चारों ओर टर्मिनल की रोशनी में भीगी आवाज़ें, ट्रॉली पर लुढ़कती यात्राएँ और औपचारिक मुस्कानें थीं, मगर उसके भीतर कहीं एक हरे रंग की नमी थी—आईना की।

वह उसकी स्क्रीन पर झाँकता रहा, जैसे कोई पुराना पत्र खोल रहा हो। फ्लाइट टेकऑफ़ से पहले उसने उसे एक ऑडियो क्लिप भेजा : “अगर आज तुम यहाँ होती, तो शायद ये आसमान और भी गहरा नीला लगता।” विमान की खिड़की से झाँकते हुए शहर की पीली बत्तियाँ नीचे कहीं खोती जा रही थीं—ठीक वैसे ही जैसे उनकी बातचीत की गर्माहट अब वॉट्सएप की **last seen** में बदल गई थी। मगर इस यात्रा में एक अजीब विश्वास भी था—कि शायद धरती की दूसरी छोर पर, कला के शहर में, वो अपनी कल्पना के संगिनी से फिर जुड़ पाएगा। विमान के खिड़की के पार बादल ऐसे दिखते थे, जैसे किसी श्वेत कहानी के अधूरे पृष्ठ।

विमान अब बंगाल की खाड़ी के ऊपर था। बाहर अंधेरे में चाँदी की चादर जैसे बादल पसरे थे और भीतर रोशनी कम कर दी गई थी। स्क्रीन पर आस्ट्रेलिया का नक्शा धीरे-धीरे खिसकता जा रहा था—हिमांशु ने ध्यान से देखा कि कैसे नामों में भी एक संगीत होता है, जैसे *Darwin, Cairns, Brisbane*... और फिर सिडनी। उसने नींद से बोझिल आँखों से खिड़की की ओर देखा, जहाँ अब कुछ भी स्पष्ट नहीं था—केवल उसका ही प्रतिबिंब और कहीं पीछे आईना का चेहरा, जिसने उसे बाय करते हुए कहा था, "जाना ज़रूरी है, शायद तुम वहीं पूरे हो।"

वो सोचता रहा—क्या सचमुच भावनाएँ समुद्र पार भी जीवित रहती हैं?

फ्लाइट में बच्चों की नींद भरी आवाज़ें, एयर होस्टेस की मुस्कराहटें और हर बार पानी माँगते हुए उसका आईना की याद में डूबा चेहरा—ये यात्रा अब केवल भौगोलिक नहीं रही, यह उस प्रेम का विस्तार थी, जो अब तक केवल कॉल्स और चैट्स में था और जिसे सिडनी की हवाओं में कोई नया आकार देना था।

जैसे ही विमान ने ऊँचाई पकड़ी, बादल खिड़की के पास आ गए। हिमांशु को लगा जैसे वे वही रुई के टुकड़े हैं, जिनमें आईना कभी कहा करती थी, "मैं तेरे ख़्वाबों में उड़ती रहूँगी।"

उसने मोबाइल स्क्रीन को घुमाकर उस अंतिम वीडियो कॉल को देखा, जिसमें आईना ने कहा था, "सिडनी पहुँच कर सबसे पहले समंदर को मेरा हैलो कहना।"

वो हँस पड़ा—"इतनी स्वीट पागल है ये लड़की।"

तभी एयर होस्टेस ने कहा, "Sir, coffee or tea?"

वो बोला, "अगर आईना होती तो कहती—'काढ़ा'।" उसने चुपचाप कॉफ़ी ली और खिड़की के बाहर देखने लगा। बादलों में उसे आईना का चेहरा दिखा—आँखें वही, मुस्कान वही और वो बाय करने वाला हँसी भरा चेहरा। पल भर को उसे लगा, वो सच में साथ है। प्रेम वहीं होता है जहाँ दूरी न हो—या फिर वहाँ होता है जहाँ दूरी भी प्रेम को मिटा नहीं पाती।

जैसे ही विमान ने सिडनी के आकाश को चीरते हुए नीचे उतरना शुरू किया, खिड़की से दूर-दूर तक नीली जल-रेखाएं और सुनहरी लकीरें दिखाई देने लगीं। सिडनी हार्बर ब्रिज एक धागे की तरह पानी के ऊपर टिका था और ओपेरा हाउस की छतें किसी ख़्वाब की तरह झलक रही थीं। हिमांशु ने गहरी साँस ली—यह केवल एक शहर नहीं था, यह वो कल्पना थी, जहाँ उसका प्रेम, उसकी कला और उसका आत्म-संवाद एक साथ उतरने वाले थे।

जैसे ही लैंडिंग हुई, उसके मोबाइल स्क्रीन पर आईना का मैसेज चमका : "Recording चालू रखना। मुझे हर एहसास सुनाई देना चाहिए।"

उसने बिना जवाब दिए कैमरा ऑन किया—और पहली बार उसे लगा कि ये फ्लाइट सिर्फ़ एक यात्रा नहीं थी, ये दोनों के बीच की वर्चुअल दूरी को छूने का एक नव-संगीत था।

कभी-कभी एक शहर, एक प्रेमिका की अनुपस्थिति में और ज़्यादा जीवित हो उठता है—और शायद ओपेरा हाउस की लहरें उसी की गवाही थीं।

सिडनी हार्बर की कोमल लहरें जब ओपेरा हाउस की सफ़ेद शंखनाद जैसी छतों को चूमती हैं, तो ऐसा लगता है मानो समुद्र भी ताली बजा रहा हो। बंदरगाह पर खड़ी नौकाएँ लाल-पीले पतवारों वाली, जैसे उत्सव की झंकार—हिमांशु के कैमरे में जीवंत नाचती हैं।

उसने उत्साहित होते हुए वीडियो कॉल दबाया और चिल्लाया : "आईना, देखो! यह शंखनुमा द्वीप नहीं, किसी कलाकार की दिव्य दृष्टि है!"

सूरज की पहली किरणें जैसे ओपेरा हाउस के सीलिंगशेल को सुनहरी कवच से बींधदेती हैं और रात में रंग-बिरंगे लेज़र शो इसे झिलमिलाते जादू का महल बना देते हैं। अन्दर ऊँची-ऊँची खिड़कियाँ बंदरगाह की कहानी सुनाती हैं और फ़ोटोग्राफ़ गैलरी के कोने में पनपता संगीत—एक ऑस्ट्रेलियाई वायलिनवादक ने बताया : "यहाँ की ध्वनियाँ हवाओं से नहीं, भावों से उठती हैं।"

आईना ने मुस्कुराकर लिखा : "तुम्हारी आँखों में वही संगीत घुल गया है, हिमांशु।"

ओपेरा हाउस के ठंडे मार्बल फ़र्श पर कदम रखते ही हिमांशु को किसी प्राचीन मंदिर में पगडंडी पर चलने का अहसास हुआ। यहाँ आवारगी के उलट कला में लिपटने का आनंद था। लॉबी की कॉफ़ी ख़ुशबू सांसों में रच-बस गई और उसने फुसफुसाकर कहा : "कमाल है, यहाँ हर कोना एक अभिनय का सेट है।"

आईना ने चुटकी लेते हुए जवाब दिया : "और तुम इसके सबसे बड़ा अभिनेता हो!"

हिमांशु जब जर्जर लाइटहाउस वाले ऊँचे बरामदे से हार्बर पर नज़र डालता, तो जानता है—ऊँचा सपना ही रचनात्मक उड़ान की धुरी है। उसने अंतिम दृश्य रिकॉर्ड करते हुए आईना को संदेश भेजा : "हर कला-नाम, हर सुर और हर रंग यहाँ आत्मा को पंख लगाता है।"

और आईना ने फ़ोन पर धीमी हँसी में थपकी दी : "तुम्हारी कहानी भी इसी ओपेरा की धुन पर लिखी जा रही है, मेरे हीरो।"

इस रोमांचक दीवार से सागर तक के सफ़र में हिमांशु ने सीखा—जब कल्पना की उड़ान ऊँची हो, तो वास्तुशिल्प से लेकर दिल की इमारत तक सब कुछ सुगठित हो जाता है।

हैलो, हैलो दोस्तो, मैं हिमांशु और आज मैं आपको सिडनी के ओपेरा हाउस की उस अनुपम छटा के बारे में बताने जा रहा हूँ जिसे शब्दों में कैद कर पाना लगभग नामुमकिन है। कल्पना कीजिए, सुबह की पहली सुनहरी किरणें जब हार्बर की लहरों से उभरते सफ़ेद "सेल" जैसे पैनलों पर पड़ती हैं, तो वे क्षणिक नहीं, बल्कि सदा के लिए हमारी आँखों के पीछे अमिट एक दृश्य बन जाते हैं। समुद्र के नीले जल पर तैरते इन विशाल शंख समान वॉल्टेड ईंटों का स्वरूप, मानो किसी नारंगी-लाल रंगोली की तरह आकाश के तले थिरक रहा हो; हर टाइल—चमकीले सफ़ेद और हल्के क्रीम में स्वदेशी मिट्टी की सौंधी महक छुपी लगती है, जैसे कोलकाता के पुराने बोरबाज़ार की गलियों में बिखरी यादों की कोई शिल्प-कृति हो। दिन ढलते ही जब ओपेरा हाउस के चारों ओर फैली रोशनी एक सोने की चादर बिछा देती है, तब वह प्राचीन

मंदिरों के दिव्य प्रकाश से भी अधिक श्रद्धा-स्पर्शी प्रतीत होती है। हॉल के भीतर ऑस्ट्रेलियाई बिर्च-प्लाइवुड की रहस्यमयी गर्माहट, ट्रैकर ऑर्गन की गूँजती स्वर रचना और दर्शकों की मौन-सी तन्मयता ऐसा सामूहिक सम्मोहन रच देते हैं, जिसे सुनने के लिए सीना ठोककर बैठना पड़ता है। 588 पियर्स पर अविचलित यह अद्भुत कृति, हमारे अंदर की समुद्री लहरों को भी ठहरने को विवश कर देती है, जैसे हर दिल में समुद्र की आत्मा बसी हो। दोस्तो, अगर आप कभी विदेश की यात्रा करें तो ख़ास कर ऑस्ट्रेलिया तो यहाँ ज़रूर आएं।

हैलो दोस्तो, मैं हिमांशु और अब मैं आपको ऑस्ट्रेलिया यात्रा के अगले पड़ाव...ग्रेट ओशन रो की एक अद्भुत अनुभूति सुनाने जा रहा हूँ। यह एक दर्शनीय सड़क है जो विक्टोरिया के दक्षिण—पश्चिमी तट पर स्थित है और दुनिया के सबसे खूबसूरत ड्राइवों में से एक मानी जाती है। यहाँ सुबह की पहली मंद किरणें जब अटलांटिक की तेज़ हवाओं से तराशी चट्टानों पर गिरती हैं, तो गहरे नीले समुद्र की लहरें मानो सुनहरे दीये बनकर उनके किनारे सरकने लगती हैं। सड़क के उस पार चलते-चलते आपको अचानक 12 अपॉझार्स के रौशन स्तंभ दिखाई देते हैं, जो नंगे शिलाखंडों की तरह निर्मोही खड़े, समुद्र की असीमता को चुनौती दे रहे हों। सड़कों की घुमावदार मोड़ों पर घूमते वाहन जब उन विशाल प्रकृति के अद्भुत कृतियों के बीच से गुजरते हैं, तो इंजन की गड़गड़ाहट भी बंद हो जाती है, जैसे आत्मा ख़ुद को सुनने के लिए थम जाए। मेरे कैमरे के लेंस में इन खड़े पत्थरों के पीछे छुपी गूढ़ गाथाएं झलक रही थीं। हर एक कालिख-सी आकृति में समुद्र की टीस, बर्फ़ की ठंडक और समय की अनवरत धुन बँधी प्रतीत होती है। किसी क्षण मन खिंच कर उस टीले पर चढ़ना चाहता है, जहाँ से दूर—दूर तक फैली लहरों की रचना आपके भीतर के अनजाने गीतों को ताज़ा कर देती है। शाम के वक़्त जब सूरज की लाल आभा पानी पर तैरते स्तंभों को गाढ़े जामुनी रंग में रंग देती है, तो मैं ख़ामोशी के उस क्षण को कैमरे में कैद कर बैठता हूँ—पर सच कहूँ तो, वह ख़ामोशी शब्दों में नहीं बयां होती। दोस्तों, अगर आपने कभी ख़ुद को खोजने का मन बनाया है, तो ग्रेट ओशन रोड के इन अखण्ड किनारों पर रुककर उस भीतरी

गीत को सुनना—यहाँ की मिट्टी में दबी धड़कनों को महसूस करना.. यह एक ऐसा उपहार है, जो ज़िन्दगी भर आपका साथ नहीं छोड़ता।

हिमांशु ने आईना को वीडियो कॉल किया। उसने मोबाइल के स्क्रीन से आईना के चेहरे पर उतरी हल्की मुस्कान को देखते ही महसूस किया कि यह पल, यह विरल-सी नज़र, उसकी रूह में गहरे उतर जाती है। सामने समुद्र की सुनहरी लहरें थी, किन्तु उस क्षण हिमांशु के लिए असली सागर आईना की आँखों में छलक रहा था। उसने अपनी उँगलियाँ धीमे से स्क्रीन के कोने पर टिकी चीज़ों—उन चट्टानों पर—फिराया और कहता चला गया, "देखो न, ये पत्थर कितने अडिग खड़े हैं, जैसे समय ने यहाँ अपनी कविताएँ खो दी हों।"

आईना ने एक पल में उसकी बात का संगीत समझ लिया। उसकी आँखों की फ़िरोज़ी में वे कविताएँ समा गईं और वह हँसते हुए बोली, "और तुम्हारी आवाज़ में भी तो वही गूंज है, जो मेरी रूह को बहलाती है।" उनके शब्दों के बीच समुद्र की हल्की सरसराहट घुल गई, मानो प्रकृति भी उनकी बातों को सुन रही हो।

हिमांशु की धड़कन तेज़ हुई— वह कोशिश करता रहा कि वह इस मौन-से-गीत को शब्दों में बाँध ले। "ग्रेट ओशन रोड की हवाएँ जब भीतर तक उतरती हैं," उसने कहा, "तो हर सांस एक अनकहा गीत गुनगुना देती है।"

आईना ने धीरे से सिर हिलाया और उसकी आत्मा को अपनी आत्मा से जोड़ते हुए कहा, "और तुम, हिमांशु, मेरी तन्हाइयों का वह किनारा हो जहाँ मुझे पहुँचकर सुकून मिलता है।"

कॉल अचानक ख़ामोशी में मधुमयी हो गई। लहरों की लय अभी भी उनके कानों में गूँज रही थी, पर उनकी साँसों ने भी उस संगीत के साथ अपने-अपने सुर जोड़ लिए थे—एक ऐसा मौन, जिसमें शब्दों का कोई ठिकाना न था, केवल दिलों की आवाज़ थी जो बिना बोले, सब कह जाती थी।

# 6

# पसीना, पेन और पेपर

अलवर बस अड्डे पर उस दिन न सूरज को जल्दी थी, न आईना को। वह अपने छोटे से बैग को गोद में लिए, अजनबियों की भीड़ में एक पहचाने हुए डर को पकड़े बैठी थी। डर इस बात का कि कहीं जयपुर जाकर भी वही सब न दोहराए जो पहले भी दो बार हो चुका है : फॉर्म भरना, परीक्षा में बैठना और फिर लौटते वक़्त बस की खिड़की से उदासी में खोए शहर को देखना। लेकिन इस बार माँ ने जाते वक़्त रूमाल में तुलसी की पत्ती बाँधकर उसकी मुट्ठी में रखी थी—जैसे कोई कह रहा हो, "बेटी, परीक्षा में नहीं, ख़ुद से हारना मत।"

बस आई तो आईना चढ़ गई, सीट नहीं मिली। खड़ी रही, लेकिन भीतर एक शांत कुर्सी पर बैठ गई... उम्मीद की। बगल में एक महिला बैठी थी जो फ़ोन पर लगातार किसी को बता रही थी कि उसने कैसे अपनी बहू के लिए भी सरकार की 'आवास योजना' भर दी है, भले ही वह अभी ससुराल आई भी नहीं है।

बस अलवर शहर से निकलकर जब हाईवे पर पहुँची तो खिड़की के बाहर खेतों का हरा पीला समंदर लहराने लगा। आईना ने बैग से एक अधपढ़ी किताब निकाली—'भारतीय संविधान की भूमिका'—लेकिन शब्द उससे ज़्यादा गूंजने लगे जो सीट के पीछे बैठा लड़का अपनी दोस्त को वीडियो कॉल पर कह रहा था, "तेरा भाई अब सीधी RAS की तैयारी कर रहा है, पुलिस-वुलिस छोड़।" आईना मुस्कुराई—बिना जाने क्यों। उसके लिए RAS, UPSC सब एक ही जैसे थे—ऊँचे, दूर और किसी और के हिस्से की छत पर लगे झूमर। लेकिन तभी बस ने अचानक ब्रेक मारा और एक पुराना झोला उसकी गोद में आ गिरा। झोले का मालिक—एक पसीने से भीगा हुआ लड़का—हँसते हुए बोला, "सॉरी बहनजी, ये भी सपनों से भारी है।" दोनों हँसे। यह एक क्षण भर का संवाद था, लेकिन वह संवाद जैसे आईना को यह याद दिलाने आया हो कि उसकी लड़ाई अकेले की नहीं है।

जयपुर बस अड्डे पर जब बस पहुँची तो दोपहर अपनी पूरी बेरहमी से आसमान पर तनी थी। उतरते ही गर्म हवा ने चेहरे पर थप्पड़ मारा—वैसा ही जैसा बचपन में गलती पर माँ देती थी, पर तब उसमें चिंता होती थी। आईना ने रूमाल निकाला, माथे से पसीना पोंछा और देखा—शहर के चेहरे पर मेकअप है, पर आँखों में धूप भरी है। एक लड़का—जो शायद उसी परीक्षा के लिए आया था—अपने थैले को दोनों कंधों पर कसकर लटका रहा था जैसे थैला न हो, जिम्मेदारियों का गठरी हो। चाय की दुकान पर भीड़ थी, पर पानी के गिलास ख़ाली। आईना ने बगल वाले से पूछा, "पानी मिलेगा?" उसने जवाब नहीं दिया, बस अपना गिलास आगे बढ़ा दिया। यह छोटा सा परिहास जैसे शहर का पहला सबक था—जयपुर में भाषा से पहले व्यवहार पढ़ना होता है। और फिर, आईना चल पड़ी—कोचिंग संस्थानों की भीड़ के बीच, पोस्टर चिपके खंभों की गलियों में—जहाँ हर चेहरा कह रहा था, "भागो मत, भाग दौड़ में शामिल हो जाओ।"

हिम्मताराम नाम का एक प्रतियोगी छात्र ने अपनी थैली को दोनों कंधों पर कसकर लटकाया और एक गिलास पानी ढूँढ़ते हुए सोचा, *यह शहर हर बार नया लगता है, पर जलाता उतना ही है।*

वो कोटपूतली के पास एक गाँव से आया था। उस गाँव का सपना था—“कोई एक सरकारी नौकरी पा जाए।”

पिता के पास दो बीघा जमीन थी, जिसे बेचकर उसे शहर भेजा गया। उसके साथ न बायोलॉजी थी, न मैथ्स... सिर्फ़ भरोसा था कि वो कुछ कर लेगा। और उसके भीतर एक ठोस भ्रम पनप चुका था कि पुलिस की टोपी पहनने से आदमी ऊँचा हो जाता है।

जयपुर की सुबहें क्या होती हैं साहब—जैसे पुराने ज़माने का सरकारी रेडियो हो, जो हर रोज़ 6:00 बजे “ये आकाशवाणी है” के साथ एक ही उम्मीद बजा देता है कि “आज कुछ अच्छा होगा”। हवा में गुलाबीपन है, दीवारें भी गुलाबी हैं और सपने भी।

अब जयपुर की भाग दौड़ भरी ज़िन्दगी में हमारी चार रणबांकुरियाँ थीं—आईना, सौम्या, शिल्पी और सुलेखा। कोई कहे तो ये कोचिंग की चार धाम यात्रा थीं। फ़र्क़ बस इतना था कि तीर्थ यात्री वहाँ पुण्य कमाने जाते हैं और ये पुलिस सब-इंस्पेक्टर बनने।

आईना, जैसा नाम वैसी ही—सपनों की तस्वीर बनाना जानती थी पर कभी-कभी उनमें ख़ुद को ढूँढ़ना भूल जाती थी। अलवर से आई थी, वहाँ स्कूल के मास्टर पिता ने सीधा आदेश दे रखा था, “बेटी, मेहनत का कोई विकल्प नहीं होता, जैसे टमाटर का विकल्प कभी कैचप नहीं हो सकता।”

सौम्या सरदार शहर की थी और आत्मविश्वास का चलती-फिरती दुकान। वो नंबरों को ऐसे नचाती थी जैसे कोई नेता वादों को। जब वह क्वाड्रेटिक इक्वेशन हल करती थी तो लगता था जैसे देश की अर्थव्यवस्था सुधारने निकली हो। वो आईना से कहती, “तू इतिहास में डूब, मैं रिजल्ट में तैर लूँगी।”

शिल्पी का अस्तित्व उसकी कॉपी में था। इतना सुंदर नोट्स बनाती थी कि सरकार उसकी हैंडराइटिंग को राष्ट्रीय धरोहर घोषित कर दे। पर उसका ध्यान ज़्यादा रहता था कौन कौन नया बैच जॉइन कर रहा है। पढ़ाई कम, बाकी सब ज़्यादा।

और सुलेखा? अरे वो तो संविधान की धारा 19(1)(a) की जीवंत प्रतिमा थी—‘अभिव्यक्ति की आज़ादी!’ वह थ्योरी से ज़्यादा डिबेट में स्कोर करती थी।

कोचिंग संस्थान को लड़कियाँ मंदिर कहती थीं, पर सच्चाई ये थी कि वहाँ हर हफ़्तेकोई न कोई 'बलि का बकरा' बनता था—कभी हिंदी टेस्ट में, कभी करेंट अफेयर्स में। सुबह 7 बजे की क्लास से लेकर रात 10 बजे के टेस्ट तक, समय-सारिणी इतनी कसी हुई थी कि शेड्यूल देखकर इंसान तो क्या, गधा भी चक्कर खा जाए।

टीचर आते और बोर्ड पर 'सक्सेस गारंटी' लिखते थे, फिर वही डायलॉग—"लक्ष्य बड़ा रखो, RAS , SI नहीं तो कम-से-कम पटवारी बन जाओ।"

फरवरी 2021 में जैसे ही RPSC की पुलिस सब इंस्पेक्टर की अधिसूचना आई, कोचिंग संस्थान में ऐसा माहौल हुआ जैसे शादी का कार्ड बँट गया हो। हर लड़की ने फॉर्म भरते वक़्त बगल में बैठी लड़की से वादा किया, "अगर तू सिलेक्ट हुई, तो मुझे मिठाई खिलाएगी और मैं पास हुई तो तुझे वर्दी में पहला सेल्फी भेजूँगी।"

शहर में उसका पहला ठिकाना बना—सपनों की फैक्ट्री, नाम वही जो हर कोचिंग सेंटर रखता है : "सफलता की गारंटी!"

गुरुजी पहली बार मिले तो कपड़ों से नहीं, आत्मविश्वास से झकाझक चमक रहे थे।

उन्होंने कहा—"बेटा, पेपर क्या होता है, हम सेटिंग से भविष्य लिखते हैं। तुम तैयारी नहीं, भरोसा करो।"

हिम्मताराम कुछ क्षण चुप रहा, फिर धीरे से बोला, "गाँव में माँ ने कहा है कि ईमानदारी से पास होना।"

गुरुजी मुस्कराए—"बिलकुल! और आजकल ईमानदारी वही है जो पकड़ी न जाए।"

शिल्पी जब पहली बार कोचिंग आई, तो लोगों ने सोचा वह भी एक सामान्य अभ्यर्थी है—कंधे पर बैग, हाथ में जीके की किताब।

पर कुछ ही दिनों में साफ़ हो गया कि वह किताबों से कम, लोगों की नज़रों से ज़्यादा पढ़ती थी।

उसका गाँव भरतपुर के पास था। वहाँ का हाल ऐसा था कि लड़की अगर

ट्रेन में बैठ जाए तो अगला सवाल यही होता था : “ससुराल जा रही है या नौकरी खोजने?”

शिल्पी का जवाब हमेशा एक ही था—“जहाँ व्यवस्था सेट हो जाए, वहीं जाना है।”

वो कोचिंग में सबसे आगे बैठती थी, लेकिन ध्यान किताब पर नहीं, गुरुजी की बातों पर होता था।

एक दिन क्लास के बाद उसने हिम्मताराम से कहा—“तू बहुत मेहनत करता है... लेकिन इस सिस्टम में मेहनत नहीं, जुगाड़ चलता है।”

आईना भी उसी बैच में पढ़ती थी। शांत, एकदम कोने में बैठने वाली लड़की, जिसकी आँखें अक्सर खिड़की से बाहर देखती थीं—जैसे किसी और दुनिया की तलाश में हों।

एक बार गुरुजी ने पूछा—“आईना, तुम पेपर में टॉपिक छोड़ क्यों देती हो?”

आईना ने मुस्कराकर कहा—“क्योंकि कुछ सवालों के जवाब किताबों में नहीं मिलते, सर।”

शिल्पी को उसका यह जवाब ख़ूब चुभा।

शिल्पी ने एक दिन तंज कसा—“ये लड़की बस आईने की तरह देखती है, ख़ुद में कुछ नहीं बदलती।”

पर हिम्मताराम को लगता था कि आईना देखने से ज़्यादा समझती है।

सितंबर 2021 का एक उमस भरा दिन था। जयपुर की गलियों में धूल और हलचल का एक अजीब मिश्रण था, जैसे शहर अपने ही रहस्यों से जूझ रहा हो। सूरज की तपिश के बीच, चार युवतियाँ—शिल्पी, सुलेखा, आईना और सौम्या—अपने सपनों के पीछे भाग रही थीं। राजस्थान पुलिस सब इंस्पेक्टर भर्ती परीक्षा 2021 की तारीखें नज़दीक थीं—13, 14 और 15 सितंबर।

यह परीक्षा उनके लिए एक द्वार थी, जो उन्हें सामान्य जीवन की एकरसता से निकालकर सम्मान और ज़िम्मेदारी की दुनिया में ले जा सकती थी।

जयपुर की सुबहें अक्सर गुलाबी होती हैं नाम के मुताबिक। लेकिन गुलाबीपन सिर्फ़ दीवारों तक सीमित है, ज़िंदगी के भीतर तो हर रंग बेरंग लगता है जब तक उसमें नौकरी की सरकारी मुहर न लग जाए। इसी बेरंग दिनचर्या में दो लड़कियाँ शिल्पी और सुलेखा,

शिल्पी के पिताजी सरकारी क्लर्क थे, हर महीने की 30 तारीख़ को उनका चेहरा किसी त्यौहार से कम नहीं लगता था। सुलेखा के घर में माँ सिलाई करती थीं और पिता कभी दरी बेचते, कभी किस्मत। दोनों परिवारों ने बेटियों की पढ़ाई को 'इन्वेस्टमेंट' की तरह देखा था, जिसमें ब्याज वर्दी की शक्ल में मिलना था।

सुलेखा के फ़ोन पर एक दिन मैसेज आया—"पेपर चाहिए? गारंटी सिलेक्शन।"

मैसेज में वही उत्साह था, जो कोई लॉटरी बेचने वाला ग्राहक के चेहरे में ढूँढ़ता है।

पहले तो हंसी आई—"देख शिल्पी, कोई हमें बड़ा अधिकारी समझ बैठा है!"

पर जब दोबारा मैसेज आया और फिर कॉल भी, तो हँसी की जगह एक लंबी चुप्पी आ बैठी।

दूसरी तरफ़ एक आवाज़ थी—संयमित, पेशेवर और बेख़ौफ़।

"हम पेपर पहले देते हैं, 7 लाख में एकदम ओरिजिनल। पेपर वही होगा जो एग्ज़ाम में आएगा।"

शिल्पी बोली, "हम मेहनत कर रहे हैं, लेकिन अगर सब ऐसे ही पेपर लेकर निकल रहे हैं तो हम क्या गांधीजी बनें?"

सुलेखा ने जोड़ा, "और गांधीजी भी होते तो क्या RPSC क्रैक कर पाते?"

अंततः, दिल और दिमाग के बीच नोटबंदी हो गई। निर्णय हुआ—गहने बेचने हैं, थोड़ा उधार लेना है और पेपर लेना है।

12 सितंबर की रात, जब बाकी अभ्यर्थी नींद की गोली लेकर सोने की कोशिश कर रहे थे, तब इनके फ़ोन पर 'भविष्य' डाउनलोड हो रहा था—एक पीडीऍफ़ फाइल के रूप में।

वो फाइल जिसमें सामान्य हिंदी के वही सवाल थे, जिन्हें शिल्पी ने कई बार अपनी कॉपी में लिखा था, लेकिन इस बार उनका भाव बदल चुका था ये अब परिश्रम का नहीं, चोरी का परिणाम था।

सुलेखा ने धीरे से कहा, "हम दोनों ही इस पेपर को लेकर पास हो गए तो...?"

शिल्पी ने कहा, *"तो जयपुर पुलिस के कांस्टेबल हमें सैल्यूट करेंगे, ये नहीं देखेंगे कि किस पीडीऍफ़ से पढ़ा था।"

पर साहब, अंतरात्मा भी एक बैकअप सिस्टम होती है—कभी-कभी ऐन वक़्त पर अलार्म बजा देती है। लेकिन जब सपना, समाज और सिस्टम तीनों आपके ख़िलाफ़ हों, तो अंतरात्मा की आवाज़ अक्सर बैकग्राउंड म्यूज़िक बनकर रह जाती है।

हमारे देश में दो तरह के लोग हैं एक वो जो पेपर लीक होने से घबराते हैं और दूसरे वो जो लीक होने के पहले ही टॉपर की टोपी मापने लगते हैं। पेपर लीक कोई दुर्घटना नहीं, यह तो आजकल का नवसंस्कृति अनुष्ठान है। पहले बच्चे तुलसीदास के *रामचरितमानस* की चौपाइयाँ रटते थे, अब व्हाट्सएप पर RPSC की लीक पीडीऍफ़ शेयर करते हैं। समय बदल गया है, अब परीक्षा से पहले मंदिर नहीं, मोडेम और मोबाइल की पूजा होती है।

एक भलमानस में एक छात्रा से एक दिन पूछा—"ये सब पेपर बेचने वाले कौन हैं?"

किसी ने कहा—"पूर्व toppers।"

"अब toppers ही future toppers को बना रहे हैं? तो फिर तो ये नया गुरुकुल सिस्टम हो गया—बस थोड़ा महँगा है, 7 लाख!" उन्होंने ठहाका लगाया।

कभी परीक्षा हॉल में घुसते ही आत्मा कांपती थी। अब आत्मा पहले ही ऑनलाइन सबमिट हो जाती है साथ में आधार, पेमेंट और पीडीऍफ़ भी! शिक्षा का सूरज कब डूबा, किसी ने नहीं देखा। बस, एक दिन आकाश में व्हाट्सएप का चाँद निकला और सबने कहा—"लो, ये रहा उज्ज्वल भविष्य!"

13 सितंबर 2021 को, जयपुर के विभिन्न परीक्षा केंद्रों पर भीड़ थी। राजस्थान पुलिस सब इंस्पेक्टर भर्ती परीक्षा के लिए 859 पदों की भर्ती होनी थी और लाखों उम्मीदवार इस मौके का इंतज़ार कर रहे थे।

13 सितंबर 2021 की सुबह थी। सूरज ऐसे निकला जैसे उसे भी परीक्षा देनी हो—घबराया, पसीने-पसीने और समय पर।

आईना और सौम्या परीक्षा देने निकलीं। उनके चेहरों पर आत्मविश्वास था... वह आत्मविश्वास जो या तो ज्ञान देता है या भ्रम। दोनों ही परीक्षार्थी थीं और परीक्षार्थी का आत्मविश्वास उस मेहंदी जैसा होता है जो परीक्षा के बाद ही रंग दिखाता है।

आईना ने अपनी माँ का आशीर्वाद और एक पुराना पेन साथ लिया था, वही पेन जिसने तीन साल पहले बिजली के बिल का विरोध-पत्र लिखा था और अब सरकार के परीक्षा-पत्र पर वार करने को तैयार था। सौम्या ने अपने पिता की घड़ी पहनी थी ...जो हमेशा तीन मिनट आगे रहती थी, ताकि बच्ची को समय की कीमत समझ आए। अब वो तीन मिनट परीक्षा में आधे अंक बन सकते थे।

परीक्षा केंद्र पर भीड़ नहीं थी, आशा और अपेक्षा का मेला था। सबके पास पेन था, लेकिन किसके पास उत्तर थे यह किसी के माथे पर नहीं लिखा था।

एक लड़के ने कहा—"पढ़ तो लिया है, अब तो भगवान भरोसे।"

आईना सोचने लगी, भगवान आजकल भी प्रश्नपत्र हल करते हैं क्या?

शायद इसीलिए हर साल कुछ परीक्षार्थी मंदिर से सीधा परीक्षा भवन जाते हैं ताकि भगवान को ओवरटाइम देना पड़े।

पेपर में जब इतिहास के सवाल आए तो आईना मुस्कराई... अकबर ने क्या युद्ध लड़े, किस साल लड़े, किस मूड में लड़े—सब पता था। सौम्या ने तो 'कैलकुलेटर' भी ना होने पर कहा, "अब दिल से जोड़ना पड़ेगा!"

आईना और सौम्या की आँखों में चमक थी, जैसे सवालों से रिश्ता हो— "अरे ये तो वही है..."

लेकिन अगले पन्ने पर सवाल आया—"बांसवाड़ा और डूंगरपुर के बीच के इलाके को किस नाम से जाना जाता है?"

तो उनके चेहरे पर वैसी मुस्कान आ गई जैसी शादी के बाद लड़के को पता चले कि दहेज में बाइक नहीं, बैल मिला है।

पेपर कठिन था ...कठिन नहीं, ऐसा था जैसे रबड़ी मांगी और झेलबी की झंझट मिल गई।

पर उन्होंने हार नहीं मानी।

शिल्पी और सुलेखा एक ही केंद्र पर थीं। उनके हाथ कांप रहे थे, लेकिन नहीं डर से, बल्कि उस रहस्यमयी आत्मविश्वास से जो पहले से देखे हुए प्रश्नों की वजह से आता है। पेपर शुरू हुआ और उनके लिए यह सब पहले से जाना-पहचाना था। सामान्य हिंदी का पेपर, सामान्य ज्ञान के सवाल—सब कुछ वही था, जो उन्होंने रात को देखा था। दो घंटे बाद, वे हॉल से बाहर निकलीं, चेहरों पर मुस्कान और मन में एक गुप्त संतुष्टि।

आईना ने परीक्षा हॉल से बाहर निकालने के बाद सोचा।

हमारे देश में परीक्षा उस कुंभ के मेले की तरह है, जहाँ हर कोई डुबकी तो लगाता है, पर कोई नहीं जानता कि गंगा साफ़ है भी या नहीं।

हमारे युवा परीक्षा देते नहीं, व्यवस्था से बदला लेते हैं– "तू झेल, हमने तो पढ़ लिया था!"

शब्दों से सजे सिलेबस और सिलेबस से बाहर आए सवाल ...

शिक्षा व्यवस्था ऐसे ही चल रही है जैसे कोई टूटी साइकिल—पैडल मारो तो घंटी बजती है, ब्रेक लगाओ तो चैन उतर जाती है।और अंत में, हमारे छात्र वो दीपक हैं, जो अंधेरे में भी जलते हैं और जब जलते हैं तो रोशनी ख़ुद हैरान होती है।

14 सितंबर की सुबह... शिल्पी और सुलेखा के चेहरे पर वही आत्मविश्वास था, जो फ़िल्मी हीरो का होता है चाहे गोली लगे या गाली, हीरो की हेयरस्टाइल नहीं बिगड़ती।

केंद्र पर पहुँचीं तो वहाँ भीड़ नहीं, समंदर था—सबके हाथ में पेन और जेब में उम्मीद।

पेपर आया और दोनों के चेहरे पर एक 'जान-पहचान' की मुस्कान थी—"अरे ये तो वही है...!"

सवाल थे :

"मीराबाई का जन्म कहाँ हुआ था?"

"राजस्थान के किन-किन जिले में नमक उत्पादन होता है?"

और इन्होंने उत्तर दे दिए जैसे कोई पुराना रेडियो बज रहा हो—बिना अटके, बिना रुके।

आईना और सौम्या का अनुभव अलग था। पेपर उनके लिए कठिन था, लेकिन अप्रत्याशित नहीं। उन्होंने हर सवाल को ध्यान से पढ़ा, अपने ज्ञान को परखा और जवाब दिए। लेकिन कुछ सवालों ने उन्हें हैरान किया। वे इतने विशिष्ट थे कि उनकी तैयारी के दायरे से बाहर लगे। फिर भी, उन्होंने हार नहीं मानी। सौम्या ने आख़िरी मिनट तक पेपर हल किया और आईना ने अपने जवाबों को दोबारा जांचा।

किसी परीक्षा की तैयारी केवल पढ़ाई नहीं होती, वह धीरे-धीरे एक यात्रा बन जाती है। भीतर की और बाहर की भी। रीट परीक्षा की पूर्व संध्या थी। जयपुर की सड़कों पर छात्र बसों से उतरते दिख रहे थे। पीठ पर बैग, आँखों में नींद और जेब में गिनती के नोट। स्टेशन की सीढ़ियों पर वे कोई स्वर्णिम भारत का सपना लेकर नहीं आए थे, बस एक स्थिर नौकरी की तलाश में थे, जिससे वे रोज़ सुबह अख़बार में अपना नाम न खोजें—"बेरोजगार युवक ने आत्महत्या की..."। जोधपुर, चूरू, बाड़मेर और धौलपुर से हज़ारों छात्र जयपुर की ओर निकले थे। किसी ने खेत गिरवी रखे, किसी ने बहन की शादी टाल दी, तो किसी ने घर की छत के नीचे इकलौती बाइक बेच दी। शहर के

लॉज और छोटे होटल परीक्षा से एक दिन पहले ही महँगे हो चुके थे। दूध पीने वाले बच्चे उस रात पाव-भाजी खा कर सोए, क्योंकि वहाँ चूल्हा नहीं था और पेट में आग थी। कुछ छात्र पार्कों में सोए, कुछ गुरुद्वारों में और कई छात्राओं ने परीक्षा केंद्र से पाँच किलोमीटर दूर अपने भाइयों के साथ पेड़ के नीचे रात काटी, यह सोचते हुए कि अगली सुबह उनकी किस्मत बदलेगी।

परीक्षा हुई, पर उसके ठीक बाद जैसे किसी ने पूरे राज्य की साँस रोक दी। कुछ घंटों में ही ख़बर उड़ी—"पेपर लीक हो गया है!" और उसके बाद जो हुआ, वह एक अफ़वाह नहीं, एक गवाही थी। हज़ारों छात्रों की चुप गवाही। उसी ट्रेन में लौटते समय, जहाँ आते वक़्त सीटियाँ, मस्ती और उम्मीद थी, अब सन्नाटा था। जैसे हर बोगी एक शव यात्रा में बदल गई हो। किसी ने कहा—"भाई, पेपर तो व्हाट्सएप पर आ गया था," किसी ने अपना फ़ोन दिखाया, जिसमें 4 दिन पहले ही वही प्रश्न दिखाई दिए। एक लड़की सुबक रही थी—"माँ ने कहा था, नौकरी लग जा तो भैया के आगे हाथ नहीं फैलाना पड़ेगा"। एक लड़के ने अपनी जेब से टिकट निकालकर फाड़ दी—"सरकारी सिस्टम की ये रसीद बहुत महँगी पड़ी"। यह सिर्फ़ परीक्षा नहीं थी, यह एक पूरी पीढ़ी की नैतिक परीक्षा थी, जिसमें सरकार, तंत्र, संस्थान। सब फेल हो चुके थे। अगले स्टेशन पर कुछ छात्रों ने उतरकर नारे लगाए—"रीट पेपर लीक नहीं, छात्रों के सपनों की हत्या है!" लेकिन आवाज़ में ऊर्जा नहीं थी, केवल थकावट थी। वर्षों की मेहनत, अभाव और विश्वास का थका हुआ स्वर। उस रात सिर्फ़ ट्रेन नहीं लौट रही थी, एक पीढ़ी लौट रही थी— अपनी निष्प्रभ आँखों और बिना रैंक के सपनों के साथ।

रेल से उतरते हुए छात्र सीधे घर नहीं गए। कुछ स्टेशन से निकलकर सीधे शहर के शोरगुल वाले चौराहों पर पहुँचे—पहले एक, फिर दस, फिर सैकड़ों... देखते-देखते धरना स्थलों पर छात्रों की भीड़ जुटने लगी। पर यह भीड़ शोर करती नहीं दिखती थी, यह भीड़ थकी हुई थी—घिसे हुए जूते, ढीली होती चप्पलें और आँखों में ऐसा क्रोध, जो गुस्से से नहीं, अपमान से उपजा था। जयपुर के शहीद स्मारक के पास जब पहले 50 छात्रों ने

"सरकार न्याय दो" का नारा लगाया, तब बगल से गुजरने वाले बुज़ुर्ग ने धीरे से कहा— "अब ये पढ़ाई नहीं, प्रतिकार है।" कुछ छात्रों ने ख़ुद के फाड़े हुए एडमिट कार्डों को झंडा बना लिया था। कैमरे आए, रिपोर्टर भी, कुछ ने लाइव किया, कुछ ने कट-पेस्ट ख़बरें लिखीं। लेकिन छात्रों के चेहरों की थकान को कोई नहीं पढ़ पाया। उस भीड़ में कोई नेता नहीं था, कोई संगठन नहीं, फिर भी यह सबसे संगठित मौन था। जिसने सरकारों की नींद हराम कर दी। आईना वहीं एक किनारे खड़ी थी—चुप, पर उसकी चुप्पी में कई सवाल थे। हिमांशु ने कैमरा चालू किया, लेकिन वह कुछ कह नहीं पाया—उसकी आँखें बता रही थीं कि आज उसकी स्टोरी में कोई 'एंगल' नहीं था, यह सिर्फ़ 'हकीकत' थी।

रीट अब एक परीक्षा नहीं रही थी, वह एक पीढ़ी की अधूरी आत्मकथा बन चुकी थी। जिसे हर विद्यार्थी अपने-अपने रोल नंबर से लिख रहा था। ट्रेन की खिड़की से बाहर देखते लड़कों की आँखों में अब गाँव का स्टेशन नहीं, एक व्यवस्था का पतन दिखाई देता है। हर शहर, हर होटल, हर सेंटर अब केवल भौगोलिक स्थान नहीं थे, वे एक मानसिक भूगोल बन चुके थे। जहाँ उम्मीदें जाकर दरक जाती थीं। पर हैरानी की बात ये थी कि इतने सब के बाद भी, छात्र हार मानने को तैयार नहीं थे। वे जैसे कोई महाकाव्य लिख रहे थे... जिसमें कोई कृष्ण नहीं था, कोई अर्जुन नहीं था, बस भीड़ थी। जटिल, मगर सजग। हिमांशु ने एक दिन कहा, "ये रीट नहीं, ये तो आंदोलन है।" और सच में, यह एक ऐसे वर्ग का विद्रोह था जो अब तक अदृश्य था—जो कभी कोचिंग की कतारों में, कभी बस की भीड़ में और कभी किसी बिखरे हुए स्लिप में अपनी पहचान ढूँढ़ता था।

टीवी चैनलों पर हेडलाइन आती है—

"सिस्टम की चूक... सरकार की मुस्तैदी... छात्रों का धैर्य!"

और सरकार कहती है—"दोषियों को नहीं बख़्शा जाएगा!"

अब तक छात्र ख़ुद को दोषी मान चुका होता है—कि वो इस देश में जन्म क्यों ले आया?

कुछ महीने बाद सरकार कहती है—"पुनः परीक्षा कराई जाएगी।"

और छात्र कहते हैं—"पुनः धोखा भी होगा।"

जब कुछ नहीं बचता, तो छात्र आंदोलन करता है।

लाठी खाता है, FIR पाता है और फेसबुक पर ज्ञानदाता बनता है।

सिस्टम कहता है... "रोज़गार चाहिए तो स्वरोज़गार करो।"

छात्र सोचता है—"इतना पढ़ा कि बेरोज़गारी का PHD हो गया, अब चाय की दुकान खोलूँ?"

सरकार बताती है... "हमने करोड़ों नौकरियाँ दी हैं।"

छात्र पूछता है—"कहाँ?"

सरकार कहती है—"डेटा उपलब्ध नहीं है, लेकिन भावना मौजूद है।"

अगर छात्र पूछे—"सरकारी नौकरी कब मिलेगी?"

तो उत्तर होगा—"जब आयोग ईमानदार होगा, परीक्षा नियमित होगी और नेता बेरोज़गार होंगे।"

तब तक... ये तमाशा चलता रहेगा!

हर बार पेपर लीक होता है और हर बार सरकार कहती है... "कड़ी जाँच के आदेश दे दिए गए हैं!"

जाँच का मतलब?

कुछ अफ़सर नोटिस पकड़कर फोटो खिंचवाते हैं और असली दोषी 'नोट' पकड़कर विदेश रवाना हो जाता है।

2023 में केवल उत्तरप्रदेश में 10 से अधिक परीक्षाएँ रद्द हुईं... ऐसा लगता है कि अब बच्चे किताबें कम पढ़ते हैं, कोर्ट की तारीख़ें और प्रेस नोट ज़्यादा याद रखते हैं। सच में कभी विद्यार्थी की परीक्षा होती थी, अब सिस्टम की परीक्षा हो रही है और हर बार वो फेल हो जाता है, मगर प्रमोशन उसे ही मिलता है। 2022 में बिहार के BPSC पेपर लीक में एक ही घंटे में पूरी OMR शीट व्हाट्सएप पर घूम रही थी, और आयोग ने कहा—"हमारे पास कोई प्रमाण नहीं है।"

लगता है सिस्टम ने आँखों पर RTI-proof चश्मा पहन रखा है... सब दिखता है, पर जवाबदेही नहीं।

सच में पेपर लीक होना अब परीक्षा का हिस्सा नहीं, परंपरा बन चुका है—जैसे शादी में फूफा का नाराज़ होना।

2023 में राजस्थान में रीट, पटवारी, व अन्य परीक्षाएं रद्द हुईं और बोर्ड ने सलाह दी—"छात्रों को धैर्य रखना चाहिए।"

मतलब हम लहूलुहान हों और सरकार कहे—"मर्यादा में रहिए।"

अधिकारियों का प्रिय वाक्य... "दोषियों को बख़्शा नहीं जाएगा।" पर असली दोषी कौन है, ये जाँच कमेटी तय करेगी—और कमेटी वही होती है जो 90 दिनों में रिपोर्ट देगी, और 91वें दिन वो रिपोर्ट गायब हो जाएगी।

आरटीआई में जब पूछा जाए, तो जवाब आता है—"फाइल दीमक खा गई, पर नौकरी की तैयारी जारी रखिए!"

हर परीक्षा से पहले छात्र की ज़ुबान पर होता है—"इस बार तो पक्का होगा..."

पर परीक्षा से पहले ही पेपर व्हाट्सएप पर होता है...

जिसे वीआईपी टेबल पर नाश्ते के साथ पढ़ा जा चुका होता है। 2022 के नीट और UPTET पेपर लीक मामले में बड़े नाम खुले, पर गिरफ़्तार हुआ कोई छोटा सा कोचिंग वाला—जिसका अपराध सिर्फ़ ये था कि उसका लिंक किसी विधायक से नहीं था।

सरकार नौकरी नहीं देती, सिर्फ़ भविष्य का भरोसा देती है।

वो कहती है ..."आपकी मेहनत व्यर्थ नहीं जाएगी।"

पर छात्र जानता है—"मेहनत तो बचपन से कर रहा हूँ, अब तो टॉयलेट तक में भी करेंट अफेयर की किताब लेकर बैठता हूँ... फिर भी नतीजा क्या?"

रद्द, स्थगित, जांचाधीन—अब परीक्षा के बाद नौकरी नहीं मिलती, सिर्फ़ फ्रस्ट्रेशन का सर्टिफिकेट मिलता है....छात्र नौकरी के पीछे भाग रहा है और नौकरी पेपर लीक के पीछे।

और अंत में दोनों पुलिस स्टेशन में मिलते हैं—एक FIR लिखवाने आया है और दूसरा बयान बदलने।

सिस्टम कहता है—"हमने बड़ी सख़्तीसे जाँच शुरू कर दी है" और छात्र कहता है... "हमने भी पढ़ाई शुरू कर दी है"।

दोनों जानते हैं, झूठ बोल रहे हैं मगर चेहरे पर आत्मविश्वास ऐसा कि जैसे UPSC और PCS दोनों क्लियर कर लिए हों। रीट 2021 में लीक इतना हो चुका है कि अब छात्रों को लगता है—तैयारी से ज़्यादा ज़रूरी है दलालों का टेलीग्राम चैनल जॉइन करना। ...छात्र पढ़ते हैं, कोचिंग सेंटर कमाते हैं, नेता भाषण देते हैं और दलाल पेपर पास कराते हैं—यही है देश की चार स्तरीय परीक्षा प्रणाली या कहूँ शिक्षा व्यवस्था। ...पेपर लीक की ख़बर सुनकर छात्र की आँखों में आंसू थे, पर मंत्री मुस्कुरा रहा था—दोनों को यकीन था कि सिस्टम फिर लीपापोती कर ही देगा।

रीट परीक्षा 2021, का इतिहास पढ़िए तो समझ आता है कि ये कोई परीक्षा नहीं, बल्कि प्रशासनिक साज़िश और बेरोज़गारों की सहनशक्ति का लाइव परीक्षण है। जब पहली बार परीक्षा घोषित हुई, तो गांवों-कस्बों के बच्चों ने ख़ुशी में मिठाई बांटी थी जैसे सरकारी नौकरी अगले सोमवार से मिलने वाली हो। लेकिन फिर ख़बर आई—पेपर लीक हो गया है। अब ये 'लीक' शब्द सरकारी विभागों में वैसा है, जैसा शादी के मंडप में लड़की का भाग जाना—सब है, बस दूल्हा ग़ायब है!

आईना ने सोचा था कि वो दो महीने में सेलेक्ट होकर अपने गाँव की बच्चों को उजाले देने वाली दीदी बन जाएगी। लेकिन यहाँ तो उजाले से पहले बिजली ही चली जाती थी वो भी परीक्षा से एक दिन पहले।

आईना पढ़ती थी पर रीट का सिलेबस नहीं, सिस्टम का व्यवहारशास्त्र। हिमांशु वहीं दूसरी ओर, दिल्ली से लेकर आस्ट्रेलिया तक यूट्यूब वीडियो की शूटिंग कर रहा था।

जब एक के बाद एक दो पेपर रद्द हुए, तो आईना ने गुस्से में सारी किताबें बोरियों में भर दीं—माँ को लगा, अब बेटी शादी के लिए तैयार है। लेकिन नहीं, वो बस अब किसी और परीक्षा के युद्ध क्षेत्र में कूदने की तैयारी थी।

हिमांशु को ये सब पता नहीं था—वो तो इंस्टाग्राम पर DMs के जरिए "तू पढ़ाई कर, मैं प्रार्थना करूंगा" टाइप मोटिवेशनल प्रेम भेजता रहा। और मज़े की बात देखिए, जब पेपर रद्द हुआ, तो वो बोला—"कोई नहीं, अब

हमारे पास एक और मौका है!" जैसे ये RPSC या अधीनस्थ बोर्ड की परीक्षा न होकर, IPL का सुपर ओवर हो रहा हो। लड़की को लगने लगा कि उसकी ज़िंदगी 'रीट' नहीं, 'रीप्ले' है—हर बार वही स्क्रिप्ट, वही लीक, वही सफ़ाई।

गाँव की गलियों में अब आईना को 'सरकारी टीचर' की बजाय 'सरकारी उम्मीद' कहा जाने लगा था। हर दिन कोई न कोई पूछता—"बिटिया, पेपर कब है अगला?" और वो मुस्कुराकर कहती—"सरकार से पूछ लो चाचा, हम तो प्रेम में भी वेटिंग लिस्ट में हैं!"

हिमांशु ने रीट कैंसिल पर बैक टू बैक पाँच वीडियो बनाए और सबमें वही दर्द भरी पृष्ठभूमि—आईना की तस्वीर के साथ। पर लड़की को अब प्रेम-पत्र नहीं, नियुक्ति पत्र चाहिए था। वो प्रेम करना नहीं भूली थी, बस अब उसे लगा... "पहले अपनी नौकरी से शादी कर लूं, फिर हिमांशु को दूल्हा बना लूंगी।" और हिमांशु? वो अब भी सोच रहा था—"बस एक बार सेलेक्शन हो जाए, फिर हम दिल्ली मेट्रो में हाथ पकड़कर चलेंगे।

शहर की सांझ उस वक़्त किसी उदास कवि की अधूरी कविता-सी लग रही थी। पुरानी इमारतों की सीलन भरी दीवारों पर टिकी रोशनी धीरे-धीरे फिसल रही थी और सड़क किनारे लगे पीपल के पत्तों पर दिनभर की धूल जमी हुई थी। हिमांशु ने अपनी खिड़की के शीशे पर उँगली फिराई... ठंडी नमी की एक सीधी लकीर। तभी फ़ोन की स्क्रीन चमकी, व्हाट्सएप पर एक लंबा मैसेज—"REET कैंसिल हो गई!" उसने एक पल को सांस थाम ली, मानो किसी ने अचानक उसकी पसलियों पर हाथ रख दिया हो। स्क्रीनशॉट्स, ग्रुप चैट्स और माँ-पापा की चिंता से भरी पंक्तियाँ—जैसे कोई बाढ़ का पानी अचानक दरवाज़ा तोड़कर कमरे में घुस आया हो। उसने तुरंत डार्क मोड ऑन कर लिया, ताकि उसकी बातों की गर्मी उस उदास चेहरे तक न पहुँचे।

बाहर, हवा में थोड़ी नमी घुली हुई थी। पीले बल्ब की रोशनी में एक मच्छरखट की छाया हिल रही थी, जैसे रात किसी पुरानी फ़िल्म का स्लोमोशन दृश्य हो। हिमांशु ने मोबाइल के की-बोर्ड पर उँगलियाँ रखीं, फिर हल्के से टाइप किया—"ज़रा मोबाइल से ब्रेक ले लो और मेरे यूट्यूब चैनल पर लाइव

आओ। थोड़ा हँसें, इस ठहरी हुई उदासी को कुछ देर के लिए भुला दें।" उसने मैसेज भेजते वक़्त सोचा—क्या ये शब्द उसके दिल तक पहुँच पाएँगे? क्या उसकी हँसी फिर से उस मासूमियत से झर-झर बह पाएगी?

दूसरी तरफ़, आईना ने सिरहाने पर रखे तकिये से पीठ टिकाई। उसकी खिड़की से बाहर चाँद की हल्की चांदनी गलियों में बिछी हुई थी, जैसे कोई अनाम प्रेमी अपने प्रेम-पत्र गलियों में बिखेर गया हो। उसने फ़ोन की स्क्रीन पर हिमांशु का संदेश देखा और उसकी उँगलियाँ ख़ुद-ब-ख़ुद कीबोर्ड पर चल पड़ीं..."लोग कहते हैं, पापा सरकारी आदमी, बेटी सरकारी नौकरी के लिए खड़ी, पर मेरी सुबह तो अब इंस्टा रील देखने से शुरू होती है!" उसने हँसते हुए भेज दिया और अचानक उस भारी दिल में थोड़ी हल्की-सी खनक महसूस हुई।

हिमांशु ने मैसेज पढ़ते ही अपनी कुर्सी से थोड़ी पीठ सुलझाई, मानो किसी ने उसकी गर्दन से बोझ हटा दिया हो। बाहर, सड़क पर कुछ कुत्ते लड़ते-लड़ते रुक गए थे और पास की चाय की दुकान का रेडियो किसी पुराने प्रेम गीत की धीमी तान में बदल गया था। उसने धीरे से स्क्रीन पर उँगली घुमाई, जैसे आईना की हँसी को अपनी हथेलियों में कैद करना चाहता हो। उसने टाइप किया—"हँसी कभी छोटी नहीं होती, वो दिल की सबसे गहरी परतों से आती है। तुम्हारे शब्दों की तरह, जो हर हाल में मुस्कराना जानते हैं।" फिर उसने फ़ोन को एक ओर रख दिया, उसकी सांसें अब थोड़ी हल्की लगने लगी थीं, जैसे किसी घुटी हुई तंग गली से अचानक बाहर आकर खुली हवा में आ गया हो।

राजस्थान हाई कोर्ट के जयपुर परिसर की दीवारें किसी बीमार किताब की तरह लग रही थीं—पुरानी, जर्जर और धूप में चुपचाप खड़ी। आईना वहाँ एक बार फिर से खड़ी थी। इस बार परीक्षा के लिए नहीं, बल्कि उस व्यवस्था के ख़िलाफ़ जो उसकी किताबों की ही दुश्मन निकली। केस दर्ज करवाने में तीन दिन लग गए—पुलिस ने कहा, "सबूत चाहिए," जैसे छालों के जले

हुए सपनों की कोई एफआईआर नहीं हो सकती। एक वकील ने हामी भरी, मगर उससे पहले उसकी फीस पर बहस हुई। जैसे न्याय भी अब रेट कार्ड से मिलता हो। कोर्ट के अंदर जज ने कहा, “ये जनहित याचिका है या व्यक्तिगत शिकायत?” और आईना ने जवाब नहीं दिया—सिर्फ़ अपना रोल नंबर बढ़ा दिया, जो अब तक उसके गर्व का प्रतीक था, अब एक शर्मिंदगी बन चुका था। न्याय की भाषा इतनी धीमी थी कि उसमें आक्रोश दब जाता था। लेकिन आईना वहाँ खड़ी रही—जैसे हर ठुकराए गए छात्र की प्रतिनिधि। कोर्ट में जब कार्यवाही स्थगित हुई, तो बाहर निकलते वक़्त हिमांशु ने पूछा—“तू थक गई क्या?” आईना ने सिर हिलाया—“मैं थकी नहीं, बस तंग हूँ... बार-बार साबित करना पड़ता है कि हम झूठे नहीं हैं।”

आईना अब पढ़ रही थी—वैसे नहीं जैसे कोई परीक्षा देने के लिए पढ़ता है, बल्कि जैसे कोई जीवन को दोबारा समझने के लिए पढ़ता है। उसकी किताबों में अब पाठ्यक्रम से ज़्यादा प्रश्न थे। वे प्रश्न, जिनके उत्तर देने के लिए कोई अंक नहीं मिलते, लेकिन आत्मा में कुछ जुड़ता है। वह सुबह जल्दी उठ जाती, अक्सर सूरज के साथ। चूल्हे की राख में उँगलियाँ डालकर किताबों के पन्ने पलटती, जैसे यादों की किसी अलमारी से अर्थ तलाश रही हो। गाँव की लड़कियाँ जब उसे पढ़ते हुए देखतीं, तो कुछ कहती नहीं, बस मुस्कुरा देतीं—जैसे उस लड़की के माध्यम से वे ख़ुद भी जीवित थीं। कई बार रात को, जब पूरा घर सो जाता, वह चुपचाप छत पर जाती और आसमान की तरफ़ देखती—मानो परीक्षा के बाहर भी कोई दृश्य होता हो, जहाँ असफलता भी गरिमा से स्वीकार की जाती हो। उसकी माँ अब कुछ नहीं कहती और पिता थोड़े और चुप रहने लगे थे। लेकिन उस चुप्पी में विरोध नहीं, समझ की हल्की झिलमिलाहट थी। किताबें अब हथियार नहीं रहीं, वे उसके लिए एक पवित्र अनुष्ठान थीं—जिनमें वह रोज़ डूबती थी और ख़ुद से एक नया संकल्प लिखती थी।

आईना ने शायराना अंदाज़ में कुछ पंक्तियाँ गुनगुनाई—

"मैं कलेक्टर न बनूँ और न बनूँगी अफ़सर
अपना बाबू ही बना लो मुझे बेकार हूँ मैं
मैंने कुछ घास नहीं काटी, किया बी.एड पास,
ओ समझदार समझ लो कि समझदार हूँ मैं
एक छोटी-सी नौकरी की तलबगार हूँ मैं॥

# 7

# मालदीव की ट्रिप

किरदार : हिमांशु (दिल्ली यूनिवर्सिटी का अंतिम वर्ष का छात्र, उभरता यूट्यूबर)

वो दिसंबर की सुबह थी, जब दिल्ली की सड़कों पर कुहासे की परत बैठी थी, जैसे शहर की कोई पुरानी याद धीरे-धीरे पिघल रही हो। हिमांशु, अपने कॉलेज के अंतिम वर्ष में दाख़िल हो चुका था...एक ऐसा समय जब हर युवा भीतर से किसी गूंगे तूफ़ान से जूझ रहा होता है। किताबों के पन्नों और लाइब्रेरी की अलमारियों के पीछे उसे अब भविष्य की थकान दिखाई देती थी और इसी थकान से बाहर निकलने का रास्ता उसे कैमरे की लेंस में नज़र आया। उसने अपने स्मार्टफ़ोन को हथियार बनाया और दिल्ली की गलियों से शुरू हुई उसकी व्लॉगिंग की यात्रा... धीरे-धीरे गोवा की रेत, सिक्किम की बर्फ़ और उड़ीसा के समुद्री तटों तक पहुँचने लगी। वह अब केवल एक यात्री नहीं था, वह उन जगहों की साँसों को रिकॉर्ड करता, उनके मौन को कैद करता।

गोवा की शामें उसके लिए सिर्फ़ सूरज डूबने का दृश्य नहीं थीं, बल्कि एक ऐसे शहर की आवाज़ थीं, जो हमेशा मस्ती में चुप्पी साधे रहता है। उसके वीडियो में समुद्र की लहरें शब्दों से ज़्यादा बोलती थीं और कैफ़े की टेबलों पर रखी अधूरी कॉफ़ी उसकी अधूरी महत्वाकांक्षाओं का प्रतीक बन जाती थी। वह कैमरे के सामने बोलता था, पर भीतर कहीं ख़ामोश था—शायद इस डर से कि कहीं ये सपना भी यूट्यूब के एल्गोरिद्म में खो न जाए। हिमांशु की यात्रा में पर्यटक होना आसान नहीं था, उसे वो सब रिकॉर्ड करना था जिसे लोग महसूस तो करते हैं, पर बोल नहीं पाते। एक पेड़ की छाया में खड़े होकर जब वह कैमरे को घूरता, तो कैमरा कभी-कभी उसके सवालों से झिझक जाता।

सिक्किम में उसे बर्फ़ मिली, मगर उस बर्फ़ में भी गर्मियाँ छिपी थीं। पहाड़ियों पर बैठे मठ और वहाँ की हवा में बहती घंटियों की आवाज़...वह सब उसके व्लॉग में शामिल तो थीं, लेकिन उसकी डायरी में कुछ और ही लिखा था। "लोग मुझे देखकर सोचते हैं कि मैं घूम रहा हूँ... पर मैं ख़ुद को ढूँढ़ रहा हूँ," उसने एक रात लिखा। वो कैमरे के आगे मुस्कुराता था, पीछे टूटता था। उड़ीसा में समंदर की लहरों के साथ खेलते बच्चों को देख, उसे अपना बचपन याद आता...जब वो पहली बार कैमरे से डर गया था और आज उसी कैमरे से दोस्ती कर रहा था। हर वीडियो दरअसल उसका एक संवाद था—ख़ुद से और उन तमाम अनजानों से जो उसे यूट्यूब पर खोज रहे थे।

हिमांशु अब दिल्ली लौट चुका था, पर वो हिमांशु नहीं रहा था जो कुछ महीने पहले किताबों के नीचे दबा हुआ था। उसकी आँखों में अब यात्राओं की छाया थी और शब्दों में वो ख़ामोशी... वह जानता था, वह अभी 'बड़ा' यूट्यूबर नहीं बना, लेकिन उसका हर व्लॉग एक अधूरा वाक्य था, जो एक दिन किसी पूरे उपन्यास की तरह आकार लेगा। कैंपस के आख़िरी दिनों में जब लोग नौकरी की चिंता में दौड़ रहे थे, हिमांशु अपनी अगली यात्रा की रूपरेखा बना रहा था—क्योंकि उसके लिए कैमरे में क़ैद हर दृश्य, जीवन का एक नया अध्याय था। शायद यही उसकी कहानी की थी—"सपनों को रिकॉर्ड मत करो, उन्हें जी कर दिखाओ।"

ग्रेजुएशन कंप्लीट होते ही वह विदेश जाकर व्लॉग बनाना चाहता था—कोई नफ़रत नहीं थी भारत से, बल्कि यहीं की धूप में पककर ही तो उसकी सोच पकी थी। पर बात ये थी कि यूट्यूब पर "बनारस की गलियों" से ज़्यादा "बुडापेस्ट के पुल" पर व्यूज़ आते हैं। वह जानता था कि भारत की आत्मा महान है, लेकिन एल्गोरिदम का पेट विदेशी फुटेज से ही भरता है। और जो लोग कहते थे "देश छोड़कर क्यों जाएगा?," उनसे वह कहना चाहता था—"भाई, देश छोड़ नहीं रहा, बस कैमरा ज़रा बाहर घुमा रहा हूँ!" भारत उसे अब भी प्रिय था—बस, उसे अपने करियर को परवाज़ देनी थी और आजकल परवाज़ जेट एयरवेज़ से शुरू होती है।

सर्दियों की सुबहें अक्सर शहरों के नाम की तरह अलग होती हैं... दिल्ली की सुबह जहाँ एक धुँधली चुप्पी ओढ़े होती है, वहीं अलवर की गलियों में हल्की धूप फिसलती हुई मिलती है। इन दो शहरों के बीच कहीं एक नीली रेखा चलती थी—इंटरनेट की, संवाद की और अनकही भावनाओं की। आईना और हिमांशु, दो शहरों के दो छोरों पर, अपनी-अपनी दुनिया में जिए जा रहे थे—पर किसी एक अदृश्य डोर ने उन्हें जोड़ा था। यह वो प्रेम नहीं था जो अचानक जाग जाए और लहरों-सा बह जाए, यह वो प्रेम था जो धीरे-धीरे टाइप होता है—शब्द दर शब्द, इमोजी के पीछे छुपी हँसी से लेकर, रात के 2:00 बजे की GIF में मौजूद गहराई तक। इस भूमिका में प्रेम की शुरुआत नहीं, बल्कि प्रतीक्षा का फूल खिलता है—जो अंततः कैमरे की उस पहली झलक में खुलकर सामने आता है।

शाम के धुंधलके में जब हिमांशु ने पहली बार आईना का चेहरा देखा, तो वह दृश्य किसी इंस्टाग्राम फ़िल्टर से ज़्यादा वास्तविक था और उससे अधिक मोहक। यह पहली वीडियो कॉल थी, पर किसी आत्मीय पुरातन संबंध का पुनर्मिलन प्रतीत होता था। हिमांशु की आँखों में दिल्ली की रोशनी झिलमिला रही थी, लेकिन उसका मन किसी अलवर की धूप की तरह सहज और नर्म हो गया था। उसने हँसकर कहा ...

"तुम्हें देखकर मेरा कैमरा भी शरमा गया... ऐसा लगता है कि उसने अपनी लाइब्रेरी में सबसे खूबसूरत पन्ना ढूँढ़ लिया।"

आईना मुस्कराई... वह हँसी एक उत्तर थी, एक स्वीकृति थी और शायद एक भविष्यवाणी भी। उस मुस्कान में जैसे रेत के टीले पर पहली बूँद गिरी हो... और हवा ने अपना रूप बदल लिया हो।

आईना के कमरे की दीवार पर हल्के पीले रंग का बल्ब जल रहा था, जो उसकी त्वचा को और भी सुनहरा बना रहा था—मानो अलवर की धूप एक छोटे से कमरे में सहेज ली गई हो। हिमांशु की स्क्रीन के पीछे कुछ पोस्टर झाँक रहे थे... किसी व्लॉग की तैयारी, शायद कोई अधूरी एडिटिंग टेबल पर छोड़ दी गई थी... लेकिन उस वक़्त केवल एक ही स्क्रीन ज़रूरी थी। वह जहाँ आईना मौजूद थी। दोनों थोड़ी देर एक-दूसरे को देखती ख़ामोशी में रहे—कुछ शब्द मुँह तक आकर लौट गए और कुछ आँखों के रास्ते दिल में उतर गए।

"तुम्हारी मुस्कान में वो बात है जो मेरी कहानियों में नहीं आ सकी," हिमांशु ने कहा।

आईना ने सिर झुकाया—फिर कैमरे को देखकर बोली, "और तुम्हारी आँखों में वो ठहराव है, जो अलवर की शामों में भी नहीं मिलता।"

उसी क्षण, पहली बार, इंटरनेट ने कोई दूरी नहीं जोड़ी—उसने उसे मिटा दिया।

जब दोनों के बीच कॉल कट हुआ, तो अलवर की हवा में कुछ देर तक एक मीठा सा कंपन रहा, जैसे किसी पुराने रेडियो पर कोई उर्दू ग़ज़ल बज उठी हो। आईना ने बालों को समेटा, कैमरा बंद किया और वहीं बैठी रही—जैसे कोई किताब बंद हो चुकी हो, पर उसकी गंध अभी पन्नों में है। हिमांशु ने कंप्यूटर स्क्रीन पर उसे जाते देखा, फिर अपने हाथों की उँगलियों को देखा जो उस शाम सिर्फ़ स्क्रीन से नहीं, किसी अदृश्य आत्मीयता से छूकर लौटे थे।

दिल्ली और अलवर के बीच अब एक और चीज़ स्थायी हो चुकी थी—एक मुस्कराहट, जो सर्दियों की हवा में तैर रही थी... और जो शायद अगली सुबह फिर किसी चैट में लौट आएगी—"Good morning, मेरी स्क्रीनशॉट वाली लड़की।"

दिल्ली की सुबहें कभी धीरे-धीरे जागती हैं जैसे कोई बूढ़ा शहर आँखें मलते हुए चाय ढूँढ़ रहा हो। प्लेटफॉर्म नंबर 1 पर खड़ी शताब्दी एक्सप्रेस के डिब्बे, एक लंबी थकी हुई साँस की तरह प्रतीक्षा में थे। हिमांशु का बैग हल्का था, लेकिन उसके भीतर शब्दों का वज़न था। उसने खिड़की के पास की सीट चुनी। शहर को पीछे छोड़ने का सबसे साफ़ दृश्य वहीं से मिलता है। मोबाइल एयरप्लेन मोड में था और दिल में हल्की सी बेचैनी जैसे किसी पुराने ख़त को फिर से खोलना हो।

ट्रेन धीरे-धीरे सरक रही थी और उसके मन में एक वाक्य घूम रहा था—"क्या कोई लड़की सिर्फ़ एक परीक्षा की तैयारी करते हुए भी किसी की ज़िंदगी बन सकती है?"

ट्रेन अभी दिल्ली कैंट स्टेशन ही पार कर पाई थी कि सामने वाली सीट पर बैठे अंकल ने सवाल दाग दिया—"बेटा, नौकरी करते हो या तैयारी?"

हिमांशु मुस्कुरा दिया : "मैं यूट्यूबर हूँ..."

अंकल ने आँखें ऐसी फैलाईं जैसे बोतल से जिन्न निकला हो, "यानी बेरोज़गार हो, बस थोड़ा स्टाइल मारते हो!"

गुड़गांव की ऊँची इमारतें पीछे छूट गई थीं और अब खिड़की से खेत, पीले सरसों के फूल और दूर कहीं चरती हुई भैंसों की कतारें दिखाई दे रही थीं। एक बच्चा खेत में पतंग उड़ा रहा था "शायद उसी की तरह मैं भी उड़ना चाहता हूँ, बस धागे आईना के हाथ में हैं...," हिमांशु ने सोचा।

(प्यार में पड़ने से पहले आदमी सपना देखता है—UPSC, नौकरी, गाड़ी और खूब सारा पैसा कमाना... और प्यार में पड़ने के बाद सिर्फ़ एक बात सोचता है—'अब उसे कैसे मनाऊँ?)

एक साइड की सीट पर बैठे युवक ने लापरवाही से हिमांशु को देखा और कहा—"भाई साहब, आपके मोबाइल में नेटवर्क है?"

हिमांशु बोला : जी नेट स्लो है... दिल से पूछो तो सिग्नल गया हुआ है... क्योंकि मैं उस लड़की से मिलने जा रहा हूँ, जो दिल की कवरेज में रहती है, लेकिन हमेशा व्यस्त टोन देती है।

सुबह 10:30 बजे के करीब जब अजमेर शताब्दी ने जयपुर स्टेशन की पटरी को छुआ, तो लगा जैसे कोई पुरानी स्मृति को फिर से छूने जा रहा हो। स्टेशन पर उतरते ही हल्का ठंडी हवा का झोंका आया। दिल्ली के शोर की जगह अब कुछ शांत और स्थिर था—जैसे किसी कविता की अंतिम पंक्ति को पढ़ने के बाद मन ठहर जाता है।

छोटे—से कमरे में बल्ब की रोशनी हल्के धुंध की तरह पसरी हुई थी और एक पुराने अलमारी के ऊपर सुखाई गई किताबें रखी थीं। REET के पिछले सालों के पेपर, बाल मनोविज्ञान की मोटी गाइड और एक डायरी, जिसका कोना चाय के छींटों से स्याह हो चुका था। आईना ने आज पूरे दिन तैयारी के बाद रसोई में ख़ुद को झोंक दिया था। हॉस्टल के कॉमन किचन में जब प्याज़ काटते हुए उसकी आँखों में पानी आया, तो उसे याद आया—“हिमांशु को तो मसालेदार खाना पसंद है, पर उसकी पसंद सिर्फ़ ज़ुबान की नहीं, आत्मा की चीज़ों में होती है”। कमरे में एक अद्भुत सौंधी ख़ुशबू थी—जैसे समय की थाली पर स्मृति की चटनी लगी हो।

और जब हिमांशु दरवाज़े पर पहुँचा—दिल्ली की भागती दौड़ती ज़िन्दगी से भागकर, एक नर्म स्मृति के आमंत्रण पर—तो वो क्षण किसी पुरानी प्रेम-कविता की आख़िरी पंक्ति-सा था, जो अभी तक अधूरी थी। उसने भीतर आते ही मुस्कुराकर कहा, “इस कमरे में किताबें कम हैं, पर उनका वज़न बहुत भारी है।” आईना मुस्कुराई और धीरे से थाली उसके सामने रख दी—जिसमें गरम पराठे थे और साथ में मिर्ची की चटनी, जो उसकी नानी बनाना सिखाया करती थी।

“REET की तैयारी में स्वाद की बहुत कमी हो जाती है...” आईना ने जैसे ही कहा, उसका स्वर उस लड़की का नहीं था जो प्रतियोगी परीक्षा की धारा में बह रही हो, बल्कि उस स्त्री का था जो आत्मीयता की भाषा में बात करना जानती हो। वो बस पराठा नहीं खिला रही थी वो अपने संघर्ष की थकान, अपनी चुप्पियों का नमक और उन अनकहे पलों की परतें बिछा रही थी जिनमें उसका हर सपना हिमांशु की आँखों में अपना प्रतिबिंब ढूँढ़ता था।

गर्मियों की उन छुट्टियों में, जब दिल्ली की हवाएँ भी लू बनकर चेहरों को छूती थीं, हिमांशु ने एक साँझ यूँ ही हँसते-हँसते कह दिया था—“आईना,

मालदीव्स चलें? समुद्र देखोगी, सूरज की किरणों में अपनी हँसी घोल दोगी और मैं... तुम्हें कैमरे में कैद करता रहूँगा।"

वह मुस्कराई, पहले तो जैसे कुछ कहने को शब्द ही नहीं मिले, फिर सिर झुकाते हुए बोली—"पागल हो! लेकिन..." और उस 'लेकिन' की लंबाई में ही मान जाने का संकेत छिपा था।

दिल्ली से उड़ान भरने की सुबह, दोनों मेट्रो में साथ बैठे थे। सीटें पास थीं, मगर उनके बीच कुछ और भी पास था—एक मौन, जिसमें बहुत कुछ कहा जा रहा था। हिमांशु ने एक हल्की सी मुस्कान के साथ उसकी कलाई को छुआ, जैसे कह रहा हो—"अब जो रास्ता हम पकड़ रहे हैं, वो सिर्फ़ कैमरे के लिए नहीं है।" आईना ने उसकी ओर देखा और उसकी पलकों के नीचे एक चमक-सी तैरती दिखी—वो चमक जो हर लड़की की आँखों में होती है, जब वो पहली बार उस लड़के के साथ सफ़र पर निकलती है, जिसे वो दिल के गुप्ततम कोने में रख चुकी होती है।

मालदीव्स का नाम सिर्फ़ एक जगह नहीं था अब—वो एक बहाना था, उस ठहराव को तोड़ने का, जो दोनों के बीच वक़्त ने डाल रखा था। और उस सफ़र में सिर्फ़ समुद्र की लहरें नहीं उठीं, एक प्रेम की मौन लहर भी उठी—धीमी, गहरी और धूप से भरी हुई।

मालदीव की सुनहरी रेत पर आईना और हिमांशु खड़े थे। हवा में हल्की-सी नमक की ख़ुशबू थी और आसमान में सूरज मुस्कुरा रहा था। हिमांशु ने कहा, "आईना, देखो ये शांत समंदर कितना खूबसूरत है!"

आईना ने उत्साह से जवाब दिया, "हाँ, हिमांशु! बचपन से मेरा ख़्वाब था यहाँ स्नॉर्केलिंग करने का।"

उनकी हँसी लहरों के साथ घुलमिल गई और दोनों ने एक साथ कदम बढ़ाकर नीले पानी में छलाँग लगाई।

हिमांशु ने गुनगुनाया—

"अजनबी सी हो मगर ग़ैर नहीं लगती हो
वहम से भी जो हो नाज़ुक वो यक़ीन लगती हो
हाय ये फूल सा चेहरा ये घनेरी ज़ुल्फ़ें
मेरे शेरों से भी तुम मुझको हसीन लगती हो"

मालदीव में जैसे ही आप पहुँचते हैं, पहला अहसास यह होता है कि यहाँ समय नहीं चलता, वह तैरता है—मौन और मुक्त, जैसे लहरें जो किनारे तक आती हैं, पर कभी टकराकर बिखरती नहीं, मुस्कुराकर लौट जाती हैं। सफ़ेद रेत पर चलता हुआ हर कदम ऐसा महसूस कराता है, जैसे बादल के पंखों पर रखा गया हो। और वो पारदर्शी नीला पानी— न केवल दृष्टि से, बल्कि मन की ऊहापोह को भी साफ़ कर देता है। सचमुच मालदीव का समंदर कोई पानी नहीं, कांच की तरह पारदर्शी एहसास है, जो आपके भीतर तक उतरता है, बिना किसी आहट के। यहाँ आकाश और पानी की सीमाएं मिट जाती हैं। इस द्वीपसमूह की संरचना मात्र भौगोलिक नहीं, यह सागर के गहनों की एक माला है— जिसमें प्रकृति ने अपने सबसे सुंदर मोती पिरो दिए हैं। मालदीव में जब सूरज डूबता है, तो लगता है वो अस्त नहीं होता, बस कुछ देर विश्राम करता है समुद्र की गोद में। और रातें? ऐसा लगता है वो तारों से नहीं, समंदर की लोरी से चमकती हैं।

मालदीव की उस सुबह में समंदर जैसे धीमे-धीमे साँस ले रहा था। आसमान दूधिया नीला था और पानी की सतह पर सूरज की किरणें मानो किसी चाँदी के पर्दे पर थिरक रही थीं। लहरें अपनी लय में थीं—धीमी, मद्धम और रहस्यमयी, जैसे कोई प्रेमगीत जो बिना शब्दों के भी सब कुछ कह जाता है।

हिमांशु और आईना, दोनों एक काँच के नावघर जैसे रिसॉर्ट से निकले थे। उनके चारों ओर एक क्षितिज फैला था जो न तो पूरी तरह जल था, न ही आकाश—बल्कि उन दोनों के बीच की कोई पारदर्शी भावना। पानी इतना साफ़ था कि मछलियों की साँसे भी दिखती थीं और कोरल की सतह पर उगती नन्ही हरियाली तक।

आईना ने स्कूबा सूट पहना और समंदर की ओर उतर गई। हिमांशु किनारे बैठा रहा, जैसे कोई चित्रकार अपनी कृति को पानी में घुलते देख रहा हो। आईना जब बुलबुलों के बीच ऊपर आई, उसका हाथ एक वाटरप्रूफ़ बॉक्स से टकराया। कुछ पल के लिए उसने सोचा कि यह कोई छूटा हुआ खिलौना होगा, पर जैसे ही उसने उसे खोला, उस पर लिखे शब्दों ने उसकी आँखों में चमक और साँसों में ठहराव ला दिया।

"आईना, मेरी ज़िंदगी की हर तस्वीर तुमसे ही है। क्या तुम मुझसे शादी करोगी?"

वह बिना कुछ कहे हिमांशु की ओर बढ़ी और उसे गले लगाकर बोली, "हाँ! बिलकुल हाँ!" उसकी आवाज़ में समुद्र की लहरों-सा विस्तार था और आँसुओं में उस नमकीन पानी की मिठास जिसे केवल सच्चे प्रेम में महसूस किया जा सकता है।

उस क्षण मालदीव एक भौगोलिक स्थान नहीं रहा, वह एक भावना बन गया था—ऐसा ठिकाना, जहाँ प्रकृति और प्रेम एक-दूसरे को निहारते हैं, बिना किसी शोरगुल के। वहाँ कोई गवाह नहीं था, केवल लहरें थीं जो हर 'हाँ' को अपने भीतर समेट लेती थीं—चुपचाप, निर्मल।

आईना के "हाँ" कहते ही जैसे समूचा समुद्र एक गुप्त उत्सव में शामिल हो गया। लहरें ज़रा ऊँची उठीं, बादलों की परछाइयाँ नीली सतह पर नाचने लगीं और दूर क्षितिज पर उड़ते बगुले जैसे इस क्षण की साक्षी बन गए। हिमांशु ने धीरे से उसका हाथ पकड़ा, जैसे जीवन की डोर थाम ली हो। उनके पीछे दूर-दूर तक फैले रेत के टापू, झुकी हुई नारियल की डालियाँ और क्षितिज में घुलता सूरज—सब कुछ थम सा गया। यह केवल एक प्रेम प्रस्ताव नहीं था, यह उस युगल के भीतर वर्षों से पल रही ख़ामोशी का उत्तर था, जो आज लहरों ने सुन लिया था। समुद्र की लहरों में जो संगीत है, वह किसी बाँसुरी की रागिनी नहीं, बल्कि प्रेम की धीमी, शरारती गूंज है। मालदीव के द्वीपों में फैली उस नीली शांति के बीच, एक वाटर-विला की डेक पर हिमांशु और आईना की हँसी बहती लहरों से होड़ ले रही थी।

हिमांशु जब नारियल के पानी को तोप बनाकर उड़ाता है, तो सिर्फ़ एक बूँद नहीं गिरती, बल्कि पूरी शाम का व्याकरण बदल जाता है। मालदीव की हल्की नमी में जेट-स्की की गति, उनके रिश्ते की तीव्रता जैसी थी। हर उछाल के साथ, उनका भरोसा पानी पर तैरने लगता। “मैं कप्तान हूँ!” कहते हुए हिमांशु ने जैसे पुरुषत्व का झंडा फहराया, पर अगले ही पल जब दोनों धड़ाम से गिरे, तो समुद्र ने दोनों को बराबरी से गले लगाया।

आईना जब कहती है, “क्या तुम जानबूझकर इतने रोमांटिक बने हो या पैदाइशी हो?” तब वह एक प्रश्न नहीं, बल्कि घोषणा करती है कि यह लड़का कोई आम इंसान नहीं, सर्टिफाइड प्रेम अधिकारी है। (अब सरकार अगर प्रेम में डिप्लोमा बाँटने लगे, तो सबसे लंबी लाइन जेट-स्की वालों की होगी।)

आईना की शरारतें और हिमांशु के जवाब। यह दो देहों का संवाद नहीं, दो आत्माओं की बाजीगरी थी। “अगर मैं डूब जाती तो?” वह पूछती है। और हिमांशु, बिना लहरों की अनुमति लिए, कहता है—“साथ डूबता... ताकि अगली ज़िंदगी में तैराक बनकर लौटें।” (प्रेमी वही जो पिछले जन्म के पापों को अगली लहर में धोने आए।)

वाटर-विला की बालकनी में जब रात उतरती और पास के लैगून में जेलीफ़िश की तरह चमकती रोशनी बिखरती, तब आईना और हिमांशु की हँसी उस रोशनी की चमक को टक्कर देती। ( जब प्रेम सच्चा हो, तो बत्ती जलाने की ज़रूरत नहीं होती—दो आत्माएँ ही ट्यूबलाइट बन जाती हैं।)

दोनों के बीच का संवाद उस तरह प्रवाहमान था जैसे कोरल रीफ के बीच से बहती एक चंचल लहर, जो कभी गहराई दिखाती और कभी किनारे पर उछलती। और प्रेम वही जो समंदर की तरह विस्तार चाहता है, पर हर बूँद को अपनी तरह महसूस करता है।

वह पल जब उन्होंने एक-दूसरे की आँखों में देखा, बालों से पानी झटका और फिर बिना बोले मुस्कराए—वह संवाद किसी भाषा का मोहताज़ नहीं था। वह भावनाओं की सबसे प्रामाणिक पांडुलिपि थी। (जब प्रेम में शब्द कम पड़ने लगें, समझो कहानी शुरू हो चुकी है।) मालदीव की वह शाम, वह नीला

विस्तार और वह बेतुकी सी नारियल तोप—सब मिलकर एक ऐसी कहानी बन गए, जिसे समुद्र भी शायद कभी न भूल पाए।

हिमांशु जब माले पहुँचा, तो लगा जैसे किसी चित्रकार की कल्पना में उतर आया हो... जहाँ इमारतें रंगों की छाया नहीं, बल्कि भावनाओं की परछाइयाँ थीं। आईना उसके बगल में खड़ी, अपने बालों को समुद्री हवा से उलझने दे रही थी। माले की मस्जिदों के गुम्बदों से टकराती लालिमा, उस सुबह के पहले आलिंगन की तरह थी... कोमल, शांत और थरथराती। लोकल बाज़ारों की हलचल में उन्होंने खजूर की मिठास खोजी, लेकिन असल स्वाद उन नज़रों में था जो एक-दूजे को देख रही थीं। दरबार चोड़ के किनारे बैठकर लहरों की लय में खो जाने का अनुभव, उनके बीच कोई शब्द नहीं, फिर भी एक गहरा संवाद रच रहा था। यह शहर केवल दिखता नहीं, वह धीरे-धीरे दिल में उतरता है जैसे कोई पुरानी चिट्ठी जिसे बार-बार पढ़ने का मन करे।

जब वे माफुशी पहुँचे, तो सफ़ेद रेत उनके कदमों को वैसे ही थाम रही थी, जैसे अनकहे शब्द किसी कविता को रोक लेते हैं। हिमांशु के मन में चल रही चिंता की लहरों को आईना की हँसी की टकराहटें शांत कर रही थीं। समुद्र टर्कॉयज़ रंग में नहाया हुआ था और उसमें तैरती मछलियों का नृत्य उन्हें एक सपने में ले जा रहा था। झूले पर बैठे हुए, उनके बीच का मौन, कोई संकोच नहीं—बल्कि वह आत्मीयता थी जो वर्षों साथ जीने के बाद आती है। सांझ होते ही ढलती धुनें उन्हें उन दिनों की याद दिलाती थीं, जब प्यार केवल शब्दों में था, अब वह स्पर्श और मौन में उतर आया था। नावों की कतारें जैसे समय को रोक रही थीं और वे दोनों उसमें बैठ, आने वाले जीवन के हर मोड़ की कल्पना कर रहे थे।

कश्ती-सफारी पर समुद्री कछुए से मिलने का वह क्षण, उनके रिश्ते का एक प्रतीक बन गया—धीमा, गहरा और दीर्घजीवी। आईना ने कहा, "शायद हम भी ऐसे ही हैं, धीरे चलते हैं पर टिके रहते हैं।" हिमांशु मुस्कुरा उठा। पानी की गहराई में उतरते हुए, उन्होंने पाया कि प्यार भी समुद्र की तरह है—ऊपर से सरल, भीतर से अनंत। आईना की उँगलियाँ उसकी हथेली में उलझी रहीं, जैसे कोई वादा जो बार-बार दोहराने की ज़रूरत न हो। माफुशी ने उन्हें सिखाया कि

यात्रा सिर्फ़ गंतव्य तक पहुँचना नहीं होता, बल्कि साथ चलने का अर्थ समझना भी होता है। लौटते समय जब उन्होंने पीछे मुड़कर द्वीप को देखा, तो कुछ अधूरा नहीं लगा। शायद इसलिए कि भीतर कुछ पूरा हो चुका था... एक यात्रा, एक आत्मस्वीकृति, एक प्रेम जो अब कहानियों में नहीं, साँसों में बस गया था।

हिमांशु को अड्डू ऐटॉल के तट पर कदम रखते ही वह एहसास हुआ—शब्द जब थक जाते हैं, तो मौन बोल उठता है। आईना के साथ यह द्वीप मानो समय से अलग एक आलसी स्वप्न था, जहाँ चूने की रेत की नमी पुराने प्रेम-पत्रों की तरह स्मृतियों को भिगोती जाती। वे दोनों जब एक जल-कुंज के भीतर कपास जैसे क्लेमलॉट फूलों के बीच खड़े थे, तो हिमांशु ने धीरे से कहा, “तुम्हारा होना भी ऐसे ही खिला है मेरी हर थकान पर।” पानी के नीचे टूटे रीफ्स, जैसे रिश्तों की कहानियाँ, अब भी जीवित, अब भी सुंदर। और रात में जब बायोल्यूमिनेसेंट फेस्टिवल में समुद्र टिमटिमाया, आईना ने कहा, “शायद प्यार भी ऐसा ही होता है—दिखता नहीं, पर अंधेरे में रोशनी करता है।”

उल्हुवेल्ली के सफ़ेद रेत पर चलते हुए, हिमांशु को वह दिन याद आया जब उसने पहली बार आईना को देखा था—एक नरम धूप, एक अनकहा आकर्षण। यहाँ की रेत भी वैसी ही थी—चंदन जैसी, शीतल और स्थायी। पुल से गिरती लहरों की बूँदें उनकी त्वचा को छूकर जैसे उनके बीच की दूरी मिटा रही थीं। आईना ने जब सूर्यास्त की किरणों को पानी पर गिरते देखा, तो फुसफुसाई, “ये सूरज की चिट्ठियाँ हैं, जो समंदर को हर शाम प्रेम-पत्र भेजता है।” चारों ओर फैली हरियाली, जैसे प्रेम के भीतर फैला वह भरोसा, जो हर मौसम सह लेता है। शाम की हवा बालों को नहीं, पुराने भय को उलझाती थी और इस बार वह भी सुलझते दिखे।

वेलिगांधू के रिसॉर्ट में जब हिमांशु ने आईना के चेहरे पर फुहारों की परछाईं देखी, तो उसे लगा जैसे वह किसी कविता की शुरुआत पढ़ रहा हो। स्पा-हाउस की खिड़की से बाहर झाँकती सुनहरी कश्तियाँ, मानो सूर्यास्त को गुनगुनाती कोई ग़ज़ल थीं। कैंडललाइट डिनर के वक़्त, जब पास बैठी आईना ने कहा, “हर समुद्र की लहर तुम्हारे स्पर्श की तरह है—वापस लौटती है,” तो

हिमांशु ने पहली बार समझा कि प्रेम सिर्फ़ जुड़ना नहीं, लौटते रहना भी है। सुबह की नारियल छाँव में दोनों नंगे पाँव चले और मछलियाँ उनके नीचे जैसे सिम्फनी बन गईं। यहाँ कोई जल्दबाज़ी नहीं थी, न कोई प्रदर्शन... केवल दो आत्माएँ थीं, जो अपने ही मौन में एक-दूजे से संवाद करती रहीं।

दिल्ली का इंदिरा गांधी अंतर्राष्ट्रीय हवाई अड्डा हमेशा से दुनिया भर की आवाजाही से चहकता रहा है लेकिन उस सुबह कुछ अलग था। जैसे किसी आने वाले मौसम की आहट हो, एक हलचल, एक प्रतीक्षा की सिहरन... और फिर वही दृश्य जिसे देख मन किसी पुराने प्रेम-पत्र की आख़िरी पंक्तियों में अटक जाए... हिमांशु और आईना, एक ही हाथ में ज़िंदगी थामे, मुस्कुराते हुए बाहर आते हैं।

उस दिन धूप भी कुछ नरम थी और भीड़ भी कुछ आत्मीय। फूलों की माला लिए दो कॉलेज छात्राएँ खड़ी थीं, एक वृद्ध दंपत्ति ने उनकी तरफ़ बढ़ते हुए कहा... "तुम दोनों ने आज की पीढ़ी को यह यक़ीन दिलाया कि इंटरनेट पर जन्मा प्यार भी सच्चा हो सकता है।" कैमरे क्लिक कर रहे थे और कोई चुपचाप मोबाइल पर लाइव चला रहा थापर उस भीड़ में कहीं एक ख़ामोश अनुभूति तैर रही थी : प्यार की। दिल्ली लौटते ही जब कोई अनजान चेहरा तुम्हारे भीतर बसे रिश्ते को पहचान ले—तो लगता है जैसे ज़िंदगी ने अचानक एक उपन्यास का शीर्षक पढ़ लिया हो।

आईना ने हिमांशु के कान में फुसफुसाते हुए कहा, "ये सब रियल में है, न?"

हिमांशु ने हँसकर कहा, "तुम्हारा हाथ पकड़ रखा है, अब क्या और सबूत चाहिए?"

इस दृश्य की विडंबना यह थी कि जहाँ एक ओर उनकी मोहब्बत डिजिटल लाइक्स और कमेंट्स से उठकर लोगों के दिलों तक पहुँच चुकी थी, वहीं दूसरी ओर कुछ पत्रकार उन्हें 'पब्लिसिटी कपल' कह कर ट्रोल कर रहे थे। पर यही तो था इस समय का असल संघर्ष—प्रेम को या तो मिथ बना दो या फिर तमाशा।

"लोग कहते हैं ये सब मार्केटिंग है," हिमांशु ने कहा।

आईना मुस्कुराई, "तो हम क्या बेच रहे हैं? चाय-पत्ती या चुम्बन?"

हवाईअड्डे के बाहर एक बच्चा अपनी माँ से पूछ रहा था, "माँ, ये इंस्टाग्राम वाला प्यार क्या होता है?"

माँ ने कहा, "जहाँ कहानियाँ सच्ची होती हैं बेटा, पर तस्वीरों जैसी लगती हैं।"

हिमांशु ने देखा कि उनकी कहानी अब उन दोनों की नहीं रही, वो अब सबकी थी..एक सामूहिक प्रेम जो लोगों को फिर से दिल लगाने की हिम्मत देता था। और तब पहली बार, उसे डिजिटल तालियों से ज़्यादा उस वृद्ध महिला की आँखों में दिखी नमी ने छू लिया—जिसने कहा था, "तुम दोनों को देख के हमारे जवानी के दिन याद आ गए।"

शाम ढल रही थी और एयरपोर्ट के बाहर ठंडी हवा एक धीमे आलाप की तरह बह रही थी—जैसे कहीं कोई गीत फिर से शुरू हो रहा हो। आईना ने हिमांशु की तरफ़ देखा और कहा, "हम वापस वहीं आ गए हैं जहाँ से सब शुरू हुआ था... पर अब सब कुछ बदल चुका है।"

हिमांशु ने उसका हाथ थामते हुए कहा, "हाँ, अब हमें बस कैमरे में नहीं, ज़िंदगी से भी मुस्कुराना है।"

मोहब्बत अब इंस्टाग्राम की स्टोरी से उतर कर उन गुमनाम चेहरों की आँखों में उतर गई थी, जो एक दूसरे को देखकर भरोसा करना चाहते थे कि "प्यार अब भी ज़िन्दा है"।

कभी-कभी जीवन हमें वही लम्हा दोबारा देता है, बस थोड़े से बदलाव के साथ। और उन बदलावों में ही शायद वह कविता छिपी होती है जिसे हम ज़िंदगी कहते हैं—अनकही, पर पूरी।

वे दोनों आगे बढ़े..ना ही किसी मीडिया हेडलाइन की ओर, ना किसी लाइक्स की भीड़ की तरफ़ बल्कि उस सच्चाई की तरफ़, जहाँ प्रेम तमाशा नहीं था, बल्कि एक ठोस, सुन्दर और थामे जाने लायक़ चीज़ था—जैसे दो हाथ जो दुनिया की भीड़ में भी एक-दूसरे को कभी नहीं छोड़ते।

# 8

# करियर की उड़ान

जब भी कोई लड़की शादी की उम्र तक पहुँचती है, तो घर के आँगन में जैसे समय की गति तेज़ हो जाती है। माँ की साड़ी में अचानक चिंताएँ उतर आती हैं, पिताजी के अख़बार के पन्ने लड़कों की तनख़्वाह से रंगे जाने लगते हैं और रिश्तेदारों की बातचीत में बार-बार एक ही वाक्य घूमता है—"सरकारी नौकरी वाला लड़का हो तो सब निश्चिंत।"

आईना इन्हीं दोहरावों के बीच बैठी खिड़की से बाहर देखती रही। बाहर हवा में पतंगें उड़ रही थीं, लेकिन उसकी आँखों के भीतर एक सवाल लटक रहा था—क्या शादी किसी स्थायी पद की तरह होती है, जहाँ भावनाएँ इंटरव्यू पास नहीं कर पातीं? पिछले हफ़्ते जब वो मालदीव से लौटी थी, तब सब कुछ अलग था। पानी में भीगते हुए हिमांशु की बातों में जो मासूमियत थी, वो दिल्ली की गर्म दीवारों से टकराकर जैसे बिखर गई थी।

अब परिवार वाले कह रहे थे, "एक बहुत अच्छा लड़का है—PWD में A.En. है, तनख़्वाह 85 हज़ार।"

किसी ने नहीं पूछा कि आईना क्या चाहती है। शायद वो ख़ुद भी तय नहीं कर पा रही थी—क्या सच में प्रेम ही जीवन की सबसे बड़ी पूँजी है?

"तो फिर तय कर दें?" माँ ने चाय थामते हुए कहा, जैसे वो किसी सब्ज़ी का भाव पूछ रही हों।

पिता जी बोले, "लड़का यहीं नज़दीकी शहर का है, घर भी अच्छा है और सबसे बड़ी बात... सरकारी नौकरी।"

आईना ने मुस्कुराने की कोशिश की, लेकिन उसके होठों पर ठंडी पपड़ी सी जम गई।

"उस हिमांशु का क्या हुआ?" चाची की सवाल जैसी मुस्कराहट घुस आई, "अरे वो तो बस इंस्टाग्राम वाला प्यार था न? असली जीवन में EMI होती है, Reel नहीं।"

आईना कुछ नहीं बोली। वो जानती थी—यहाँ सवाल नहीं उठाए जाते, सिर्फ़ गठजोड़ तय किए जाते हैं।

हिमांशु कभी एक सामान्य मध्यवर्गीय युवक था, जो दिल्ली यूनिवर्सिटी से बीए ऑनर्स कर रहा था और जिसकी ज़िंदगी में कोई स्पष्ट दिशा नहीं थी, सिवाय एक भावना के—आईना को अपनी ज़िंदगी का हिस्सा बनाना है।

हिमांशु हमेशा से एक पारंपरिक करियर की अपेक्षा क्रिएटिव फील्ड में नाम कमाने का इच्छुक था। भले ही समाज और परिवार की अपेक्षा थी कि वह कोई सरकारी नौकरी करे, पर वह जानता था कि उसके पास ख़ुद को साबित करने के लिए दो ही रास्ते हैं—या तो वह एक सुरक्षित, प्रतिष्ठित सरकारी पद प्राप्त करे, या फिर कुछ ऐसा असाधारण हासिल करे जो आईना और उसके परिवार को प्रभावित कर सके। अपने भीतर के फोटोग्राफर, कहानीकार और

ट्रैवलर को एक मंच देने के लिए उसने यूट्यूब को चुना और छोटे-छोटे ट्रैवल व्लॉग्स से शुरुआत की। उसका पहला बड़ा कदम नेपाल और भूटान की यात्रा थी, जहाँ उसने सीमित संसाधनों में भी शानदार कंटेंट बनाया। वीडियो में लोकल संस्कृति, सड़क का खाना और युवाओं की जिज्ञासा को पकड़ने की उसकी शैली ने दर्शकों को आकर्षित करना शुरू कर दिया।

हिमांशु ने यूट्यूब के साथ-साथ फेसबुक और इंस्टाग्राम को भी गंभीरता से लेना शुरू किया। उसे यह समझ आ गया था कि केवल दृश्य या लोकेशन नहीं, बल्कि कहानी ही वह तत्व है जो दर्शकों को जोड़े रखता है।

सरकारी नौकरी के प्रति उसका झुकाव कभी रहा नहीं। यूपीएससी और बैंकिंग परीक्षाएं उसके लिए बंधन जैसे लगते थे। उसे आज़ादी चाहिए थी, कैमरे से दुनिया को दिखाने का जुनून चाहिए था और अपने कहे गए हर वाक्य पर दुनिया की प्रतिक्रिया। उसने तय किया कि वह एक ट्रैवल व्लॉगर बनेगा—एक ऐसा यूट्यूबर जो देश—विदेश की यात्राएं करेगा, वहाँ की संस्कृति, खान-पान, लोकगीतों, रीति-रिवाज़ों और रोज़मर्रा की ज़िंदगी को वीडियो के ज़रिये दर्शकों तक पहुँचाएगा।

शुरुआत आसान नहीं थी। उसके पास महँगा कैमरा नहीं था, न ही ड्रोन या हाई-एंड लैपटॉप। उसने अपने मोबाइल फ़ोन से शूट करना शुरू किया। सबसे पहले नेपाल और भूटान की यात्रा की। सीमावर्ती राज्यों से होते हुए उसने सस्ते होस्टल, लोकल बसों और ट्रेनों के जरिए सफ़र किया। नेपाल में पशुपतिनाथ मंदिर, पोखरा की झीलें और नागारकोट के सूर्योदय के दृश्य उसके पहले वीडियो का हिस्सा बने। भूटान में थिम्पू की सड़कों पर पैदल चलते हुए उसने व्लॉग बनाया—'जहाँ जीडीपी नहीं, ख़ुशी मापी जाती है!' यह वीडियो हिट हो गया। उसके पास सिर्फ़ 70 हज़ार सब्सक्राइबर थे, लेकिन उस वीडियो के बाद सब्सक्राइबर की संख्या एक हफ़्तेमें 1 लाख पहुँच गई।

उसने जैसे ही दर्शकों की रुचि को पहचाना, कंटेंट की गुणवत्ता बढ़ाई। थोड़ा-थोड़ा पैसा जुटा कर एक सेकेंड हैंड DSLR कैमरा और एक ट्राइपॉड खरीदा। उसके बाद वह थाईलैंड, इंडोनेशिया और सिंगापुर गया। बैंकॉक

की गलियों में स्ट्रीट फूड का टेस्ट करते हुए उसका एक वीडियो "20 रुपये में पेट भर के खाना" वायरल हो गया। बाली में उसने एक गरीब मछुआरे के घर रहकर वीडियो बनाया जिसमें उसने कहा, "सच्ची कहानियाँ रिसॉर्ट्स से नहीं, झोपड़ियों से आती हैं।" दर्शकों को यह नज़रिया बहुत पसंद आया। फेसबुक और इंस्टाग्राम पर भी उसके फॉलोवर्स बढ़ने लगे। यूट्यूब पर मोनेटाइजेशन शुरू हुआ और कमाई हज़ारों में पहुँचपहुँचने लगी। थाईलैंड, इंडोनेशिया और सिंगापुर जैसे देशों की यात्राएं न सिर्फ़ उसके चैनल के लिए बल्कि उसके आत्मविश्वास के लिए भी निर्णायक साबित हुईं। उसने अपने व्लॉग्स में सिर्फ़ जगहों का विवरण नहीं दिया, बल्कि वहाँ की संस्कृति, स्थानीय लोगों से बातचीत, अनजाने अनुभवों और छोटी-छोटी घटनाओं को भी बड़ी संवेदनशीलता से दिखाया। धीरे-धीरे उसके कुछ वीडियो वायरल हो गए—एक वीडियो जिसमें वह इंडोनेशिया के बाली में एक स्थानीय किसान के साथ काम कर रहा था, उसे ही तीन दिन में चार लाख व्यूज मिले। यही वह मोड़ था जहाँ लोगों की नज़रों में उसकी पहचान बनने लगी।

अब हिमांशु का आत्मविश्वास बढ़ चुका था। उसने कहा, "अब बस एशिया नहीं, मिडिल ईस्ट भी घूमूँगा।" उसने एक बजट योजना बनाई और मिस्र की फ्लाइट पकड़ ली। काहिरा में गीज़ा के पिरामिडों के सामने खड़े होकर उसने वीडियो में कहा—"कभी किसी ने सोचा था कि 4700 साल पहले भी लोग आकाश को छूने की ख़्वाहिश रखते थे?" पिरामिडों की छाया में शाम के धुंधलके में उसने एक लोकल गाइड से बात की, जिसने उसे बताया कि कैसे इन पत्थरों में सिर्फ़ वास्तु नहीं, इतिहास की परछाइयाँ छुपी हैं।

फिर वह इज़राइल गया। यरुशलम में तीन धर्मों का संगम देखा—यहूदी धर्म की दीवारें, ईसाई धर्म का चर्च और इस्लाम का डोम ऑफ द रॉक। उसने शांतिपूर्वक कहा, "अगर इंसान धर्मों को समझ लेता, तो दुनिया युद्ध नहीं, यात्राओं से भरी होती।" यह वाक्य क्लिप सोशल मीडिया पर खूब वायरल हुआ। इस यात्रा ने न केवल उसके चैनल की पहचान को अंतरराष्ट्रीय बना दिया, बल्कि उसे एक समझदार विचारक यूट्यूबर के रूप में भी स्थापित किया।

संयुक्त अरब अमीरात में उसने दुबई की चमचमाती ऊंचाइयों को भी दिखाया—बुर्ज ख़लीफ़ा की लिफ्ट में चढ़ते हुए वीडियो, पाम जुमैरा पर ड्रोन से लिया गया फ़ुटेज और पुराने दुबई के बाज़ारों में लोकल लोगों से बातचीत। अबू धाबी में उसने शेख ज़ायद मस्जिद की सुंदरता और शांति को बहुत ही कलात्मक ढंग से प्रस्तुत किया। उसने एक जगह लिखा—"अगर संगमरमर बोल सकते, तो यह मस्जिद इबादत के साथ मोहब्बत भी सिखा देती।"

कतर की राजधानी दोहा में फुटबॉल वर्ल्ड कप की तैयारियों और अरब संस्कृति के मेलजोल को उसने अपने कैमरे में उतारा। यहाँ उसे एक ख़ास बात समझ आई—यूट्यूबर बनने का मतलब सिर्फ़ वीडियो शूट करना नहीं है, बल्कि अलग-अलग संस्कृतियों के बीच सेतु बनना भी है।

हिमांशु अब एक जाना-पहचाना नाम बन चुका था। उसके पास प्रायोजकों के कॉल आने लगे—ट्रैवल कंपनियाँ, कैमरा ब्रांड्स और टूरिज़्म बोर्ड्स। वह अब अपनी शर्तों पर जीवन जी रहा था। एक ज़माना था जब उसके पास एक स्मार्टफ़ोन और एक ट्राइपॉड भर था। उसके पास प्रोफेशनल कैमरा सेटअप, ड्रोन्स, टीम और एक पर्सनल ब्रांड हो गया।

जयपुर की सर्दियाँ अलग ही मिज़ाज रखती हैं। सुबह की हल्की धुंध और हवा में कहीं से आती मूंगफली भुनने की गंध। गुलाबी नगर की गलियाँ इस समय गुलाबी से ज़्यादा सुनहरी लगती थीं। ऐसे में, आईना अपने किराए के कमरे में बैठी थी—कमरे में बस एक बिस्तर, एक स्टडी टेबल और दीवार पर मोटिवेशनल पोस्टर : "सपनों को पंख मेहनत देती है।" BSTC करने के बाद अब उसकी नज़रें REET परीक्षा पर टिकी थीं।

हिमांशु, जो उसका कॉलेज वाला दोस्त और अब दिल का भी सबसे करीब था, फ़ोन पर रोज पूछता—"पढ़ाई कैसी चल रही है?"

आईना कहती—"किताबें खुली रहती हैं, लेकिन दिमाग तुम्हारे फ़ोन की रिंग पर खुलता है।"

वो हँसता—"इश्क़ में भी और पढ़ाई में भी रोज थोड़ा-थोड़ा रिवीजन ज़रूरी है, वरना यादें भी और फॉर्मूले भी उड़ जाते हैं।"

पहली बार REET की परीक्षा हुई थी तब, आईना ने पूरी ताकत झोंक दी थी। लेकिन परिणाम आने से पहले ही ख़बर आई—परीक्षा रद्द।

आईना को लगा कि उसकी मेहनत बेकार गई। वह बालकनी में खड़ी रही, सामने नीम के पेड़ पर चिड़ियाँ फुदक रही थीं—उन्हें शायद कोई परीक्षा नहीं देनी थी, कोई रद्द नहीं होनी थी।

हिमांशु ने फ़ोन किया—"इतना मायूस मत हो, ये सरकार का तरीका है तुम्हें एक और चांस देने का—बस इसमें टाइम टेबल नहीं मिलता।"

अब दिनचर्या और सख़्त हो गई।

सुबह चार बजे अलार्म बजता, बाहर गलियों में कुत्ते जम्हाई ले रहे होते और दूधिया चाँद खिड़की से झाँकता। आईना चाय बनाती, थर्मस में भरती और नोट्स खोलकर बैठ जाती। पड़ोस की आंटी पूछतीं, "इतनी सुबह पढ़ने से दिमाग में ज्ञान जमता है?"

आईना हँस देती, "जी और नींद उड़ जाती है।"

कोचिंग क्लास में वह टीचर की बातें ऐसे नोट करती जैसे कोई कवि कविता में तुक ढूँढ़ रहा हो। लंच ब्रेक में लड़कियाँ सिलेबस पर बहस करतीं—"इतिहास याद करना सबसे मुश्किल है।"

"अरे, शिक्षा मनोविज्ञान ही असली खलनायक है।"

कभी-कभी हिमांशु जयपुर आता। उसे मोटिवेट करने के बहाने पिंक सिटी की गलियों में घुमा देता।

अलवर के उस पुराने घर की दीवारों पर समय की धूल जमी हुई थी, जैसे हर ईंट ने वर्षों की चुप्पियों और झगड़ों को पी लिया हो। उसी घर में, एक दोपहर, आईना के पिता को यह ख़बर मिली—और ख़बर भी ऐसी कि गाँव की हवाओं तक में नमक घुल जाए। जयपुर में पढ़ाई करने गई लड़की, जिसे

वे संस्कार और मर्यादा की मूर्ति समझते थे, किसी दूसरी जाति के लड़के—हिमांशु—के साथ न केवल प्रेम कर रही है, बल्कि उसके साथ की फोटो भी सोशल मीडिया पर तैरते-तैरते कोचिंग के व्हाट्सएप ग्रुप से अलवर शहर ही नहीं बल्कि उनके पैतृक गाँव तक जा पहुँची है। यह फोटो केवल पिक्सल और रंग नहीं थे; यह पिता के लिए एक चाबुक था, जिसने उनकी झूठी प्रतिष्ठा के घोड़े को झटका दिया था।

वह वीडियो जयपुर में वायरल हुआ था, लेकिन अलवर के सरकारी क्वार्टर में बैठी मौसी की आँखें भी अब लाल थीं। कोई उसे फ़ोन कर कह गया—"आपकी भांजी का वीडियो देखा?" और मौसी के हाथ से मोबाइल जैसे गिरता ही रह गया। इस देश में अफ़वाहें रेलगाड़ियों से तेज़ चलती हैं और जब वह अफ़वाह किसी लड़की के चरित्र से जुड़ी हो, तो हर स्टेशन पर रुकती है, हर बेंच पर बैठती है, हर चाय वाले की दुकान पर बहस बन जाती है। शहर से कस्बा, कस्बे से गाँव और फिर किसी पुराने रिश्तेदार के घर की बैठक तक चर्चा पहुँच चुकी थी। यह कोई आत्मकथा नहीं थी, यह जन-स्मृति में दर्ज एक 'घटना' थी, जिसमें सच से ज़्यादा कल्पना ने रफ़्तार पाई।

अलवर में बैठे बुज़ुर्गों ने अख़बार नहीं देखा था, लेकिन उन्हें यह ज़रूर पता चल गया था कि "लड़की का वीडियो है"। अब वे जानते थे उसका नाम, कॉलेज, लड़के का चेहरा और यह भी कि "वो ज़्यादा बोलती थी, शुरू से ज़िद्दी थी।" जयपुर की गलियों में गूंज रही हँसी अब गाँव के आंगनों में बद्दुआ बन गई थी। किसी ने पूछा, "क्या वो हिमांशु ही था?" और किसी ने यह तक कह दिया कि "ऐसी लड़कियाँ फिर क्या शिक्षिका बनेंगी?" कोई नहीं जानना चाहता था कि वो वीडियो कितने साल पुराना था, कितनी मासूमियत उसमें थी। चर्चा को सत्य नहीं चाहिए था—उसे केवल मसाला चाहिए था, जिसकी आँच पर समाज की नैतिकता ख़ुद को पकाकर परोसती है।

आईना को सबसे अधिक पीड़ा तब हुई जब उसके ख़ुद के शहर ने ही उसका बचाव नहीं किया। जयपुर ने उसे उड़ते हुए देखा था कोचिंग में अव्वल, स्कॉलरशिप की बातें और फिर संघर्ष करती एक लड़की की कहानियाँ। लेकिन

अब जब उसकी एक पुरानी छाया वायरल हुई, तो वही शहर चुप रहा या शायद ज़ोर से हँसा। यह पीढ़ी डिजिटल थी, लेकिन संवेदनशील नहीं। यह स्क्रीन के सामने जीती थी, लेकिन आँखों में आँसू पहचानना भूल गई थी। अलवर से जयपुर तक जो 'चर्चा' फैली, वह एक लड़की की पहचान नहीं थी—वह समाज का मुखौटा था, जिसमें हर कोई किसी और की त्रुटि में अपनी श्रेष्ठता ढूँढ़ता है।

यह चर्चा सिर्फ़ एक लड़की की नहीं थी, यह हर उस लड़की की थी जो अपने सपनों को लेकर घर से निकली थी... लेकिन दुनिया ने उसका पहला परिचय उसकी निजता के टूटने से करवाया।

क्लास में आज भी सब आए थे। शिक्षक भी वही थे, बोर्ड पर वही अक्षर उकेरे गए थे और पंखे भी उसी तरह हांफ रहे थे जैसे पिछली गर्मियों में हांफते थे।

बस, आईना के चारों ओर कोई मौन का सुरक्षा कवच खड़ा कर दिया गया था, जिसे कोई नहीं तोड़ता था।

वो बैठी रहती, किताब खोलती, पेन पकड़ती, लेकिन उलझती रहती उन नज़रों से, जो सीधे नहीं देखती थीं—बल्कि घुमा-फिराकर देखती थीं जैसे कोई चोरी से अपने ही पाप गिन रहा हो।

अब कोई उसके बगल की सीट पर नहीं बैठता था।

न कोई सवाल पूछता, न जवाब सुनना चाहता।

वे सब पढ़ रहे थे—पर विषय नहीं, इतिहास... और वो भी आईना का!

एक वायरल क्लिप—ये सब पाठ्यक्रम का हिस्सा बना दिए गए हों, जिसे समाज ने अनाधिकारिक रूप से सिलेबस में जोड़ दिया हो।

"वे सब क्लासमेट नहीं थे... वे अब 'चरित्र जजमेंट कमेटी' के अस्थायी सदस्य बन चुके थे, जिनकी डिग्री तो आएगी छः महीने बाद, लेकिन फतवे आज से जारी होने लगे हैं।"

उन्होंने आईना से मिलना छोड़ दिया, बात करना बंद किया, क्योंकि दोस्ती अब 'इमेज ख़राब' करने लगी थी।

एक लड़की से जुड़ना अब ग़लत माना जाने लगा था। यह वह देश है जहाँ दोस्ती की कीमत चरित्र से आँकी जाती है और चरित्र एक स्कैंडल से मापा जाता है।

मौन अब शब्दों से ज़्यादा चुभता था। पहले जब कोई आईना से बात नहीं करता था, वह बेचैन हो जाती थी। अब जब कोई बात करता था, वह और भी बेचैन हो जाती थी क्योंकि उस बातचीत में कोई सहजता नहीं थी, वह एक शिष्टाचार का तमाशा बन चुका था।

वे सब अब भी मुस्कुराते थे लेकिन वो मुस्कान अब वो नहीं थी, जो पहले पिकनिक प्लान करते वक़्त मिलती थी।

अब वो "हम जानते हैं, लेकिन कुछ नहीं कहेंगे" वाली मुस्कान थी जैसे ज़बान ने अपनी पवित्रता बचा ली हो, लेकिन आँखों ने गवाही दे दी हो।

आईना अब क्लास में सिर झुकाकर बैठती थी

लेकिन सिर झुकाने की वजह शर्म नहीं, थकान थी—लगातार जज होने का थकान। हर नज़र उसे जिरह कर रही थी, हर सन्नाटा उसे चिल्लाकर कह रहा था—"हम जानते हैं तुम्हारे बारे में।"

किसी ने उसे चप्पल से नहीं मारा, पर मौन की हथेलियाँ उसके आत्मविश्वास पर लगातार पड़ रही थीं। आईना के लिए अब हर दिन क्लास जाना ऐसा था, जैसे कोई टूटे शीशे पर चल रहा हो—खून नहीं दिखता, लेकिन हर कदम पर दर्द होता है।

❦

कैफ़े के उस कोने में एक ख़ामोश धूप पसरी हुई थी। शायद वही धूप थी जो कभी उनकी बातचीत की स्याही हुआ करती थी। अब वही धूप उनके बीच बैठे हुए मौन को सुन रही थी। आईना ने कप से नज़र हटाई... और धीरे से बोली—

"तू चला भी जाएगा, तो शायद सब धीरे-धीरे शांत हो जाएगा...
शहर, गलियाँ, ख़बरें... यहाँ तक कि वो कोचिंग की दीवारें भी...
पर एक जगह होगी, जहाँ तू रह जाएगा... मेरे भीतर..."

हिमांशु कुछ नहीं बोला। जैसे हर सच्चा प्रेमी—चुप रहने की ज़िम्मेदारी उठाता है, जब लड़की अपने जीवन का बोझ ख़ुद उठाने का निर्णय कर चुकी हो।

आईना, आईने में ख़ुद को देख रही थी और सोच रही थी—"क्या मैं वही हूँ जिसे ये दुनिया अभी 'कांड वाली लड़की' कह रही है?"

उसका चेहरा वैसा ही था, आँखें भी वैसी ही थीं, माथे पर अब भी वही शिकन थी जो उस समय होती थी जब गणित में कोई सवाल समझ नहीं आता था। बस अब सवाल ज़रा बड़ा हो गया था—"जब समाज को तुम्हारे चरित्र का प्रमाण पत्र दिखाने की ज़रूरत हो, तब आधार कार्ड किस काम का?"

वो सोचती रही, "मैंने तो बस हिमांशु से प्यार किया था, जैसे बाकी सब करते हैं। एक वीडियो बना था... किसी ने बना लिया था... ठीक है, नादानी थी, पर आज का ज़माना है, नादानी को वायरल करने का ज़माना है।"

"मैं लड़की हूँ, इसलिए शर्म मेरी है। हिमांशु अगर वायरल हो गया होता तो शायद लोग कहते—बंदा काफ़ी आगे तक जाएगा, बड़ा रोमांटिक है। और मैं?—'लड़की होकर ये सब...' मतलब लड़कपन लड़कों का गहना और लड़कियों का गुनाह बन चुका है!"

पिता की चुप्पी अब हथौड़े जैसी लग रही थी। वो गालों पर तमाचे नहीं मारते, पर उनकी आँखें मार देती थीं।

"नाम ख़राब कर दिया," उन्होंने कहा था।

उसे अब कोचिंग सेंटर की सीढ़ियाँ, सीढ़ियाँ नहीं लगतीं थीं—अब वो फांसी का तख़्ता लगती थीं। जिस बेंच पर वो बैठती थी, वहीं अब लड़कियाँ धीरे से फुसफुसा कर बोलतीं—"देखो... यही है वीडियो वाली..."

आईना को समझ नहीं आता था कि उसकी पढ़ाई से ज़्यादा लोग उसका अतीत क्यों रट रहे हैं। वीडियो में ऐसा वैसा कुछ नहीं था हिमांशु और उसके बीच किसिंग सीन था जो किसी लड़के ने रिकॉर्ड कर लिया था।

पैतृक गाँव में यह बात ऐसे फैली जैसे गर्मी में सूखी घास में चिंगारी। चौपाल पर बैठे बुज़ुर्ग तंबाकू मसलते हुए कहने लगे—"आजकल की लड़कियाँ...!"—और उनके शब्द ऐसे गिर रहे थे जैसे पुरानी दीवार से प्लास्टर झड़ता है। कोई कहता, "ये तो ख़ानदान की नाक काट दी।" कोई दूसरा जोड़ता, "जयपुर भेजो और ये नतीजा निकलेगा।" हर कानाफूसी में तंज का एक कांटा था और हर तंज पिता के अहंकार के सीने में चुभ रहा था। यही गाँव है, जहाँ लोग चाँद देखने से पहले पड़ोसी की छत देखते हैं—कि वहाँ रोशनी कितनी है।

आईना को बुलावा भेजा गया। बुलावा नहीं, एक आदेश—जैसे अदालत से सम्मन आए। वह अलवर पहुँची तो आँगन में न आशीर्वाद था, न स्वागत, सिर्फ़ एक अदृश्य फांसी का फंदा, जो हवा में लटक रहा था। पिता के हाथ गुस्से से काँप रहे थे और माँ का चेहरा चुप्पियों से ढका हुआ था। पिटाई शुरू हुई—और वह केवल हाथों की मार नहीं थी, बल्कि उन तमाम सपनों पर लाठियाँ बरस रही थीं, जो आईना ने हिमांशु के साथ देखे थे। नाखून उखाड़ दिए गए जैसे किसी पेड़ से उसकी जड़ों को ही नोच दिया जाए...ताकि वह फिर कभी अंकुरित न हो सके। यह केवल सज़ा नहीं थी, यह एक घोषणा थी कि प्रेम अपराध है और अपराधी को उदाहरण बनाना ज़रूरी है।

इसके बाद घर एक जेल बन गया। दरवाज़े बाहर से बंद, खिड़कियों पर लोहे की सलाखें और आकाश का टुकड़ा भी पिता की नज़रबंदी में। फ़ोन छीन लिया गया, जैसे किसी कैदी से उसकी आख़िरी किताब भी छीन ली जाए। फॉर्म भरने से रोक दिया गया, ताकि आईना का भविष्य किसी पुराने संदूक में बंद पड़े कपड़ों की तरह सील हो जाए। समय बहता रहा, लेकिन आईना की घड़ी वहीं रुक गई—जहाँ उसने आख़िरी बार हिमांशु की आवाज़ सुनी थी।

आईना अब जान चुकी थी कि पिता की नाराज़गी महज़ उसकी प्रेम-

कथा से नहीं थी। वो दरअसल उस 'नियंत्रण' के छूट जाने से डरते थे जो उन्हें अपनी बेटी पर अब तक था। एक लड़की का अपनी ज़िंदगी पर निर्णय लेना, उनके लिए परिवार की 'इज़्ज़त' की मौत थी। लेकिन जब उन्होंने गुस्से में कहा—"हमारे जीते जी तू ऐसा नहीं कर सकती," तो आईना ने पहली बार उनका चेहरा नहीं देखा, बल्कि उनके शब्दों के पीछे छिपा वो डरपोक आदमी देखा, जो समाज के भय से बेटी की आज़ादी कुचल देना चाहता था। शायद अब वो पिता नहीं रहे थे, एक थकी हुई परंपरा में बदल चुके थे।

बरामदे में तेज़ आवाज़ें गूंज रही थीं, पर अंदर की कोठरी में एक भयभीत-सी चुप्पी पसरी हुई थी। आईना सिर झुकाए बैठी थी—उसके हाथ से मोबाइल छीना जा चुका था, मानो कोई सपनों की खिड़की बंद कर दी गई हो। उसकी माँ कह रही थीं, "लड़की जात को इतने खुले में नहीं उड़ने दिया जाता। समाज के सामने मुंह दिखाना है या नहीं?"

उसे अपराधिनी की तरह देखा जा रहा था, जैसे उसका प्यार कोई चोरी था। माँ उसकी तस्वीरें उलट रही थीं और बहन कह रही थी, "तू तो पढ़ने गई थी ना?" आईना बस ख़ामोश थी। एक कोमल-सा रिश्ता, जो शब्दों से ज़्यादा ख़ामोशियों में बोला गया था, अब गुनाह जैसा लग रहा था। घर का वातावरण ऐसा हो गया था जैसे वह किसी बड़े घोटाले में पकड़ी गई हो। उसे यह तो समझ में आता था कि परिवार डरते हैं, पर यह नहीं समझ आता था कि डर के नाम पर कोई सपनों को इतनी बेरहमी से क्यों कुचल देता है?

रिश्तेदारों के फ़ोन आने लगे। किसी ने कहा, "शादी के लायक़ लड़का ढूंढ़ रहे हो या ड्रामेबाज़ यूट्यूबर?" किसी ने कहा, "अब तो लड़कियाँ भी हाथ से निकलती जा रही हैं।" आईना की मौन उपस्थिति उनके लिए महज़ एक अफ़वाह की पुष्टि थी। उसके भीतर जैसे कोई आत्मा दम तोड़ रही थी। हिमांशु की कोई ख़बर नहीं थी। वो इस वक़्त क्या कर रहा होगा? क्या उसे यह

सब पता भी होगा? पर आईना जानती थी, अगर उसने कभी किसी को सच में चाहा था, तो उसे इस आँधी से निकलकर फिर खड़ा होना होगा—अपनी मर्ज़ी से, अपनी गरिमा के साथ।

रात के अंधेरे में आईना छत पर बैठी थी। चांदनी अब उसे कोई कविता नहीं लगती थी, बल्कि जैसे कोई सफ़ेद चादर हो जो उसके आंसुओं को ढंक रही थी। भीतर से वो लड़की जो कभी 'हिमांशु' की बातों पर मुस्कराया करती थी, कहीं लुप्त हो रही थी। पर वो जानती थी, मोहब्बत सिर्फ़ फ़ोन पर की गई बातें नहीं होतीं, वो जज़्बा होता है जो तोड़े जाने पर भी भीतर कहीं बचा रह जाता है। उसे सिर्फ़ वक़्त देना था, ताकि दोबारा खड़ा हो सके—समाज के बीच, उसी साहस के साथ, जिससे वह हिमांशु से मिली थी।

उस दिन माँ रसोई में रोटियाँ बेल रही थीं और रेडियो पर कोई भजन बज रहा था। आईना ने धीरे से कहा—"माँ, मुझे हिमांशु पसंद है।"

माँ ने बेलन रुककर कहा, "कहाँ से आया?"

आईना ने मुस्कुराकर जवाब दिया—"इंस्टाग्राम की गलियों से।"

माँ ने पहली बार ऐसा चेहरा बनाया जैसे किसी लड़की ने 'खाना पकाना नहीं आता' कह दिया हो।

"ये ऑनलाइन दुनिया वक़्त काटने की चीज़ है, ज़िंदगी चलाने की नहीं।"

आईना ने नमक में उँगली डुबोते हुए कहा—"माँ, वो लड़का वक़्त काट नहीं रहा... एक दुनिया बना रहा है। जहाँ लोग सपने शेयर करते हैं, लाइक्स में हिम्मत ढूँढ़ते हैं और कमेंट्स में घर बनाते हैं।"

माँ बोलीं—"और आधार कार्ड? वहाँ क्या लिखा है? प्रोफेशन में 'वीडियो बनाने वाला' चलेगा क्या?"

आईना ने पलटकर कहा—"हाँ माँ, वो हर दिन एक कहानी गढ़ता है, कोई ट्रोल नहीं... पर कोई नकली वादा भी नहीं।"

महिला होने के नाते 24x7 पुलिस की नौकरी को कैसे संभालेंगी?

उत्तर : सर, अभी तो मैं घर में भी 24x7 डांट झेल लेती हूँ, तो बाहर की क्या बात है! जहाँ परिवार 'मिलिट्री ट्रेनिंग' दे, वहाँ पुलिस की ड्यूटी वॉर्म-अप लगती है। और रही बात रात की ड्यूटी की, तो सर, नींद तो मोबाइल ने पहले ही छीन ली है।

क्या गिरफ़्तार व्यक्ति के भी कुछ अधिकार होते हैं?

उत्तर : "गिरफ़्तारी के बाद सबसे बड़ा अधिकार? वकील बुलाने का! लेकिन वो भी तब, जब वकील किसी शादी या संसद में भाषण देने में व्यस्त न हो।

# 10

# रिश्ते की बात

आईना ने अपने पिताजी को चिट्ठी लिखी।

"मैं जानती हूँ कि इस चिट्ठी को पढ़ते समय आपकी भौंहें तनेंगी जैसे हर बार मेरी चुप्पी ने आपको संशय में डाला है। पर यह पत्र चुप्पी का नहीं, मन की गहराइयों से निकली उस पुकार का है, जिसे मैंने बरसों से भीतर छिपा रखा है।

पिताजी, आपने जीवन को सरकारी ग्रेड-पे, पेंशन और पे-स्केल में बाँधकर देखा है। पर क्या बेटी का जीवन केवल स्थायित्व का समीकरण है? क्या मेरी भावनाएँ, मेरी आकांक्षाएँ और मेरी शिक्षा केवल एक सुनहरा रिश्ता तलाशने की पूँजी थीं? हिमांशु को आपने उस तुला पर तौला है जिस पर केवल पद और वेतन का वज़न रखा जाता है। आपने प्रेम को एक सामाजिक परीक्षा बना दिया। जहाँ मेरिट सूची में न आ सके, वह हृदय निष्कासित कर दिया जाता है। पर आपसे विनम्र निवेदन है क्या कभी आपने हिमांशु के शब्दों को,

उसकी दृष्टि को और उसके आत्मविश्वास को सुना है? वह कोई अफ़सर नहीं, पर पिताश्री आत्मबल से बड़ा कोई ओहदा नहीं होता। उसने स्वयं को चुना है—अपने श्रम, अपने विचार और अपने उद्देश्य से। क्या वह समाज का अपराधी है, क्योंकि वह गवर्नमेंट जॉब में नहीं है?

"हिमांशु कोई राजघराने का राजकुमार नहीं है, पर मेरे दिल का राजकुमार तो है ही ..पिताजी—वह तो एक दीपक है, जो अँधेरों से डरता नहीं, जलकर रास्ता दिखाता है। उसके पास कोई राजपत्रित पद नहीं, पर वह मेरे आँसुओं को पढ़ सकता है। वह मेरे मौन को समझ सकता है, और... शायद यही प्रेम है।

मैं पूछती हूँ पिता जी, विवाह अगर केवल एक सुरक्षा—कवच है, तो फिर प्रेम उसमें कहाँ ठहरता है? मुझे उसकी बाहों में कोई आश्रय नहीं चाहिए, बस इतना चाहिए कि जब कभी मैं थकूँ, वह कहे—'आईना, तुम रुको नहीं, मैं हूँ न।'

क्या यह किसी नियुक्ति पत्र से कम है?"

पिता जी, यह चिट्ठी आपकी आज्ञा को चुनौती नहीं, बस आपके आग्रह से एक विनम्र विनती है।

अगर आप चाहें तो मुझे समाज के तयशुदा रास्ते पर भेज दें, लेकिन यह जान लें—उस रास्ते पर मैं केवल एक पत्थर दिल बनूँगी, आपकी आईना नहीं रहूँगी।"

आपकी 'अधूरी पर सच्ची' आईना

(दिनांक वही, जिस दिन रिश्तों की शर्तें लिखी जाती हैं।)

चिट्ठी लिखकर आईना खिड़की के पास बैठ गई। बाहर नीम के पत्ते हवा में थरथरा रहे थे— जैसे कोई पुरानी बात दोहराने से घबरा रही हो। घर में दोपहर की उदासी पसरी थी। माँ की चूड़ियों की आवाज़ रसोई से आकर फिर मौन में गुम हो गई थी और आँगन की दीवार पर लटकती हुई घड़ी टिक-टिक नहीं कर रही थी—वह जैसे कुछ देर के लिए थम गई थी।धूप की किरणें खिड़की से भीतर आकर उसके पैरों पर ठहर गई थी। वही धूप जो कभी

बचपन में उसके होमवर्क की कॉपियों पर गिरती थी, आज उसकी चिट्ठी पर गिर रही थी।

वह जानती थी—पिताजी चिट्ठी पढ़ेंगे, शायद कुछ कहेंगे नहीं... पर जब वह अगली बार उनके पास से गुज़रेगी, तो उनकी निगाह एक पल ज़रूर ठिठकेगी। और वही एक क्षण, उस पूरी चुप्पी का सबसे मुखर उत्तर होगा।

कमरे में धूप अब पिघल चुकी थी.. अलमारी के कांच पर, फोटोफ्रेम के कोने में और उस चिट्ठी के ऊपर जो मेज़ पर खुली पड़ी थी। पिता जी उस पत्र को तीसरी बार पढ़ रहे थे, पर हर बार जैसे कोई नया शब्द उभर आता ...कोई पुराना सवाल, जो कभी पूछा नहीं गया, अब एक स्याही की तरह काग़ज़ में फैलता जा रहा था।

खिड़की से आती बबूल की हल्की आवाज़ उन्हें गाँव की वह दोपहर याद दिला रही थी, जब उन्होंने पहली बार आईना को स्कूल छोड़ते हुए उसकी पीठ पर हाथ फेरा था। आज वही लड़की, जिसे उन्होंने गले लगाकर अक्षर सिखाए थे, उन्हें अपने बोल के ज़रिए अपनी आत्मा का द्वार दिखा रही थी।

आईना के पिता चंपकलाल जी ने चिट्ठी को धीरे से मोड़ा, चश्मा उतारकर नीचे रख दिया। आँखें थोड़ी लाल थीं, लेकिन उसमें क्रोध नहीं, कोई पुरानी थकान थी। उन्होंने दीवार पर टंगी घड़ी की ओर देखा जैसे समय से पूछ रहे हों कि वह कहाँ चूक गए।

बगल में बैठी आईना की माँ ने धीरे से पूछा—"क्या लिखा है?"

पिता बोले—उसने सोचने का ढंग सिखा दिया।"

फिर एक गहरी साँस ली और बोले—"बेटियाँ जब इतनी सलीके से सवाल पूछें, तो बाप का जवाब देना भारी हो जाता है।"

उस रात उन्होंने पहली बार हिमांशु की तस्वीर मोबाइल में देखने की इच्छा जताई। आँखें कुछ कह रही थीं, ज़ुबान कुछ और। उन्होंने सिर्फ़ इतना

कहा—"कमज़ोर आदमी होता तो इतना साफ़ बोलने वाली लड़की उसके लिए क्यों चिट्ठी लिखती?"

फिर धीरे से बोले—"कल बुला लो उसे... बात करनी है।"

माँ ने पूछा—"किससे?"

पिता बोले—"दोनों से—बेटी से भी, उसके दीपक से भी।"

कमरे में अब केवल धीमी पीली रोशनी थी.. न बल्ब की, न सूरज की; बस उस समझ की, जो उम्र के अंतिम हिस्सों में चुपचाप उतरती है, जैसे धूप दीवार से उतरकर ज़मीन पर लेट जाती है। चिट्ठी अब थाली के नीचे दबाकर रख दी गई थी, पर उसके शब्द कमरे में अब भी तैर रहे थे—जैसे सुगंध जो दिखाई नहीं देती, पर महसूस होती है। चंपकलाल जी की उँगलियाँ अब चश्मे के फ्रेम पर थीं ..सावधानी से, जैसे कोई बाप अपनी बेटी के सपनों को छूने से पहले हथेलियाँ साफ़ करता है। घड़ी अब भी चल रही थी, पर भीतर कुछ रुक गया था। शायद पूर्वाग्रह, शायद वर्षों का कोई 'डर'। खिड़की से आती हवा में आईना के बचपन की कोई पुरानी हँसी थी। और उसी के साथ पिता की आँखों में एक नई सहमति की परछाईं। जैसे कोई जीवन भर उलझा रहा हो .... और अब जाकर गांठ खुली हो... चुपचाप।

स्थान : आईना का घर

समय : रविवार, दोपहर 1 बजे

परिस्थिति : खाना बन चुका है, पर सलाहों की गर्मी थाली तक नहीं पहुँचने दे रही।

दोपहर की धूप कमरे के अंदर यूँ पसरी थी जैसे किसी पुराने तकिए के भीतर की रुई—हल्की, गरम और बेतरतीब। बरामदे में कुछ रिश्तेदार बैठे थे, कुछ भीतर और कुछ अपनी ही बातों में खोए हुए जैसे कोई पुराना पारिवारिक एल्बम बार-बार पलटा जा रहा हो। हवा में इमली की चटनी और मसालेदार खिचड़ी की गंध तैर रही थी, पर उससे कहीं ज़्यादा तीखी वह अदृश्य गंध थी—'फ़ैसला लेने की।' इस घर ने पहले भी कई फैसले देखे थे—गाय की बिक्री, खेत का बँटवारा, बड़े चाचा की रिटायरमेंट... लेकिन आज का विषय गूढ़ था : 'दामाद कैसा हो?'

आईना, उस सबके बीच एक चुप्पी में लिपटी स्त्री की तरह बैठी थी—न पूरी स्त्री, न पूरी बच्ची— बस एक 'विवाह योग्य कन्या' का सामाजिक रजिस्टर, जिसे सब पढ़ रहे थे, बिना उसे पढ़े। बाहर की गर्मी से ज़्यादा भीतर के तर्क तप रहे थे। और हिमांशु? वह कहीं नहीं था, पर फिर भी कमरे में सबसे अधिक वही उपस्थित था। थोड़ी देर बाद हिमांशु आता है।

शाम के साए जब नीम की शाख़ों से उतरकर आँगन की दीवारों पर थकान की तरह टिकते हैं, तो घर का वातावरण भी कुछ कहता है—धीमे स्वर में, पुराने रेडियो की तरह, जिसमें संगीत और शोर की रेखा एक-दूसरे से लिपटी होती है। ऐसे ही किसी ठहरे हुए क्षण में, घर में एक अजनबी नहीं, बल्कि एक विचार प्रवेश करता है—जिसे कोई कुर्सी पर बैठा हुआ लड़का कहा जाता है। उसकी आँखों में संकोच नहीं, पर आक्रोश भी नहीं—बस एक सधा हुआ आत्मविश्वास, जैसे वह न प्रेम प्रस्ताव लेकर आया हो, न करियर का बल्कि एक संवाद लेकर आया हो, जिसमें बेटी की स्वतंत्रता और पिता की परंपरा दोनों को एक साथ सुनना है। समय जैसे थोड़ी देर के लिए वहीं बैठ गया हो—एक ठंडी चाय के प्याले में, एक नज़दीकी के दूर खड़े आग्रह में।

शाम ढलने लगी थी। नीम की लहराती छाया आँगन में धीरे-धीरे रेंगती चली आ रही थी जैसे घर के भीतर की चुप्पियों को ढँकने आई हो। हिमांशु सामने वाली कुर्सी पर बैठा था। उसकी कमर सीधी थी, जैसे वह किसी लिखित परीक्षा में बैठा हो—पर यहाँ कोई प्रश्नपत्र नहीं था, केवल आईना के पिता की चुप निगाहें थीं, जो उसके मन का माप ले रही थीं।

पिता जी ने आहिस्ता से चश्मा उतारा और सामने टिकी हुई चाय की ट्रे पर नज़र डाली। दो कप भरे थे, एक ख़ाली।

"तुम्हारा नाम हिमांशु है न?" उनकी आवाज़ में कठोरता नहीं थी, पर अपनापन भी नहीं।

हिमांशु ने धीरे से सिर हिलाया। "जी।"

"तुम मेरी बेटी से शादी करना चाहते हो?"

हिमांशु ने आँखों में हिचक नहीं आने दी। "जी, और... आपके सम्मान के साथ।"

यह वाक्य पिता के कानों में देर तक गूँजता रहा। उन्होंने सिर झुका लिया—शायद यह सोचते हुए कि क्या यह वही पीढ़ी है जिसे वे हमेशा 'असंयमी और अधीर' कहते रहे।

कुछ देर चुप्पी रही। फिर जैसे किसी पुरानी फाइल को खोलते हुए बोले—"क्या कमाया है अब तक?"

हिमांशु ने हल्के से मुस्कराकर कहा, "आदमी कमाई से बड़ा नहीं होता, पर कमाई के बिना भी छोटा नहीं होता। मैंने ख़ुद को कमाया है—थोड़ा नाम, थोड़ा विश्वास, थोड़ा प्रेम। और आपकी बेटी की नज़रों में भरोसा।"

पिता जी के होंठ हिले, पर बोले कुछ नहीं। पास बैठी आईना, जो अब तक दीवार से टेक लगाए खड़ी थी, धीरे से सामने आई। हवा में उसके बाल हिले और पिता की निगाह उस पर पड़ी—पहली बार, एक सवाल की तरह नहीं, एक उत्तर की तरह।

"आप हमसे डरते हैं, पिताजी?" उसकी आवाज़ धीमी थी।

पिता जी ने मुस्कुरा कर देखा। "मैं तुमसे नहीं, तुम्हारे निर्णय से डरता हूँ। जब तुम गिरोगी, तो तुम्हें उठाने के लिए समाज नहीं आएगा—मैं ही आऊँगा, इसलिए डरता हूँ।"

आईना ने कोई उत्तर नहीं दिया। बस चुपचाप आगे बढ़कर पिता के पास बैठ गई— जैसे वह कहना चाहती हो कि यदि गिरूँगी, तो उठने की हिम्मत साथ लेकर ही गिरूँगी।

पिता जी कुछ देर तक ज़मीन पर फैली धूप देखते रहे। फिर बोले, "कल कुछ लोग आ रहे हैं रिश्ता देखने..."

आईना की पलकें काँपीं, लेकिन उसकी साँस स्थिर रही।

"पर अब चाय तुम बनाना," उन्होंने कहा।

हिमांशु ने देखा—आईना की मुस्कान वैसी ही थी, जैसी वर्षों पहले उसके पहले कॉल के जवाब में आई थी।

आईना ने पूछा, "और मिठाई?"

पिता जी ने हिमांशु की ओर देखा, "वो लड़का लाएगा—अगर पक्का इरादा हो तो।"

हिमांशु ने कप उठाया, चाय अब तक ठंडी हो चुकी थी— पर उसके अंदर कुछ गरम हो गया था।

"ठंडी चाय अच्छी होती है... मिठाई मैं गरम लेकर आऊँगा, पक्का इरादा है।"

जिस समाज में प्रेम को स्थायी नौकरी का क्लासिफ़ाइड एड समझा जाता है, वहाँ किसी हिमांशु का यह कहना कि "मैं मिठाई लेकर आऊँगा, पक्का इरादा है।" एक छुपा हुआ विद्रोह है। यहाँ ठंडी चाय महज़ स्वाद नहीं, प्रतीक है उस प्रेम का जिसे वक़्त ने ठंडा किया, पर इरादे ने फिर से गरम कर दिया। आईना के पिता जो अब तक संबंध को समाज से जोड़ते थे, पहली बार 'बेटी' को उसकी पसंद से जोड़ते दिखे। और समाज? वो तो अब भी पूछेगा— लड़का सरकारी जॉब में है या नहीं?

हमारे यहाँ सरकारी नौकरी को लोग नौकरी नहीं, जीवन भर का बीमा मानते हैं। जैसे ही किसी लड़के को सरकारी का ठप्पा लग जाता है, समझो उसके लिए समाज की सारी लड़कियाँ waiting list में आ जाती हैं। भले ही वह रोज़ ऑफिस में अख़बार पढ़े या कंप्यूटर पर सॉलिटेयर खेले, लेकिन परिवार वाले उसे सेटल्ड मानते हैं। वहीं अगर कोई लड़का लाखों-करोड़ों कमा रहा है, ख़ुद का बिज़नेस है, अच्छी ख़ासी पहचान है, फिर भी माँ-बाप के माथे पर शिकन आ जाती है—"अरे बेटा ठीक है, लेकिन हर महीने सरकार से सैलरी नहीं मिलती ना! जैसे हर रिश्ते का आधार आजकल EPFO नंबर और डिपार्टमेंटल ID कार्ड से तय होता है। लगता है कि लड़की को दूल्हा नहीं चाहिए, परमानेंट पोस्टिंग वाला क्लर्क चाहिए... जिससे हर महीने तनख़्वाह आए और एक बार भी ट्रांसफ़र न हो।

अब तो हालत ये हो गई है कि प्रेम की घरवालों द्वारा अर्जी तब तक मंज़ूर नहीं होती, जब तक उसमें ग्रेड-पे का कॉलम भरा न हो। पहले लोग पूछते थे—"लड़का कैसा है?," अब पूछते हैं—"कितनी सैलरी है?" फिर कहते हैं, "सैलरी ठीक है, पर गवर्नमेंट नहीं है ना!" जैसे सेल्फ एंप्लॉयमेंट की कमाई नहीं, लॉटरी है जो कभी भी बंद हो सकती है। और अगर लड़का बोले— "मैं

यूट्यूबर हूँ," तो समझो बात वहीं ख़त्म हो जाती है। मतलब अब सच्चा प्यार भी तभी काबिल माना जाएगा, जब वो गैज़ेटेड पोस्ट पर बैठा हो। वरना, कितना भी ईमानदार हो, समाज को डर यही है कि कल को चैनल बंद हो गया तो लड़की भूखी मर जाएगी! जैसे प्यार की रोटी सिर्फ़ पेंशन से सेंकी जा सकती है।

बड़े मामा जी कुर्सी पर ऐसे जमे थे जैसे UPSC बोर्ड के अध्यक्ष हों—आँखें ऐसी जैसे हिमांशु की आत्मा तक छान लेना चाहते हों।

"देखो, हम कोई फ़िल्मी शादी नहीं चाहते—जहाँ लड़का प्यार करता है और लड़की सब छोड़ आती है। हम वो समाज हैं जहाँ लड़की छोड़ आती है... और बदले में तगड़ा ग्रेड-पे लाती है।"

चाची जी, जिनके पति PWD में हैं, ताना कसते हुए बोलीं—"आजकल तो यूट्यूबर भी खूब ताम-झाम के साथ दूल्हा बन रहे हैं! अच्छा है, बारात में DJ की कमी नहीं रहेगी।"

दादी ने पान दबाते हुए गहरी साँस ली—"हमारे ज़माने में तो लड़के बैल जोतते थे, फिर भी खेती हो जाती थी... अब ये बाल झटकने वाले लड़के आए हैं जो 'कंटेंट' उगाते हैं!"

ननिहाल पक्ष की मौसी ने अपनी चिंता जोड़ी—"हिमांशु मोटिवेशनल स्पीकर और vlogger है? मतलब घर आकर रोज़ प्रवचन देगा कि कैसे जीवन को सकारात्मक बनाओ और बेटी झूठ-मूठ मुस्कराएगी?"

पिता जी ने घोषणा की जैसे कोर्ट का फ़ैसला सुना रहे हों—"हमारा निर्णय अंतिम है—या तो लड़का 'सर्विस' में हो, या फिर बेटी 'साध्वी' बन जाए!"

आईना उस पूरे समय शांत थी। पर उसकी नज़रों में तूफ़ान था। वह सोच रही थी—"अगर प्रेम की योग्यता SSC या किसी गवर्नमेंट जॉब की मेरिट लिस्ट से तय हो, तो रिश्ते महज़ दिखावे मात्र के रह जाएँगे..."

बैठक का कमरा, जहाँ कभी केवल नवरात्रि में रिश्तेदार आते थे, आज जैसे IAS के इंटरव्यू का कमरा बन चुका था। दीवार पर टंगी देवी लक्ष्मी की तस्वीर के नीचे रखा गया हिमांशु का गिलास, चाय की बजाय परंपराओं की

परीक्षा से भर चुका था। तभी आईना का छोटा भाई— जो अभी तक नाक में उँगली डाल रहा था— अचानक गंभीर हो गया जैसे संघ लोक सेवा आयोग की आत्मा उसमें प्रवेश कर गई हो।

"भैया, आप SSC से सेलेक्ट हुए हो या RRB से?"

हिमांशु मुस्कराया—वह इस प्रश्न को मज़ाक नहीं, बल्कि रोज़गारयुक्त राष्ट्रवाद का मूल मन्त्र समझता था।

"नहीं छोटू, मैं ख़ुद को सेलेक्ट कर चुका हूँ... अपने काम से।"

लड़का चुप।

तभी आईना के पिताजी ने चश्मा उतारकर गहरी आवाज़ में पूछा—"तो बेटा, ग्रेड-पे क्या है तुम्हारा?"

अब हिमांशु उलझ गया—ग्रेड-पे...?

उसे लगा जैसे वे पूछ रहे हों : "तुम्हारी आत्मा की सरकारी वैधता क्या है?"

पंखा घूम रहा था, पर जवाब रुक गया था। व्यक्ति की कीमत अब उस पर नहीं, उसकी वेतन स्लिप पर टिकी थी।

हिमांशु ने जैसे-तैसे कहा—"अंकल, मैं कंटेंट क्रिएटर हूँ...यूट्यूब पर चैनल है...मंथली 20 लाख के करीब ...दो-तीन करोड़ सालाना कमाई है..."

पिताजी की भौंहें वैसे ही उठीं जैसे बिजली विभाग में किसी ने मीटर से छेड़छाड़ कर दी हो।

"हाँ हाँ... वो तो ठीक है बेटा, पर PF कटता है कि नहीं? कोई NPS में शामिल किया है?"

माँ ने रसोई से चिल्लाकर पूछा—"और बेटा, मेडिकल लीव कितनी मिलती है?"

अब हिमांशु को समझ आ गया—यह मुलाक़ात नहीं, बल्कि वेतन आयोग की विशेष बैठक है।

उनके लिए प्रेम विवाह भी वही मान्य है जो 'फार्मेट 6-A' के साथ भरा जाए।

आईना चुपचाप खिड़की से बाहर देख रही थी—शायद वही सोच रही थी, “मैंने जिसे प्रेम में चुना, अब उसे परिवार की चयन समिति से पास करवाना होगा।”

हिमांशु ने मुस्कराकर कहा—“अंकल, मुझे किसी विभाग ने जॉइन नहीं करवाया—मैंने ज़िंदगी को जॉइन किया है। और वहाँ प्रमोशन हर सुबह आत्मा की संतुष्टि से तय होता है... फॉर्मूले से नहीं।”

आईना के पिताजी बड़बड़ाए—“आजकल तो छोरे कविता पढ़ना भी नौकरी समझ लेते हैं...”

तभी दीवार की घड़ी ने टन किया... शायद समाज की पुरानी सोच का एक और घंटा बीत गया।

पिताजी की निगाहें हिमांशु के सिर से जूते तक ऐसे फिसलीं, जैसे किसी किराएदार की बैंक गारंटी देखी जाती है। वो शुद्ध प्रेम की जाँच में ट्रेड लाइसेंस, चालान बही और EWS प्रमाणपत्र खोज रहे थे।

उन्होंने धीरे से कहा— “हम कोई अमीर नहीं हैं बेटा, लेकिन बेटी पढ़ाकर टीचर तो बना ही दी है। अब दामाद कम-से-कम... ‘सम्मानजनक’ हो।”

“सम्मानजनक” शब्द बोलते वक़्त उनके होंठों पर वही सख़्ती थी, जो सरकारी दफ़्तर में आवेदन की आख़िरी तारीख़ के दिन क्लर्क के चेहरे पर होती है।

हिमांशु कुछ बोलता, इससे पहले ही दादी जी सामने आकर बोलीं—“अरे बबुआ! सब ठीक है... बस पूछना था, आपके ख़ानदान में कोई नालायक़ अफ़सर तो नहीं निकला? क्या पता... ऊंच-नीच सबको लगी रहती है।”

हिमांशु मुस्कराया, लेकिन वह मुस्कान स्वीकृति की नहीं, एक गहराई से उभरे मौन व्यंग्य की थी।

“दादी जी, मेरे परिवार में न अफ़सर हैं, न अफ़सर की औलाद। हम सिर्फ़ वो हैं, जो किसी भी कुर्सी के बिना भी ख़ुद को छोटा नहीं समझते।”

चाय की प्यालियाँ ख़त्म हो चुकी थीं, लेकिन चर्चा में अब भी हिमांशु की नौकरी नहीं, उसकी ‘नौकरीपन’ की तलाश थी।

माँ ने धीमे स्वर में कहा—"हमारी लड़की को हर महीने की पहली तारीख़ पर वेतन की आदत है बेटा... तुम्हारे काम में तो ऐसा नहीं होगा ना?"

हिमांशु ने जवाब दिया—"नहीं आंटी, मेरे काम में तारीख़ें नहीं, तालियाँ चलती हैं। बैंक बैलेंस से ज़्यादा भरोसा ख़ुद पर है।"

माँ का चेहरा वैसे ही खिंच गया जैसे अचानक LPG सब्सिडी बंद हो गई हो।

बात अब प्रेम की नहीं रही थी, अब मसला था—"यदि लड़का बुख़ार में पड़ा हो, तो मेडिकल रसीद कौन पास करेगा?"

आईना अब तक चुप थी।

कमरे में सन्नाटा था। शायद सबका मन सोच रहा था—*इतना गहराई से बोलने वाला लड़का, RRB में क्यों नहीं सिलेक्ट हो गया?*

"देखो जी," मौसा जी ने चश्मा नीचे खिसकाते हुए कहा, "हमने ज़िंदगी के तीस साल सरकारी दफ़्तर में झाड़ू पकड़ते निकाले हैं, मगर आज भी जो इज़्ज़त मिलती है, वो ग्रेड-पे की ही देन है!"

पास बैठे चाचा जी ने सर हिलाया जैसे उन्होंने अभी IMF की रिपोर्ट पढ़ ली हो—"अब भले ही लड़का दो करोड़ कमा ले, पर टिकेगा कहाँ? कोई स्थायित्व तो हो ज़िंदगी में। और ये यूट्यूब-वूट्यूब... कल को चैनल ब्लॉक हुआ तो? लड़की को लेकर कहाँ जाएगा... व्लॉग में?"

सब हँस दिए। लेकिन हँसी में छिपा था एक 'गंभीर असुरक्षा का भय'—वो भय, जो नवीन पेशों की दुनिया से है; जहाँ न सरकारी मोहर है, न चार खानों वाला फॉर्म।

"मैं कहता हूँ, अभी भी समय है... उस ग्राम सेवक लड़के से बात कर लो ...सरकारी है, भले ही गंजा है।"

आईना रसोई की खिड़की से बाहर देख रही थी, जहाँ बादल धीरे-धीरे भर रहे थे जैसे उसके मन में अनकहा प्रतिरोध। क्या प्रेम अब भी इतना अपरिपक्व था कि उसे एक नौकरी से तौल दिया जाए? क्या परिवार की प्रतिष्ठा केवल उस पेंशन पर टिकी थी, जिसे वह ख़ुद कभी महसूस ही न कर सकी?

आँगन में वह सन्नाटा नहीं था जो अकेलेपन से उपजता है—वह सन्नाटा था, जो बहुत सारी बातों के बाद भी बोलने से चूक जाता है। दीवारों पर टंगे पुराने फ्रेम—जिनमें दूल्हा-दुल्हन के जोड़े थे। आज मानो चुपचाप देख रहे थे कि इस बार उनका क्रम टूट रहा है। चाय की केतली रसोई में हल्के स्वर में उबल रही थी, पर आँगन की बातें अब उबाल पार कर चुकी थीं। हर चेहरा किसी निर्णायक घड़ी में फंसे जज की तरह था—ख़ुद भी संशय में, पर दूसरों पर राय देने को तत्पर।

घर का आँगन उस दिन कोर्ट-कचहरी में तब्दील हो गया था। दरवाज़े पर चप्पलें जितनी थीं, भीतर उतनी ही रायें थीं। चाची बगल में बैठकर बार-बार पल्लू संभाल रही थीं, जैसे आईना की आत्मनिर्भरता से उनका ब्लाउज हिल गया हो। मामाजी अपनी मूँछें ऐंठते हुए बोले—"देखिए, लड़की अगर मोबाइल से पढ़ती है तो सोच भी मोबाइल जैसी ही हो जाती है—जल्दी बदलने वाली।"

फूफाजी ने तुरंत अनुमोदन किया—"बिलकुल! अब घर की बहू कोई यूट्यूबर के साथ बैठकर 'कंटेंट' बनाएगी क्या? बिटिया ने तो घर की इज़्ज़त को डिस्लाइक कर दिया है!"

मामा की पत्नी जो कभी सुई से बड़ी बात नहीं करती थीं, इस बार फट पड़ीं—"हमारे ज़माने में शादी के बाद प्रेम चुपचाप होता था....और शादी माता-पिता के आदेश से।

बुआजी ने तो जैसे संन्यास ही ले लिया—"लड़की हाथ से निकल गई है। अब उसे कोई पंचायत भी नहीं मना सकती।"

इन तमाम रायों के बीच पिताजी चुपचाप थे... जैसे न्यायाधीश फ़ैसला लिख चुका हो, बस पढ़ना बाकी हो। माँ का चेहरा फीका था, जैसे दाल में नमक नहीं... और रिश्तेदार उसमें बार-बार चम्मच चला रहे हों।

फ़ैसला सुनाया गया... "एक आख़िरी बार समझाओ। नहीं मानी, तो फिर हम हाथ झाड़ लेंगे। ज़माना बिगड़ गया है, लड़कियाँ अब 'स्टेबल जॉब' नहीं, 'स्टेबल नेटवर्क' देखती हैं!"

तभी छोटा भांजा फ़ोन में कुछ देखते हुए बोला—"मामी, ये देखो... हिमांशु का वीडियो आज फिर ट्रेंडिंग में है।"

कमरे में सन्नाटा छा गया।

सच तो यही था कि लड़का बेरोजगार नहीं था—बस सरकारी नहीं था।

पर इस सभा में प्रेम की योग्यता नहीं, पद की पहचान पूछी जाती थी।

किसी ने नहीं सोचा कि लड़की ने प्रेम को नहीं चुना—उसने अपनी स्वतंत्रता को चुना था। और वह कोई अपराध नहीं, बल्कि आज़ादी का पहला अध्याय था।

रातें कभी-कभी घरों से अधिक मन के भीतर उतरती हैं—जहाँ दीवारें नहीं होतीं, परंपराएँ होती हैं; और खिड़कियाँ नहीं खुलतीं, उम्मीदें साँस लेती हैं। आईना के घर का एक साधारण सा दृश्य था... एक चाय की केतली, धीमी आँच और माँ की चुप्पी। पर इस साधारणता में वह असाधारण द्वंद्व पिघल रहा था जिसे प्रेम बनाम परंपरा कहते हैं। कभी यह घर प्रेम को चुपचाप दबा देता था, आज वही घर सवालों की सरसराहट से काँप रहा था। यह रात किसी विवाह प्रस्ताव की नहीं थी, बल्कि स्त्री की आत्मा में स्वतंत्रता की एक साँझ उतरने की थी।

रात के 9 बज चुके थे। आईना धीरे-धीरे रसोई की ओर गई, माँ दूध गर्म कर रही थीं—ख़ामोश, जैसे सोच में कोई आँच हो।

आईना ने धीमे स्वर में कहा, "माँ, तुम भी तो कभी लड़की थीं..."

माँ चौंकी नहीं, बस आँच धीमी कर दी।

"तुमने भी तो कभी कुछ चाहा होगा... किसी की आँखों में अपना अक्स देखा होगा... क्या वो भी 'गवर्नमेंट जॉब' में नहीं था, माँ?"

माँ ने नज़रें झुका लीं, जैसे अतीत का कोई पर्दा सरक गया हो।

"हाँ, था कोई... बहुत अच्छा था। किताबें पढ़ता था, कविताएँ लिखता था। लेकिन तुम्हारे नाना जी ने कहा... 'कविता से चूल्हा नहीं जलता।' और फिर एक दिन वो लड़का चला गया... और मैं बहू बन गई किसी और की।"

आईना की आँखें भीग गईं, पर आवाज़ ठहरी रही ... "माँ, क्या मैं भी वही करूँ? अपने प्रेम को सहेजने की जगह उसे छोड़ दूँ?"

माँ ने पहली बार आईना की ओर देखा, "मैं चाहती हूँ कि तू वो करे जो मैं नहीं कर सकी। तू वह रास्ता चुन जो तेरे मन से निकला हो... भले वो कंटीला हो, पर तेरा हो।"

आईना ने माँ के हाथ पकड़ लिए, "तो क्या पापा... रिश्तेदार... समाज... सबसे लड़कर जी पाऊँगी?"

माँ मुस्कराईं, "लड़ना नहीं पड़ता बेटी, सिर्फ़ खड़ा रहना होता है। जो टिक गया, वही इतिहास बनता है। और जो प्रेम में खड़ी रही... वही स्त्री सच में स्वतंत्र हुई।"

एक पल को लगा... माँ अपनी बेटी नहीं, अपने पुराने स्व को देख रही हैं। और बेटी माँ नहीं, अपने भविष्य को थामे खड़ी है।

प्रेम कभी एक विकल्प नहीं होता, वह तो बस घटता है—जैसे साँझ के आकाश में चुपचाप चाँद उतर आता है। परंतु समाज ने प्रेम को भी एक अनुबंध बना दिया है, जिसमें स्टाम्प पेपर की मान्यता, जातियों की अनुमति और कमरों की दीवारें ज़रूरी हैं। माँ और बेटी के बीच जो संवाद घटित हुआ, वह दरअसल दो युगों की भट्ठी में पकी हुई चेतनाओं का स्पर्श था—एक वह जो चुप रही और एक वह जो अब चुप नहीं रहना चाहती। प्रेम में पराजय तब नहीं होती जब वह छूट जाता है, पर जब उसे जीने का साहस भीतर से मर जाता है।

हर माँ दरअसल अपने अधूरे स्वप्नों की चिट्ठियाँ अपनी बेटी की हथेली में रखती है—यह कहते हुए नहीं कि उन्हें दोहराओ, बल्कि यह चाहते हुए कि उन्हें पूर्ण करो। स्त्री की स्वतंत्रता केवल नौकरी पा लेना या घर छोड़ देना नहीं है—वह एक आंतरिक ठहराव है, जहाँ वह ख़ुद को बिना शर्म, बिना भय, बिना समझौते के स्वीकार कर सके। और जब आईना ने माँ से कहा— "तुम भी तो कभी लड़की थीं...," तो यह सिर्फ़ एक सवाल नहीं था; यह उस पुरानी चुप्पी की पहली दरार थी, जिसमें अब जीवन का पानी रिसने लगा था।

दोपहर की सुस्त चाय में घर के हर कोने में हल्की बेचैनी घुली हुई थी। आईना के पापा बैठक में चुपचाप बैठे थे, माथे पर पसीना नहीं— संदेह की रेखाएँ थीं। माँ रसोई में बर्तनों को वैसे ही घुमा रही थीं जैसे मन में पुराने ख़यालों को। बहन ने धीरे से पूछा—"पापा को क्या हुआ?" माँ फुसफुसाई—"कुछ नहीं, उसी हिमांशु का मामला है। लड़का सरकारी कर्मचारी नहीं है।"

दरअसल, बात आईना के बताए 5-7 करोड़ रुपए की नहीं थी, बात उस कमबख्त गवर्नमेंट वाले ठप्पे की थी। अब परिवार में एक मौन युद्ध छिड़ गया था, जिसमें प्रेम की सेना अकेली थी और सामाजिक अपेक्षाएँ हथियारबंद थीं।

पिताजी ने अंततः गरदन उठाई और कहा—"देखो, एक लड़का है, ग्राम सेवक है। तनख़्वाह कम है, पर सरकारी है। हिमांशु कितना भी कमा ले, कल को अगर यूट्यूब बंद हो गया तो? क्या हम राशन कार्ड से राशन देंगे उसे?"

माँ बीच में बोलीं—"आजकल तो यूट्यूबर भी खूब पैसे छापते हैं, वो मोटिवेशनल स्पीकर है ना?"

पिताजी ने आँख तरेरी—"हाँ, आजकल तो नाचने वाले भी कमाते हैं... क्या हम डोली लेकर यूट्यूब स्टूडियो में जाएँ?"

दोपहर की उदासी जैसे खिड़की की सलाख़ों से झाँकती रही। हर कोना चुप था, लेकिन दीवारों पर जैसे किसी पुराने निर्णय की छाया टिकी हो। बैठक में बैठे आईना के पिताजी चाय की चुस्कियों के बीच ऐसा मुँह बना रहे थे जैसे उन्होंने प्रेम विवाह की नहीं, संविधान की कोई धारा पढ़ ली हो। पंखा सिर पर घूमता रहा, मगर मन की गर्मी कम न हुई। शायद क्योंकि इस प्रेम में सरकारी नौकरी का टैग नहीं था। उनके पापा की दृष्टि में प्रेम एक अच्छा गुण है, यदि वह सरकारी नियुक्ति के प्रमाणपत्र के साथ आए।

"लड़का अच्छा है, लेकिन नौकरी में शासकीय गरिमा नहीं," वे बोले— जैसे हिमांशु प्रेम-पत्र नहीं, नियुक्ति-पत्र की कमी से अस्वीकृत हो गया हो।

बाहर बारिश की बूँदें पेड़ों पर उतर रही थीं, मगर घर के भीतर प्रेम आज भी सूखा पड़ा था—जैसे भावनाओं के खेत को अभी किसी तहसीलदार की अनुमति चाहिए।

माँ रसोई में बर्तन नहीं, समाज की अपेक्षाओं को माँज रही थीं। बहन, जो इंस्टा रील से UPSC तक हर चीज़ में अपडेट रहती थी, बुदबुदाई—"पापा को बस एक 'सरकारी लड़का' चाहिए। हो भले ही चतुर्थ श्रेणी कर्मचारी।

आईना चुप रही। लेकिन उसकी आँखों में एक मौन व्यंग्य था, जैसे वो सोच रही हो : "इस देश में प्रेम अगर स्केल पे लगाया जाए, तो सबसे छोटी श्रेणी में आकर दम तोड़ता है।"

आईना ने सब सुनते हुए चुपचाप अपनी कॉपी खोली—वही जिसमें बच्चों के भविष्य का पाठ लिखती थी। आज उसने एक नई लाइन जोड़ी :

"बच्चे केवल पाठ्यक्रम से नहीं, वातावरण से भी सीखते हैं।"

वो समझ चुकी थी—इस घर में प्रेम को नहीं, पेंशन को वर देखा जाता है। यहाँ भावनाओं की जगह बोनस इन्क्रीमेंट और DA रिवीजन की पूजा होती है।(कुछ घरों में प्रेम की जगह ख़ाली नहीं होती, वहाँ उसे प्रवेश की अनुमति तक नहीं होती।)

आईना ने टेबल पर रखी *भगवद्गीता* की किताब उठाकर सामने रख दीं—"इनसे बड़ा कोई नहीं... और इनसे ही मैंने सीखा कि मोह और सम्मान में संतुलन ज़रूरी है। प्रेम अपमान से बड़ा नहीं होता।"

रिश्तेदार लौट गए। लेकिन ख़बर फैली—'आईना ने बैंक मैनेजर को ठुकरा दिया...

शादी की तैयारियाँ उस घर में वैसे ही होती हैं, जैसे वर्षों से बंद पड़ी अलमारी के कपड़े अचानक मौसम की पहचान करने लगते हैं। आईना के घर में हल्दी और हिचक दोनों की गंध थी। दीवारें नई सफ़ेदी से चमक रही थीं, पर कुछ चेहरे पुराने पूर्वाग्रहों से मटमैले दिखते थे।

आईना की माँ दिन भर मुँह में पिन दबाए गोटे-पट्टी सिल रही थीं और पिताजी ने अपनी ऐनक साफ़ करते हुए एक लिस्ट में तीसरी बार *गाड़ियों*

की व्यवस्था लिखा। पर इस सबके बीच जो सबसे अधिक सज—धज में था—वो था समाज का दर्पण... रिश्तेदार। सजीव मूर्तियों की तरह बुआजी, ताईजी, मौसियाँ, मामी और दूर के रिश्तेदार बैठे थे, जिनका एकमात्र उद्देश्य था—"लड़का सरकारी जॉब में नहीं है, फिर भी शादी हो रही है? कैसे?"

ताईजी गहनों से ज़्यादा शब्दों को चमकाते हुए बोलीं, "लड़की पढ़ी-लिखी है, देखने में ठीक-ठाक है, फिर सरकारी लड़का नहीं मिला क्या?"

बुआजी : "हमने तो सुना था कि हिमांशु यूट्यूबर है! मतलब अब दामाद इंस्टाग्राम पे स्टोरी डालेगा और बिटिया चाय बनाएगी?"

मामीजी : "अब ससुराल में जब लोग पूछेंगे—'कहाँ काम करते हो?' तो दामाद बोलेगा—'लाइक्स कमाता हूँ।' बहन, हम तो डरे हुए हैं!"

फूफाजी (गंभीर मुद्रा में) : "सरकारी नौकरी मतलब सुरक्षा, पेंशन, भविष्य। प्रेम-व्रेम तो ठीक है, पर... "

एक मौसी ने तो हद ही कर दी—*"बेटी को IT रिटर्न मिलेगा या नहीं, यही सोचकर हल्दी लगाओ!"

पिताजी चुप थे, पर आईना की माँ ने धीरे से कहा—"आप लोग उसकी तनख़्वाह पर क्यों चर्चा कर रहे हैं? कभी बेटी की मुस्कान पर भी बात कर लिया कीजिए—वो तो इस लड़के को देखकर लौट आई है।"

तभी दूर से दादीजी ने एलान किया—"अरे भई, जो लड़का स्कॉर्पियो और फॉर्च्यूनर भेज सकता है, वो पेंशन नहीं देगा क्या?"

और पूरे आँगन में एक क्षण को हँसी बिखर गई—पहली बार बिना तानों के।

शाम को जब सब मेहमान चले गए, आँगन में पड़े फूल मुरझा चुके थे, पर आईना की माँ की मुस्कान ताज़ा थी। दीवार पर टंगी आईना की बचपन की तस्वीर को उन्होंने देखा—जिसमें वो स्कूल ड्रेस में मुस्करा रही थी। पिताजी छत पर टहल रहे थे। उन्होंने ऊपर आसमान की ओर देखा... बहुत दिनों बाद उन्हें सितारे दिखे। शायद यही तो है शादी... एक जुगनू को पकड़कर उसे घर का हिस्सा बना लेना।

अंदर कमरे में आईना बैठी थी—चुपचाप, आँखों में हिमांशु की बातों की गूँज लिए। “मैं स्थायी नहीं हूँ, पर तुम्हारे साथ टिकने की नीयत स्थायी है।”

अब शादी में सिर्फ़ घोड़ी नहीं, सोच भी सजाई जा रही थी।

शादी की रात थी। दूर कहीं ढोलक की थाप, बच्चों की चहक और गेंहू के दाने-सी झिलमिलाती झालरों के बीच मंडप टंगा हुआ था। आँगन में आटे की महक थी और घी की भी, जो न केवल पकवानों में, बल्कि पंडितजी के माथे पर भी चमक रहा था।

आईना गुलाबी जोड़े में थी, उसके चेहरे पर वह हँसी थी जो किसी ने शादी के कार्ड पर नहीं छापी थी और हिमांशु, जिसकी आँखों में हल्की थकान थी, पर चेहरे पर वही भरोसे का उजाला, जो किसी संघर्ष से जीतकर लौटा हो।

गाँव की बुआ, शहर की मौसी और सरकारी विभाग के काका... सब आ चुके थे। मगर एक चीज़ मंडप में अटक गई थी—पंडितजी का मन।

उन्हें आज पहली बार ऐसा लग रहा था कि फेरों से पहले गवर्नमेंट वेरिफिकेशन होना चाहिए था!

पंडितजी : “बेटी, दूल्हा सरकारी सेवा में है न?”

आईना की माँ (थोड़ा सहमी, थोड़ा मुस्कराई) : “नहीं पंडितजी... वो यूट्यूबर है।”

पंडितजी चौंक उठे : “कहिए मत! यानि न सरकारी, न अनुबंधित? फेरों में तो फिर ‘विशेष श्लोक’ लगाना पड़ेगा।”

हिमांशु धीरे से बोले : “पंडितजी, मन में स्थायित्व हो तो पद की अस्थिरता भी साथ निभा लेती है।”

“बेटा, ऐसे विचार सुनकर तो लड़की के फूफाजी भी संन्यासी हो गए थे!”

फेरे शुरू हुए, पर सवाल वहीं अटके रहे।

इसी बीच पंडितजी ने सप्तपदी के पहले श्लोक में ‘धर्म’ की जगह ‘डिजिटल कंटेंट’ कह दिया।

पंडितजी (गड़बड़ा कर) : "माफ कीजिए... आजकल श्लोक भी यूट्यूब से रटे जाते हैं!"

दूल्हा-दुल्हन हँसने लगे। मंडप में पहली बार कोई श्लोक 'ट्रेंड' हो गया था।

बुआजी ने धीरे से कहा : "क्या ज़माना आ गया है! अब तो गीता नहीं, गूगल से रिश्ते तय होते हैं!"

आईना ने मुस्कराकर कहा : "तो फिर शादी भी अपडेटेड होनी चाहिए—जिसमें इश्क़ डाउनलोड हो और ईगो डिलीट!"

रात के बारह बज चुके थे। पंडितजी अपनी दक्षिणा समेटते हुए चुपचाप थे—उन्हें लगा, ये विवाह 'कर्मकांड' नहीं, 'क्रांतिकारी प्रेम' का आयोजन था।

मंडप के एक कोने में बैठे एक बुज़ुर्ग बोले—"अब शायद समाज को भी फेरों के पहले रिज़्यूमे नहीं, रिश्ते की रीढ़ देखनी चाहिए।"

शादी का मंडप उजड़ रहा था—लेकिन दो लोग अब एक नई दुनिया बुन रहे थे।

गाड़ियाँ सज-धज कर इंतज़ार में थीं... पर इस बार दूल्हा—विदाई में किसी पद के आधार पर नहीं, बल्कि साहस और स्नेह के मिलन पर सवार था।

दोपहर की धूप अलवर वाले घर की सफ़ेद दीवारों पर टिक गई थी—जैसे किसी वृद्ध माँ ने अपने माथे पर चंदन का लेप लगा लिया हो। हवेलीनुमा घर की बालकनी में नीम की झाड़ियाँ झाँकती थीं और आँगन में चटाई पर बैठे रिश्तेदार चाय की प्यालियों से ज़्यादा, बहू-दामाद की 'जोड़ी' की चुस्कियाँ ले रहे थे।

हिमांशु पहली बार शादी के बाद पूरे ससुराल में फुल ओपनिंग में उतरे थे। पहनावा ठीक था—कुर्ता-पाजामा, पर चाल में अब भी vlogger का स्टेबलाइज़ेशन था।

आईना की माँ, जिन्हें अब "सास" कहा जा सकता था, उन्हें लेकर रसोई से लेकर गोबर से लिपे आँगन तक हर वो कोना दिखा रही थीं जो 'हमारी परंपरा' कहकर वर्णित होता है। पर सबसे बड़ी परंपरा अभी बाक़ी थी—ब्राह्मण भोज।

ब्राह्मण भोज की तैयारी चल रही थी। कुल 11 पंडित आने वाले थे—एक टीवी वाले, दो पेंशनधारी और बाकी प्रोफेशनल भिक्षुक।

हिमांशु को जब बताया गया कि उन्हें "खीर में केसर" डालना होगा तो उन्होंने पूछा—"क्या इंस्टाग्राम स्टोरी में टैग भी करना है?"

सासूमाँ चौंकीं—"तुम ब्राह्मणों को टैग करोगे?"

हिमांशु बोले—"अगर वो खा कर 'संतुष्ट' हों तो क्यों नहीं? रील में डाल दूँगा, 'Blessings Received' के साथ!"

फूफाजी बोले—"हमारे ज़माने में दामाद हाथ से पूड़ी बेलते थे, ये कैमरा पकड़े घूम रहा है!"

चाचीजी ने चुहुल की—"अब तो यही फ़िल्टर वाला प्यार है, बहनजी।"

खाना परोसा गया। पंडितों ने जैसे ही थाली देखी, एक पंडित बोले—"वाह, आजकल दामाद भी एडिटर है!"

ब्राह्मणों ने खीर खाई और तृप्त होकर आशीर्वाद दिया—"बेटा, तू चाहे सरकारी न हो, पर सोशल मीडिया में तुझमें सरकारी स्थायित्व है।"

शाम को सब थककर चुप हो गए थे। पंखा घूम रहा था, लेकिन उसके नीचे बैठे लोगों के चेहरे—आज के भोज से कुछ ज़्यादा ही घूमे लग रहे थे। बुआजी, जो दोपहर भर हिमांशु के 'कैरियर' को लेकर संशय में थीं, अब उनका चैनल सब्सक्राइब करने की कोशिश कर रही थीं।

आईना चुपचाप खिड़की के पास बैठी थी। उसके चेहरे पर वो सुकून था, जो 'सास की चुप्पी' के बाद आता है।

हिमांशु कैमरा समेट रहा था। तभी सासूमाँ धीरे से आईं और बोलीं—"बेटा, वो जो खीर बनाई थी ना... उसके लिए रेसिपी रिकॉर्ड कर लेनी चाहिए थी। पंडित बोले थे—'ऐसी खीर तो सिर्फ़ भगवान के भोग में जाती है।'"

हिमांशु मुस्कराया—"अगली बार लाइव करूँगा माँजी—'Brahman Bhoj : Real Taste of Tradition'... Sponsored by SasuMaa Creations!"

सासू माँ पहली बार हँसीं। और अब इस ससुराल में दामाद सिर्फ़ 'खाना खा के सोने' वाला प्राणी नहीं था... वह एक क्रिएटर था—जो थाली से थॉट तक, सबमें कंटेंट ढूँढ़ सकता था।

अलवर के उस पुराने घर की रसोई में दो औरतें थीं—एक, जिसने तीन बेटियाँ ब्याही थीं और दूसरी, जो अपनी इकलौती को विदा करने की सोच रही थी। गैस की आँच धीमी थी, लेकिन तवे पर फूली रोटी की तरह भीतर कोई बहस थी जो बार-बार उठती थी और फिर अपने आप बैठ जाती थी।

दीवार पर लटकती पुरानी राधा-कृष्ण की तस्वीर के नीचे बैठकर आईना की माँ आटे में पानी घोल रही थीं... जैसे भावनाओं को गूंथ रही हों। नानी पास रखे स्टूल पर बैठी थीं। उनके हाथ में वही पुरानी चाय की कटोरी थी और होठों पर एक व्यंग्यात्मक मुस्कान जो हर पीढ़ी की गलती पर अपने आप खिंच जाती है।

बाहर आँगन में आईना का फ़ोन बज रहा था... कोई हिमांशु नाम बार-बार स्क्रीन पर आ रहा था। और रसोई में खिचड़ी की जगह अब पुरखों की सोच पक रही थी।

"हमारे ज़माने में ऐसा नहीं होता था! नानी ने (चाय की चुस्की लेते हुए) कहा। लड़की के घर में लड़के का नाम तक नहीं लिया जाता था। और अब देखो, फ़ोन पर कॉलर ट्यून तक बदल दी—'तेरे बिन नहीं लगदा दिल मेरा ढोलना'!"

"अम्मा, अब ज़माना बदल गया है। तब आप बिठाकर सिल-बट्टे पर पीसती थीं, अब लड़कियाँ गूगल पर रेसिपी खोजती हैं और ज़िंदगी के फैसले भी।" माँ ने रोटी बेलते हुए कहा।

"लेकिन जो फैसले घर के बड़े लें, उसमें सुकून होता है। अब ये हिमांशु कौन है? ना जात, ना गोत्र, ना बैंक में पक्की नौकरी।" नानी ने कहा।

"हिमांशु सरकारी नौकरी में नहीं सही, लेकिन उसके पास कुछ सपने हैं... जो सरकारी नौकरी से थोड़े अलग और बड़े हैं।"

"बिलकुल, अब सपना दिखाने वाले लड़के आते हैं और दहेज के बदले डायलॉग देते हैं ...'मैं तुम्हें आत्मनिर्भर बनाना चाहता हूँ।' नानी ने नाक सिकोड़ते हुए कहा। "सुनो, ये सब फ़िल्मी बातें हैं, बेटी का पेट फ़िल्म से नहीं भरता!"

माँ ने धीरे से मुस्कुराते हुए कहा, "मम्मा, पेट तो भर जाएगा... मैं बेटी की आँखें ख़ाली नहीं देख सकती। हिमांशु पेट का वादा नहीं करता, पर दुख में पीठ नहीं दिखाएगा ...यही काफ़ी है।"

उस शाम रसोई में दो औरतें थीं, जो समय के दो सिरों पर बैठी थीं। एक, जो बीते हुए कल को आँचल में बाँधकर रखती थी; और दूसरी, जो अपनी बेटी को खुले आकाश में उड़ता देखना चाहती थी। बाहर आँगन में नीम की पत्तियाँ हिल रही थीं, जैसे कोई पुरानी सोच किसी नई हवा से हिलने लगी हो।

नानी ने चाय की आख़िरी चुस्की ली और पहली बार पूछा—"हिमांशु को घर बुलाओ एक दिन... देखूँ तो सही, वो लड़का कैसे मुस्कराता है, जिसने मेरी दोहिती का दिल जीत लिया।"

बाहर आँगन में गेंदे के फूलों की झालरें लटक रही थीं—जैसे पीली धूप ने ख़ुद को मोतियों में पिरो लिया हो। शाम हल्के-हल्के गहराने लगी थी और अंदर कमरे में लड़कियों की हँसी किसी लोकगीत की तरह गूँज रही थी। आईना दरी पर बैठी थी, हाथों पर मेंहदी की ठंडी परत चढ़ती जा रही थी, लेकिन उसके दिल में हल्की गर्मी थी, शायद हिमांशु की यादों की। माँ उसके पास बैठी थीं, चुपचाप... लेकिन उनकी निगाहों में गर्व के छींटे थे। मेंहदी की गंध में मिल गई थी वो ख़ुशबू, जो किसी पुराने पत्र की स्याही से उठती है... वो पत्र, जो प्रेम में नहीं भेजे गए, सिर्फ़ जी लिए गए थे। बाहर सखियाँ ठिठोली कर रही थीं और अंदर एक हँसी बार-बार किसी याद पर झूम रही थी।

सखी 1 श्रुति ने मेंहदी लगाते हुए कहा, "देखो ज़रा, मेंहदी वाले हाथों में सरकारी मुहर तो नहीं लगवा ली तुमने?"

"नहीं यार, अबकी बार आईना ने नौकरी से नहीं, लड़के से शादी की है!" सखी 2 ने ठहाका लगाते हुए कहा।

सभी चुप... फिर अचानक सखी 3 बोली... "वैसे आईना, तुमने तो बताया था कि वो तुम्हें हर महीने एक लव लेटर भेजता है?"

"हाँ, इनकम टैक्स के डॉक्यूमेंट से ज़्यादा साफ़ और रोमांटिक होते हैं!"

सखी 1 : "अरे वाह! फिर तो फेरे से पहले पढ़वाना पड़ेगा—कौन-सा 'commitment clause' लिखा है?"

सभी खिलखिला कर हँसीं।

रात जब ढलने लगी, कमरे में गाने धीमे हो गए और केवल चूड़ियों की खनक रह गई। आईना की हथेलियों पर मेंहदी का रंग अब गहरा हो गया था... जैसे उसमें कोई पुराना संवाद छिपा हो। बाहर हवाओं में वो चिट्ठियाँ उड़ रही थीं, जो कभी लिखी नहीं गईं, बस महसूस की गईं।

आईना खिड़की के पास बैठ गई, उसने मोबाइल उठाया और हिमांशु को एक मेसेज भेजा... "आज मेरी हथेलियों पर तुम्हारा नाम नहीं लिखा, तुम्हारा सपना लिखा है।"

दूसरे पल ही रिप्लाई आया... "और मैंने उस सपने में तुमसे वादा किया है.. कि तुम्हें कभी 'सरकारी' नहीं बनाऊँगा... पर 'गंभीर' ज़रूर रखूँगा।" उस रात मेंहदी से ज़्यादा गहरा विश्वास रंगा गया था।

जब से कैमरे ने लहंगा पहना है और इंस्टाग्राम ने जयमाला डाल ली है, तब से विवाह अब पवित्र बंधन न रहकर एक 'प्रसारणीय प्रोग्राम' हो चुका है। पहले शादियों में फोटोग्राफर छुपता था, अब दूल्हा-दुल्हन कैमरे के सामने ऐसे पोज़ देते हैं, जैसे स्वर्ग से उतरते हुए मेहमान हों और पंडित जी बगल में खांसते रहते हैं, जैसे उन्हें बुलाया गया हो—"समय पूरा करो, इनकी बुकिंग आगे भी है।"

आजकल विवाह रस्में नहीं होतीं, कॉर्पोरेट इवेंट होते हैं। दूल्हा-दुल्हन के चेहरों पर श्रद्धा नहीं, स्माइल प्लीज़ का प्रेशर होता है। हल्दी लगाने से ज़्यादा ज़रूरी है...हल्दी लगाते हुए DSLR वाला candid फोटो। और अगर फोटो में

हल्दी कम दिखी तो बहन कहती है, "थोड़ा और चिपका दो भाभी जी के गाल पर... फिल्टर से निखरेगा।"

अब विवाहों में मामा और फूफा नहीं आते, डेस्टिनेशन वेडिंग में वे बजट कट का पहला शिकार होते हैं। लेकिन फोटोग्राफर और मेकअप आर्टिस्ट, पूरे ख़ानदान के खर्चे को बराबर से खा जाते हैं। जयमाला अब रस्म नहीं, रील कंटेंट बन चुकी है। मंडप में रिश्ता तय नहीं होता, रील की रीच तय होती है। रिश्ते बाद में निभते हैं, पहले ट्रेंड करना ज़रूरी है। ड्रोन ऊपर उड़ता है, रिश्तेदार नीचे भटकते हैं...किसी को दूल्हा दिखा नहीं, पर वीडियो 4K क्वालिटी में आ गया। कभी शादी होती थी सात फेरों की, अब होती है सात 'ड्रेस चेंज' की—और हर ड्रेस के साथ नई पोज़, नई पब्लिक!

एक दौर था, जब मंडप में दूल्हा घबराया रहता था—"ससुराल का खर्चा कैसे उठाएगा?" अब वह चिंता करता है.. "ड्रोन वाला एंगल ठीक से आया कि नहीं?"

फोटोग्राफर बोलता है, "पंडित जी, ज़रा रुकिए... हवन की लपट दुल्हन के चेहरे पर पड़ रही है... एंगल ख़राब हो रहा है।" पंडित जी सोचते हैं—"कलियुग आ गया... अब यज्ञ भी लाइट सेटिंग से चलेगा।"

अब बारात नहीं प्रोडक्शन क्रू लगती है। और मित्र-मंडली, डांसर या कैमरामैन के असिस्टेंट की भूमिका में होती है। रिश्तेदारों की उपस्थिति इस बात पर निर्भर करती है कि उन्हें होटल में ऐसी रूम मिलेगा या नहीं। और अगर खाने में दो डेजर्ट न हों, तो सोशल मीडिया पर तुरंत फ्लॉप वेडिंग का रिव्यू डाल दिया जाता है। हल्दी की रस्म अब स्पा पैकेज के साथ आती है। और प्री-वेडिंग शूट में जो कपड़े पहने जाते हैं, वे शादी के बाद पहनने लायक़ ही नहीं होते—क्योंकि वे फोटो फ्रेंडली होते हैं, रीयल लाइफ फ्रेंडली नहीं।

अगर किसी मॉडर्न टाइप के विवाह से कैमरा हटा दिया जाए, तो 80% शादियाँ टल जाएँगी। क्योंकि न कोई कपड़े बदलेगा, न डांस करेगा, न दुल्हन 6 घंटे मेकअप करवाएगी। सबकी उत्सुकता ख़त्म हो जाएगी, क्योंकि दिखाने को कुछ न रहा। हमारा समाज अब विवाह नहीं करता, सोशल मीडिया के

लिए इवेंट मैनेज करता है, जिसमें ससुराल नहीं, लाइक्स की चिंता होती है और जयमाला के फूल नहीं, फ्रेम सजा होते हैं।

शाम का आसमान हल्का नीला था और सभागार की खिड़कियों से छनकर आती रोशनी में वक़्त जैसे ठहर गया था। दर्शकों की आँखों में प्रतीक्षा थी ...उस व्यक्ति की, जो न तो किसी उपाधि से बँधा था, न किसी संस्थागत व्यवस्था से प्रमाणित। हिमांशु मंच पर उतरा, जैसे कोई विचार शब्दों की चौखट लाँघ कर आत्मा में उतरने को निकला हो। उसकी आँखों में हलकी सी शरारत थी, पर चेहरे पर वह गम्भीरता थी जो केवल उसी में आती है—जिसने प्रेम को 'अस्वीकृति' के लंबे गलियारे से गुज़रते हुए सम्मान तक पहुँचाया हो।

इस TED Talk में सिर्फ़ भाषण नहीं था। यह एक विद्रोही अनुभव की सार्वजनिक प्रस्तुति थी।

नमस्कार,

मैं आज उस विषय पर बोलने आया हूँ, जो हमारे समाज में प्रेम से भी अधिक लोकप्रिय है—सरकारी पद। देखिए, प्रेम करना अब कोई चुनौती नहीं रह गया है...

चुनौती यह है कि आपके प्रेमी की नौकरी परमानेंट है या नहीं? मतलब, अब लड़की का दिल नहीं धड़कता, EPFO नंबर धड़कता है।

हमारे यहाँ अगर कोई लड़का IIM से MBA करके स्टार्टअप चलाए तो लोग पूछते हैं—"भाई, UPSC का ट्राई क्यों नहीं किया?"

और अगर वो प्रेम करता है तो... "प्रेम ठीक है, बेटा। लेकिन पहले कुछ 'settle' हो जाओ।"

अब 'सेटल' होना का अर्थ क्या है?

यदि आप एक अच्छे प्रेमी हैं, लेकिन आपकी तनख़्वाह दामाद-सम्मान की योग्यता पर खरी नहीं उतरती, तो समझिए—आपका प्रेम RTI के जवाब की तरह 'Not Found' हो जाएगा।

मैंने देखा है, कुछ लोग प्रेम की गहराई नहीं मापते, बल्कि लड़के की ग्रेड-पे और GPF स्टेटमेंट देखकर भविष्यवाणी करते हैं।

"बेटा सरकारी है... तो लड़की अपने आप समझदार हो जाएगी।"

सच कहूँ—हमारे समाज में लड़के की सैलरी से अधिक उसके पद की चमक से रिश्ते तय होते हैं। ...प्रेम? वो बस शादी के कार्ड में 'With Love' के तौर पर छपता है।

मुझे कहा गया, "तुम vlogger हो? यूट्यूबर हो? कितना स्थायित्व है इसमें?"

हर बार जब कोई युवा प्रेम में पड़ता है, तो उसकी जेब की जाँच शुरू हो जाती है।

"ग्रेड-पे क्या है?"

"स्थायी पोस्ट है?"

"माँ-बाप क्या करते हैं?"

कोई नहीं पूछता—

क्या यह व्यक्ति तुम्हारी भावनाओं को समझता है?
क्या उसके साथ तुम अकेले में भी प्रसन्न रह सकते हो?
क्या वह तुम्हारे मौन का उत्तर दे सकता है, भाषण के बिना?

यह समाज प्रेम को करार समझता है—
जिसमें शर्तें हों, गारंटी हो। और यही सबसे बड़ा दुःख है।
कि हम इंसान के सबसे निजी भाव को
सबसे सार्वजनिक मूल्यांकन के तराजू पर तौलते हैं।

मैंने प्रेम किया है, और मैं यकीन के साथ कहता हूँ ...पद बदल सकता है, प्रेम नहीं। नौकरी छूट सकती है, लेकिन साथ निभाने का संकल्प—वो दिल की नौकरी है, जिसमें कोई रिजर्वेशन नहीं, बस समर्पण चाहिए।

जब हिमांशु मंच से उतरा, तो किसी ने नहीं पूछा कि उसकी मासिक आय क्या है। सबसे बड़ी बात... पहली बार किसी ने यह भी नहीं पूछा कि "सरकारी पद पर हो या नहीं?" लोग हँसते रहे, मुस्कराते रहे—जैसे किसी ने साफ़-साफ़ शब्दों में वो सच कह दिया हो, जो वे अपने बच्चों से कहने में डरते थे।

बाहर निकलते समय एक वृद्ध सज्जन बोले—"बेटा अगर आज का यमराज TEDx देख ले, तो शायद—'ज़िन्दगी में कितनी पेंशन छोड़ी है?' के बदले—'कितना प्रेम जिया है?' पूछे।

किसी ने धीरे से कहा—"ये लड़का 'स्टेबल जॉब' नहीं, 'स्टेबल सोच' वाला है..."

और यही बदलाव था। जहाँ प्रेम अब शर्म की बात नहीं, एक बौद्धिक विमर्श बन गया था। क्योंकि प्रेम कोई "रिज़्यूमे" नहीं होता, वह एक "विस्मृति" है... स्वयं को भूलकर किसी और में उतर जाना।

हिमांशु ने TED के उस लाल गोल मंच पर खड़े होकर वह कहा, जो लोग कानाफूसी में कहते हैं—कि सच्चा प्रेम सरकारी पद नहीं माँगता, पर जीवनभर की सेवा अवश्य देता है।

घर के सामने लगे नीम पर कोयल ने चुप्पी साध ली थी—शायद जानती थी, इस घर में अब कोई भी सुर में नहीं बोलता। आँगन में बिछे चौकी और कुर्सियाँ—जैसे किसी निर्णय सभा की बारहमासी संरचना बन चुकी थीं। चाय अब स्वाद के लिए नहीं, सोचने के बहाने के लिए पी जाती थी। आईना की शादी तय थी, लेकिन भीतर कहीं सब अधूरा था... जैसे कोई अनकहा स्वर किसी ज़िद पर अटका हो।

इसी मौन दोपहर में, जब सूरज अपने ताप से चिड़चिड़ा हो रहा था, तभी गली के नुक्कड़ पर दो स्कॉर्पियो और दो फॉर्च्यूनर जैसे चार शेर एक साथ आ खड़े हुए। ड्राइवर उतरे, छाया बनी और बोले—"ये गाड़ियाँ हिमांशु सर ने

भेजी हैं... एक लड़की के सपनों का मोल चुकाने के लिए नहीं, बल्कि उसके घरवालों की चाय में मिठास घोलने के लिए।"

अब मोहल्ले में एक नई बीमारी फैल चुकी थी—चार गाड़ियों वाली शादी बीमारी!

गाड़ियों के आते ही पिताजी का चश्मा यूँ चमका जैसे किसी सरकारी ऑडिट में ग़लत इन्वेंटरी मिल गई हो।

पड़ोसी चाचा ने सबसे पहले आवाज़ दी—"अरे देखो तो सही, गाड़ी नहीं भेजी... बारात भेज दी है अकेले लड़के ने!"

चाची जी ने तुरंत बर्तन धोते-धोते अपना सामाजिक विश्लेषण प्रस्तुत किया—"हिमांशु तो दिखता सीधा है, पर लगता है कमाई बगैर GST के है... वरना कौन स्कॉर्पियो बिछाता है रिश्ते के नीचे?"

पिताजी के मन में तो तूफान चल रहा था। अभी तक जिन सरकारी प्रमाणपत्रों के अभाव में हिमांशु अस्वीकृत था, अब वो एकाएक SUV श्रेणी के दामाद* बन चुके थे।

माँ तो पहले ही पिघलने लगी थीं—"कम-से-कम शादी के बाद बिटिया पैदल तो नहीं घूमेगी..."

पिताजी ने संयमित होकर निर्णय सभा बुलाई। अंदर कुर्सियाँ सजीं, रिश्तेदारों की फाइलें खुलीं, पान के पत्तों के नीचे विचार रखे गए।

"लड़का सरकारी नहीं है, पर गाड़ियाँ सरकारी अफसरों से भी बड़ी भेज दीं और ख़ुद के पास डिफेंडर है... कुछ तो बात है लड़के में।"

"और बिटिया भी तो अब उम्र पार कर रही है—ज़्यादा सोचेंगे तो स्कॉर्पियो, फार्च्यूनर और डिफेंडर सब जाएगी, स्कूटी भी न बचेगी।"

छोटा भाई बोला—"भैया वायरल हो रहा है... Instagram पर '4 कारों वाला दूल्हा' ट्रेंड कर रहा है।"

बुआ जी की आँखों में चमक थी—"कम-से-कम इस बार लड़की 'कमाई' पर जा रही है, 'कमा' कर नहीं।"

सबकी आँखों में अब प्रेम नहीं, ईएमआई में डूबा आश्चर्य था।

और हिमांशु? वो इस पूरे तमाशे को दूर से देख रहा था—मुस्कराते हुए। क्योंकि उसने गाड़ियाँ नहीं भेजीं थीं—उसने प्यारे से व्यंग्य में लिपटा प्रेम भेजा था, उस समाज के लिए, जिसे प्रेम तब तक नहीं समझ आता... जब तक उसकी छाया बड़ी न दिखे।

फोटोग्राफर शादी से पहले आया और बोला—"हमें लड़की की एंट्री स्कॉर्पियो से चाहिए और लड़के की डिफेंडर से—तभी रील ट्रेंड करेगी।"

छोटा भाई बोला—"और दोनों की आँखों में 'इंस्टाग्राम फिल्टर' भी डाल दें क्या?"

माँ बोलीं—"अरे बेटा, शादी है या Social Media Campaign?"

बुआ जी मोबाइल में स्क्रॉल करती हुई बोलीं—"इस बार शादी का न्योता कार्ड से नहीं गया, Reel से गया है। रिश्तेदार RSVP की जगह Like कर रहे हैं!"

शादी में पंडित जी बोले—"अब शगुन की जगह QR कोड भेजिए, नोट कौन गिनता है!"

आईना ने धीरे से हिमांशु से कहा—"मैं तुझसे शादी कर रही हूँ, पर ये जो चार गाड़ियाँ तू लाया है, उन्हें नहीं समझ पा रही... ये प्यार की छाया है या समाज को चकाचौंध दिखाने की कोशिश?"

# 11

# यूरोप ट्रिप ...120

पहली सुबह की चहलकदमी में, लैपटॉप की स्क्रीन पर उछलते फ्लैश ने हिमांशु को ऐसा एहसास दिलाया मानो कवियों की महफिल में पहुँच गया हो—"फ्लाइट बुक कर लें," "सीटें घटती जा रही हैं," और "अब नहीं लोगे तो पछताओगे।" हिमांशु ने फिर भी वीज़ा फॉर्म के हर प्रश्न को अपनी रूह के आईने से टटोलते हुए भरा—"यात्रा का उद्देश्य," "बैंक स्टेटमेंट," जैसे हर सवाल एक नया अधूरा शेर हो। पासपोर्ट ऑफिस में क्लर्क ने झट से पूछ लिया, "और आपका प्रेम-पत्र?" हिमांशु बोला,"वो तो दिल के वेरिफ़िकेशन के बाद मिलेगा।" दोनों हँस पड़े, क्योंकि सच तो यह था कि इनके बैंड—बाजे से ज़्यादा ज़रूरी था उनके प्यार का वीज़ा।

एक सप्ताह बाद, वे इंदिरा गांधी हवाई अड्डे के विशाल गलियारों में कदम रखते एक-दूसरे का हाथ थामे ऐसे खड़े थे जैसे दो नवयुवक कवि, जिनके पैरों तले उड़-उड़ कर दुनिया घूमती हो। हिमांशु ने फुसफुसाते हुए कहा, "यहाँ

बैगेज से भी भारी होता है लोगों का घमंड।" आईना बोली, "और कतारें बताती हैं कि कौन-कौन पारस पत्थर समझ बैठा है अपना अहंकार।" टाइलों पर पड़े यूरोपीय मुसाफिर अपनी परछाइयों के साथ संतुलन साधे थे—जैसे कोई चित्रकार हवा में रंग बिखेर गया हो। हर मुस्कान, हर सर उठाकर देखना, मानो नए अध्याय लिखने की शुरुआत हो।

लाउंज के सोफों पर कागज़ के सस्ते मग में परोसी गई चाय को आईना ने घूंट भरकर जीनियस चाय नाम दे दिया—"₹300 का प्रमाणपत्र है ये शाही स्वाद का," उसने हँसकर कहा। दीवारों पर लटकती पेंटिंग्स—समुद्र, पहाड़ और दिलों का मिलन—उनकी कल्पनाओं को पंख दे रही थीं। जब बोर्ड पर 'डिले' लिखा दिखा, तो उन्होंने सोचा कि शायद समय भी इनके रोमांस पर तारीफ़ में थोडा देर कर रहा है। बोर्डिंग गेट पर केबिन क्रू ने नम्रता से जोड़ा, "सीट पर बेतकल्लुफ़ बैठिए, उस पार दुनिया का दृश्य अद्भुत है।"

फ्लाइट AI-171, दिल्ली से लंदन

एयर इंडिया वाली मुस्कान लिए एयर होस्टेस ने जैसे ही पूछा— "वेज या नॉन-वेज?" तो हिमांशु ने आईना की ओर देखा। उसे लगा जैसे यह सवाल नहीं, प्रेम का बहाना है।

आईना मुस्कुरा कर बोली... "प्यार वेज ही होता है... बिना खून-खराबे के।"

हिमांशु ने सिर हिलाया—"और नॉन-वेज वो होता है जिसमें यादें भुनती हैं..."

विमान ने हवा पकड़ी, तो ज़मीन पर बचे उनके झगड़े भी धीरे-धीरे बादलों में घुलने लगे।

चारों ओर झपकी मारते यात्री, मोबाइल में बचे बासी मैसेज और एयरलाइन की 'सपाट मुस्कान'—सब मिलाकर ऐसा लग रहा था जैसे सबने जीवन से थोड़ी देर की छुट्टी ले ली हो। एक बच्चा सीट पर खड़ा होकर चिल्ला रहा था—"मम्मी, ये प्लेन है या जेल?"

पीछे बैठे अंकल अपना टिफिन खोल चुके थे और जैसे ही पराठा निकाला, बगल वाले यात्री ने ऑक्सीज़न मास्क खींचने का प्रयास किया।

इन्हीं हलचलों के बीच, खिड़की के पास दो प्रेमी एक अनकहा संवाद रच रहे थे।

आईना ने अपने हाथ की गर्माहट हिमांशु की हथेली पर रखी और कहा—

"ये ज़िन्दगी उसी की है
जो किसी का हो गया
प्यार ही में खो गया
ये ज़िन्दगी उसी की है..."

हिमांशु की आँखें नम थीं। उसने खिड़की से टिमटिमाते तारों की ओर देखा और धीमे स्वर में गुनगुनाया—

"टिम टिम टिम तारों के दीप जले
नीले आकाश तले
हम दोनों की प्रीत पले
टिम टिम टिम..."

आईना उसकी ओर मुड़ी। बोली—"तेरा संगीत बिना मेरे सुर के अधूरा है। और मेरा मन तब तक नहीं गाता जब तक तेरा नाम उसमें न गूंजे।"

हिमांशु ने उसके कान के पास फुसफुसाकर कहा—

"तेरे सुर और मेरे गीत
दोनों मिलकर बनेगी प्रीत
धड़कन में तू है समाया हुआ
ख़यालों में तू ही तू छाया हुआ..."

आईना की आँखों में कुछ पुराने दृश्य लौट आए... मसूरी की वो ठंडी शामें, गुवाहाटी की सर्द तन्हाई और दिल्ली की थकी हुई सुबहें। उसने होंठ भींचे और बुदबुदाई—

"आ लौट के आजा मेरे मीत
तुझे मेरे गीत बुलाते हैं
मेरा सूना पड़ा रे संगीत
तुझे मेरे गीत बुलाते हैं..."

वो दोनों चुप हो गए। मगर चुप्पी में भी शब्द गूंज रहे थे। एयर होस्टेस पास से गुज़री और बोली, "कुछ चाहिए?"

आईना ने कहा—"एक कप कॉफ़ी... और थोड़ा वक़्त।"

हिमांशु ने जोड़ा—"जो बचे हुए ख़्वाबों को थोड़ा और पकने दे।"

प्लेन की खिड़की से चाँद झाँक रहा था। नीचे अंधेरा था, ऊपर उम्मीद।

आईना की हथेली अब भी हिमांशु की हथेली में थी। वह धीरे से बोली—

"प्यारा-प्यारा ये समां है
और सुहानी रात है
आ रही होंठों पे अब
दिल में छुपी जो बात है..."

हिमांशु ने उसकी ओर देखा। कोई उत्तर नहीं दिया। क्योंकि जवाबों से ज़्यादा भरोसा अब उन अधूरी पंक्तियों पर था, जो लंदन की मिट्टी पर पूरा होना चाहती थीं।

विमानों की खिड़कियों से जब हम बादलों को नीचे बहते देखते हैं, तो हमें समझ आता है कि धरती से ऊपर भी कोई और दुनिया है—निःशब्द, अनंत और निर्विकार। वहाँ न कोई समय होता है, न दूरी। लेकिन मनुष्य अपने

भीतर एक अलग ही समय और स्मृति लेकर चलता है—एक ऐसा समय जहाँ किसी की मुस्कान, किसी की चुप्पी और किसी की आँखों की नमी यात्राओं के नक्शे बनाती हैं। दिल्ली से लंदन की उड़ान में हिमांशु और आईना साथ बैठे थे, पर उनके बीच एक भावनात्मक विराम चुपचाप चल रहा था जिसे वे शब्दों में पिरोने का प्रयास कर रहे थे, ठीक वैसे जैसे कोई लेखक बारिश के बाद की उदासी को नीले कागज़ पर उतारना चाहता हो।

जैसे ही फ्लाइट ने टेकऑफ किया, सामने वाली सीट पर बैठे एक बुज़ुर्ग बोले, "मुझे लगता है ये प्लेन मोदी जी की वजह से इतना स्मूद उड़ रहा है।"

बगल में बैठे युवक ने कहा, "नहीं अंकल, टेक्नोलॉजी सब कुछ होती है, पायलट की ट्रेनिंग का कमाल है।"

एक महिला बोली, "आप दोनों गलत हैं, मैंने टेक ऑफ के पहले हनुमान चालीसा पढ़ी थी।"

अब बात यहाँ तक पहुँची कि विमान विज्ञान से लेकर धर्म, राजनीति और शिक्षा व्यवस्था पर भी बहस शुरू हो गई।

और जब लंच ट्रे आई, तो सबने सर्वसम्मति से कहा—खाना बेस्वाद है, लेकिन चुपचाप खा लो वरना विदेशी हमें 'अनडिसिप्लिन्ड इंडियन्स' कहेंगे।

सामने बैठे एक सज्जन, जो सिर पर टोपी, आँखों में गूगल सर्च का आत्मविश्वास और हाथ में पचास हज़ार का टूरिस्ट पैकेज लिए बैठे थे, बगल में बैठे लड़के से बोले—"बेटा, तू भी पहली बार विदेश जा रहा है क्या?"

लड़के ने मुस्कुराकर कहा, "जी अंकल, लंदन जा रहा हूँ।"

अंकल बोले—"अरे वाह! मैं भी जा रहा हूँ, लेकिन ये फ्लाइट में सब इंग्लिश बोलते हैं, समझ कुछ आता नहीं। अभी-अभी एयरहोस्टेस ने कहा 'टी या कॉफ़ी?' तो मैंने कहा, ' हाँ, हाँ, दोनों ले आओ, इंडिया से आया हूँ, भूखा और प्यासा हूँ।"

आस-पास की सारी सीटें हँसी से भर गईं।

अब वही अंकल थोड़ी देर बाद एयरहोस्टेस से कह रहे थे—"मैडम, हिंदी आए तो बोलिए, नहीं तो इशारा कर दीजिए। हम गाँव के हैं, इंगलिश

कॉलोनियों में पैदा हुए जेंटलमैन नहीं।"

जब विमान 35, 000 फीट की ऊँचाई पर पहुँचा, तो एक अधेड़ उम्र के प्रोफ़ेसर साहब बोले—"अब देखिए, दिल्ली एयरपोर्ट से जो बंदा बिस्किट खा रहा था, वो अभी तक पैकेट बंद किए बैठा है... और ये साथ वाली मैडम तो तीन बार वॉशरूम जा चुकी हैं। कोई उड़ते हुए भी चैन से नहीं बैठता।" एक युवा आईटी इंजीनियर जो पहली बार विदेश जा रहा था, धीरे से बोला—"सर, सबको अपनी चिंता है... किसी को बैग की, किसी को पासपोर्ट की, किसी को पनीर की। मैं तो सोच रहा हूँ कहीं मेरा accent काम का नहीं निकला तो?" प्रोफ़ेसर साहब मुस्कराए—"बेटा accent बाद में आता है, पहले attitude चाहिए। और वो तो तुमने चप्पल पहनकर बोर्डिंग करके ही दिखा दिया।"

खाना परोसते एयर होस्टेस ने जब मुस्कराकर पूछा—"वीगन या रेग्युलर?" हिमांशु ने उत्तर देने से पहले आईना की ओर देखा। दोनों ने एक साथ कहा—"वेज!" और मुस्कुरा दिए। उस क्षण में जैसे वर्षों की लड़ाइयाँ पिघल गईं। हिमांशु ने फुसफुसाकर कहा, "हमारे बीच का प्रेम भी तो वेज जैसा है—सादा, पर आत्मा को भर देने वाला।" आईना हँसी, "हाँ और कभी-कभी स्पाइसी भी...जैसे तुम्हारी कविताएँ जो आधी मुझे समर्पित होती हैं, आधी तुम्हारे ही दर्द को!" विमान की सीट के पीछे की दीवार जैसे उनकी बातों को चुपचाप सुन रही थी। "हम लंदन जा रहे हैं एक साथ, लेकिन क्या सच में साथ जा रहे हैं?" हिमांशु ने पूछा। आईना की चुप्पी एक उत्तर थी—वो उत्तर, जिसे कोई भाषा नहीं समझा सकती।

बोइंग 787 की खिड़की के पार धूप बादलों की सलवटों में छिपकर रह—रहकर झाँक रही थी। हिमांशु की आँखें सामने स्क्रीन पर थीं, पर भीतर कोई दृश्य स्थिर होकर देख रहा था एक हरा—पीला सरसों का खेत, जहाँ आईना मुस्कुरा रही थी। उसने धीमे स्वर में कहा, "आईना, क्या प्रेम का भी पासपोर्ट होता है?" वह मुस्कराई, जैसे किसी अलक्षित भाषा को समझ गई हो। "प्रेम तो एक वीज़ा है, जो आत्मा के देशों को जोड़ता है।" उनकी बातों में

ध्वनि कम थी, स्पर्श अधिक। उसके हाथ की उँगलियों ने जब खिड़की पर नमी छुई, हिमांशु को ऐसा लगा जैसे वह उसकी हथेली को छू गया हो। "हम चल तो लंदन रहे हैं," वह बोला, "पर भीतर जैसे दिल्ली की सर्द हवा अब भी सांस ले रही है।" आईना ने आँखें बंद कीं और कहा, "सच्चे प्रेम की जड़ें ज़मीन से नहीं, यादों से जुड़ी होती हैं।"

आईना की आँखों के भीतर चंद्र-सरोवर की छाया उतर आई थी। विमान की कृत्रिम रोशनी में उसकी पलकों की छाया हिमांशु के कुर्ते पर पड़ रही थी, जैसे कोई कविता धीरे-धीरे उसके कंधे पर उतर रही हो। वह बोली, "हिमांशु, तुम्हारा प्रेम वैसा है जैसे पूर्णिमा की रात किसी सूनी झील पर चाँद उतर आए—शांत, गहरा और फिर भी स्पंदित।" उसके स्वर में कोई प्रयत्न नहीं था, केवल आत्मीयता की आहट थी। "जब तुम मुझे देखो, तो लगता है, जैसे मेरी आत्मा को कोई नाम दे रहा हो—वो नाम, जो कोई भूला नहीं सकता।" बाहर आकाश में सब कुछ स्थिर था, केवल उनकी साँसों की लय गति कर रही थी। प्रेम अब उनके बीच कोई वाक्य नहीं, एक संगीत बन चुका था... बिना लिपि का, बिना लय के भी लयपूर्ण।

लंदन की फ्लाइट में बैठे यात्रियों को देखकर ऐसा लग रहा था जैसे कोई छोटा भारत आसमान में उड़ चला हो। कोई सीट बेल्ट को इस तरह जाँच रहा था जैसे उसके जीवन का अंतिम निर्णायक युद्ध उससे ही लड़ने वाला हो। एयर होस्टेस मुस्कुरा रही थी, पर मुस्कान में वो ईमानदारी नहीं थी जो एक माँ के पराठे में होती है। ऊपर से बोलती जा रही थी—"सर, सीट अप, विंडो डाउन और मोबाइल ऑफ़!"

हिमांशु ने बगल में बैठी आईना को देखा। आईना की आँखों में हल्की सी शरारत थी और होंठों पर वैसा ही सन्नाटा, जो कविता शुरू होने से पहले आता है। दोनों के बीच एक ख़ाली कुर्सी थी, मगर भावनाओं में दूरी नहीं थी।

आईना ने धीमे स्वर में कहा—

"मेरे सनम, मेरे सनम
तू मेरा प्यार है
तू ही मेरी जान है
तू ही मेरा इम्तहान है..."

"ये इम्तहान अगर ज़िंदगी भर चले, तो भी पास होना ही है... तुमसे मोहब्बत करके कोई फेल नहीं हो सकता।" हिमांशु हौले से मुस्कुराकर बोला

वो दोनों किसी किताब के पन्नों जैसे लग रहे थे—एक पन्ना इश्क़ का, दूसरा इंतज़ार का।

"मैं तो हर गीत में तुम्हें सुनता हूँ, आईना। और हर ख़ामोशी में तुम्हें पढ़ता हूँ।" हिमांशु धीरे से बोला, जैसे कोई वादा कर रहा हो।

"मिलती है ज़िन्दगी में मोहब्बत कभी-कभी
होती है दिल में याद की शरारत कभी-कभी
मिलती है बातों-बातों में राहत कभी-कभी"
आईना गर्दन हल्की टेढ़ी कर मुस्कुराने लगी।

अब जहाज़ थोड़ा हिला, turbulence आया। परसाई होते तो लिखते—"इंसान चाहे जितना भी ऊँचा उड़ ले, लेकिन जब जहाज़ हिचकोले खाता है, तो सबका लोकतंत्र हनुमान चालीसा में बदल जाता है।"

"तुम्हारी याद भी turbulence जैसी है—अचानक आती है और दिल को हिला देती है।"

आईना हँस दी, वैसी हँसी जो कानों से ज़्यादा आत्मा को सुनाई देती है।

आईना धीरे से गुनगुनाई—

"छू लेने दो नाज़ुक होंठों को
कुछ और नहीं है जाम है ये

तक़दीर में जो लिखा था वो
पीने का हमको नाम है ये”

हिमांशु ने झट से एयर होस्टेस को देखा, कहीं उसने सुना तो नहीं!

“अगर यही जाम है, तो मैं ज़िंदगी भर नशे में रहना चाहता हूँ!” हिमांशु ने हँसते हुए, चुटकी ली।

“तू जहाँ-जहाँ चलेगा
मेरा साया साथ होगा
तू न मुझसे कभी बच सकेगा
मेरा प्यार तेरे साथ होगा” आईना ने थोड़ी गंभीरता से कहा।

अब दोनों की आँखें थोड़ी नम थीं। लंदन की उड़ान तो थी, मगर लम्हों का सफ़र भीतर हो रहा था।

“तेरा नाम लिया दिल धड़कने लगा
नज़र मिलते ही हाल बदलने लगा” हिमांशु धीरे से सिर झुकाकर बोला।

फ्लाइट में पीछे वाली सीट से कोई ज़ोर से खाँसा। (भारत में लोग खाँस कर भी ध्यान खींचने की कला जानते हैं।)

“पिया तोसे नैना लागे रे,
जाने क्या हो अब आगे रे,
ये दिल पे पहरा क्यों है लगा,

हर साँस तेरी ही माँगे रे...” आईना ने एक लंबी साँस लेकर, अपनी हथेली हिमांशु की हथेली के पास ले जाकर गुनगुनाती है।

जैसे ही लंदन पहुँचने की उद्घोषणा हुई, समय ने भी मानो उन दोनों के शब्दों को वक़्त की किताब में दर्ज कर दिया।

आईना (उतरने से पहले, मुस्कुराकर)
"चुपके से मिलो प्यार से,
छुपके से दिल के इज़हार से,
पलकों की ज़ुबां हो,
लब तो ख़ामोश रहें..."

हिमांशु (धीरे से, जैसे कुछ गुनगुनाते हुए)
"तेरे मेरे सपने अब एक रंग हैं,
जहाँ भी ले जाए राही, हम संग हैं,
मेरे तेरे दिल का, एक ही रंग है,
तेरे मेरे सपने अब एक है..."

विमान अब लंदन के आसमान में उतरने को था। हिमांशु ने देखा, नीचे दूर—दूर तक रोशनियाँ थीं, पर भीतर कोई कोना अब भी अँधेरा था था।" अचानक विमान के झटके से दोनों थोड़ा आगे झुके। हिमांशु ने उसका हाथ थामा—उस थाम में न भय था, न संदेह, केवल वही पुरानी मौन वाचा। खिड़की के बाहर चाँद अब बादलों में खो गया था, पर भीतर दो आत्माओं की रात रोशन थी। विमानों की लैंडिंग कभी यात्रा का अंत नहीं होती—कभी-कभी यह प्रेम की अगली उड़ान का पहला विराम होती है।

जब हम हज़ारों फीट ऊपर होते हैं, तो ज़मीनी समीकरण मिट जाते हैं। न कोई जात, न कोई दूरी, न कोई वक़्त। केवल स्मृतियाँ होती हैं, जो बादलों पर टिकी रहती हैं—कभी बरसने को तैयार, कभी बस यूँ ही तैरती हुई। हिमांशु और आईना की यह यात्रा दो शहरों की नहीं थी, यह उन भावनाओं की थी जो प्रेम में खिलती हैं और विरह में समझ आती हैं। जीवन की सबसे सुंदर उड़ानें अक्सर उन यात्राओं में होती हैं, जहाँ मंज़िल से ज़्यादा साथ मायने रखता है।

आख़िरकार, विमान की धुरी ने लंदन की धरती को चुंबन किया, जैसे गुलाबी-नीली लाइटों ने बर्फ़ीले किस्से बुन दिए हों। हिमांशु ने आईना का हाथ

कस कर कहा, “यहाँ ठंडी हवा में भी तेरी गर्माहट रहेगी।” आईना मुस्कुरी पड़ी।

फ्लाइट से उतरते हुए दोनों मुस्कुरा रहे थे। बाकी लोग पासपोर्ट और कस्टम की चिंता में थे और ये दो लोग अपनी मोहब्बत की कविता में मग्न।

टेम्स नदी के किनारे खड़े होकर, जब लंदन आई का पहिया धीरे-धीरे घूमता है और बिग बेन की घड़ी अपने ठोस, गूंजते स्वर में समय का साक्षी बनती है, तब लंदन का यह दृश्य किसी शायर की गहरी ख़ामोशी की तरह जीवंत हो उठता है। हिमांशु ने अपनी प्रेमिका का हाथ थामे, पुल की लोहे की जाली पर झुके, बहते पानी की निस्तब्धता में एक नई कहानी के पहले पन्ने की ख़ुशबू महसूस की।

(इश्क़ जब विदेशी लोहे की रेलिंग पर झुक कर किया जाए, तो उसमें देसी पान की पीक नहीं, अंग्रेजी गुलाब की ख़ुशबू होती है।)

“देखो,” उसने धीमे से कहा, “ये शहर, इसकी पुरानी गलियाँ, इसकी पत्थरों में छुपी कहानियाँ—ये हमें एक नई ज़िंदगी के स्वागत में बांध रहे हैं।”

वह मुस्कराई, उसकी नज़रों में वह निश्चल प्रेम झलक रहा था, जो हर यात्रा को यादगार बना देता है। “यहाँ की हवा में कितनी कहानियाँ घुली हैं,” उसने कहा, “शेक्सपियर की गूँज, चार्ल्स डिकेन्स की उदासी और जेन ऑस्टेन की ख़ामोश मुस्कानें।” (लंदन की हवा में अगर साहित्य नहीं होता, तो कम-से-कम ट्रैफिक और टैक्स तो होता ही—पर प्रेमी लोग साहित्य ही खोजते हैं, किराया नहीं।)

वे दोनों चलते-चलते ट्राफलगर स्क्वायर पहुँचे, जहाँ सफ़ेद कबूतरों का एक झुंड पंख फड़फड़ाता हुआ उनके ऊपर से गुजरा मानो शहर ने अपने मेहमानों का स्वागत किया हो।

“देखो, ये शहर सैकड़ों साल से प्रेम की कहानियाँ सुनाता आ रहा है,” हिमांशु ने उसके कानों में फुसफुसाया, “और अब हमारी कहानी भी इन गलियों में गूँजने लगेगी।”

पिछले कई सालों से लंदन की सर्द हवाएँ प्रेमियों के वादों, संगीतकारों की धुनों और लेखकों की कलम की साक्षी रही हैं। आज, उन्हीं हवाओं में उनकी

हँसी, उनका प्रेम, उनकी अधूरी और पूरी होती ख़्वाहिशें घुलने लगी थीं... एक नए अध्याय की शुरुआत की तरह।(वो हवा जो ब्रिटिश संसद के कानों तक नहीं पहुँची, वही प्रेमियों के कानों में कहती है—'कहो और कसम खाओ।)

शाम को बेकिंग स्ट्रीट पर चलते हुए हिमांशु ने कहा, "अगर मैं शेरलॉक होता, तो तुम्हारे दिमाग़ के हर कोने में छुपे जज़्बात निकाल लाता।"

आईना चिढ़ गई, "तुम जासूस बनने की कोशिश करते हो, प्रेमी बनने की नहीं।" (जहाँ प्रेम में सूझ-बूझ की जगह जासूसी हो जाए, वहाँ 'क्यूट कपल' की जगह 'क्राइम पेट्रोल' का एपिसोड बनने की संभावना बढ़ जाती है।)

बस, वही हुआ जो हर कपल ट्रैवल में करते हैं—एक झगड़ा। (प्रेम यात्रा में झगड़ा उसी तरह आता है जैसे ट्रेन की यात्रा में बीच-बीच में मूंगफली बेचने वाले—न चाहो तो भी आ जाते हैं।)

पर अगले दिन बकिंघम पैलेस के सामने खड़े हो कर हिमांशु ने फूलों का एक छोटा गुलदस्ता निकाल कर कहा, "रानी की माफ़ी तो दुनिया जानती है, पर मैं तुम्हारी आँखों की सल्तनत में सिर्फ़ झुकना जानता हूँ।"

आईना की आँखें नम हो गईं। वो बोली, "तुम जासूस नहीं, शायद कवि होते तो बेहतर होता... मगर तब मैं तुमसे कैसे मिलती?" (कवि होते तो किराये के लिए तरसते, जासूस होते तो डिटेक्टिव सीरीज़ में खो जाते—प्रेमी हुए, तो कम-से-कम लंदन की गलियों में यादों की कविता तो लिख पाए।)

हिमांशु ने चाय का कप उठाया और विंडो से झाँकते हुए आईना से कहा, "यही कैफ़े नॉटिंग हिल में है जहाँ 'द थर्ड मैन' फ़िल्म की शूटिंग हुई थी। जानती हो, एक अंग्रेज़ प्रोफ़ेसर ने यहीं अपनी पत्नी को छोड़कर एक फ्रेंच ट्रैवलर से शादी कर ली थी।"

आईना हँस दी, "यहाँ के मौसम की तरह रिश्ते भी बदलते होंगे।"

वे दोनों एक-दूसरे की आँखों में झाँकने लगे—जहाँ चाय से ज़्यादा गरम और बारिश से ज़्यादा भीगे हुए जज़्बात तैर रहे थे।

"अच्छा किया जो हमारे रिश्ते की दूसरी चाय यहीं पी रहे हैं," हिमांशु ने कहा।

आईना मुस्कुराई, "पहली तो इंडिया गेट के पास थी और बहुत फीकी थी।"

हिमांशु की आँखों के सामने सियान-नीले आसमान के तले फैला मैनचेस्टर का क्षितिज, किसी अधूरे प्रेम-गीत की शुरुआत था। जहाँ एक ओर औद्योगिक क्रांति की पुरानी फैक्ट्रियों की मठानियाँ धुंधले सिल्हूट में खड़ी थीं, जैसे समय ने वहाँ अपनी साँसें थाम रखी हों, वहीं दूसरी दिशा में चमचमाती सड़कों पर नगीने-सी जगमगाहट थी—बारों की रोशनी, संगीत की थाप और लोगों की हँसी की पंक्तियाँ। (पुरानी फैक्ट्रियाँ खड़ी थीं, जैसे इतिहास अभी तक पेंशन का इंतज़ार कर रहा हो।)

भारी मशीनों के गाने की जगह अब यहाँ डीजे के बीट्स ने ले ली थी और उस वैसा ही अधीर उत्साह फैला था जो प्रेमियों के दिल में पहली मुलाक़ात में उभरता है। हिमांशु ने आईना का हाथ कसकर थामा और कहा, "देखो, यहाँ का इतिहास अपनी भव्यता के साथ जिया जाता है, लेकिन नया जीवन अपनी धुन में नहा रहा है।" (पुरानी दीवारें इतिहास गाती हैं और नई पीढ़ी बार में Beyoncé सुनती है—बीच में प्रेमी खड़े हैं, जो दोनों से मोहब्बत करते हैं।)

आईना ने उसकी ओर देखा, जैसे शहर की चमक उसके चेहरे पर उतर आई हो और दोनों के बीच एक मौन-सी कसम खिंच गई कि वे ख़ुद भी इस शहर की धड़कनों में समा जाएंगे।

सेंट जेम्स पार्क की हरी-हरी उमड़ती घास पर कदम रखते ही, हिमांशु ने महसूस किया कि यहाँ की हर बूँद, हर पत्ती एक नई कविता का हिस्सा है। हवाओं में फैला बेल के फूलों का नमकीन-मीठा अरोमा, औद्योगिक युग के धुँए भरे दिनों को भुलाकर उन प्रेम—घंटों की याद दिलाता था, जब ज़मीं पर गुलाब खिलते थे।

आईना ने झुककर एक कली को छुआ और मुस्कराई—"यहाँ हर जगह अलिखी कहानी कहती है।" हिमांशु की दृष्टि उस घाटी-सी शांति में गिरी थी,

जहाँ पक्षियों की कलरव ने शहर की विजुअल ग्रिटी को पीछे छोड़ दिया हो। (पक्षी तब तक सुंदर लगते हैं जब तक वे मोबाइल पर नहीं बैठते—प्रेमी भी तब तक प्यारे लगते हैं जब तक बहस न हो।)

धीरे-धीरे टहलते हुए वे पार्क के बीचों-बीच एक बेंच पर थमे और हिमांशु ने आईना की आँखों में देखा—उसी क्षण लगा कि ये बाग़ उनका अपना युगल-अंगना बन गया, जहाँ प्यार की फुसफुसाहट हवा में मोती की तरह झिलमिलाई।

बादल घिरा आसमान जैसे किसी प्राचीन कथाकार की चादर ओढ़ाए, हिमांशु–आईना ने हेड्रियंस वॉल की खंडहरों को देखा, जो पाषाण-सी गहरी आवाज़ में रोशन इतिहास कह रहे थे। (ये दीवारें अब बोलती नहीं, बस पर्यटकों की तस्वीरों में इशारे करती हैं—'हम भी कभी ज़िन्दा थे।)

हवा में पत्तों की सरसराहट और पत्थरों की शांति का संगम एक ऐसी संगीतमयी लय बना रहा था कि दोनों के कदम भी जैसे वहीं रुक गए। वे पत्थर, मिट्टी और आसमान के बीच प्रेम की एक अदृश्य कड़ी महसूस कर रहे थे—एक ऐसा बंधन, जो प्रतिरूपों से परे, आत्मा की तहों से गुजरता था।

अगले पड़ाव पर पहुँचकर आईना–हिमांशु ने बैमबर्ग कासल की ऊँची-ऊँची मीनारों को देखा, जो अपनी पुरानी शाही गरिमा में आज भी खड़ी थीं। दोनों ने महल के भीतर घुमते हुए सावधानी से छुपी-छुपी रहस्यमयी गलियों को निहार लिया, जहाँ चमचमाते ग्लासवॉल के पीछे ऐतिहासिक दस्तावेज़ प्रेम की पुरानी कसमों को ज़िंदा रखते थे। (पुराने दस्तावेज़ प्रेम की कसमें लिए बैठे हैं—और आज के प्रेमी मोबाइल पासवर्ड तक नहीं बताते।)

बाहर का हल्का धुंधलापन और महल के भीतर की गर्माहट, दोनों के दिलों में एक बेमिसाल संतुलन खड़ा कर गए।(महल की दीवारें भले ठंडी हों, पर प्रेम अगर गर्म हो तो पूरे टूरिज्म डिपार्टमेंट को पसीना आ जाए।)

यॉर्क और लीड्स की भीड़-भाड़ के बाज़ारों से निकलकर, हिमांशु-आईना द लेक्स डिज़्ट्रिक्ट की उस वादियों में प्रवेश कर गए, जहाँ झीलों की चादर किसानों के खेतों से टकराकर बन जाती थी। आईना ने उस नियति-सी सुस्त आस पर दृष्टि टिकाई, "यहाँ है तो मानो हम जहाँ से आए हैं...दिल से।"

हिमांशु ने उसकी दबी ज़ुबां पढ़ ली..यहाँ का हर परिदृश्य प्रेम की विविक्त भाषा बोल रहा था। सूर्य की सुनहरी किरणें झील के जल पर मोतियों-सी छिटक रही थीं, पहाड़ों पर पड़ा हरा कुहासा भी प्रेमी दंपति की पहली लकीर की तरह कोमल था।हिमांशु ने कहा, "यात्रा का असली मकसद मंज़िल नहीं, ये पल हैं...यहाँ की ख़ामोशी, यहाँ की शांति और हम दोनों का एक-दूसरे में पूरा होना।" ये वादियाँ और झरने उनके प्रेम के उपवन की सजीव तस्वीर बन गए। वहाँ हर झरोखा, हर पतझड़ प्रेम की खिलखिलाहट में बदलता दिखा।

हिमांशु : "जब तुम मेरे करीब होती हो, तो हर छाया रंगीन हो जाती है।"

आईना : "और मैं हर रंग में तुम्हें खोजने लगती हूँ।"

"तुम्हारा हाथ थामकर लगता है जैसे समय भी हमारी सुर में बहता जाए।"

"और मैं चाहती हूँ कि यह सुर जीवनभर के लिए गूंजता रहे।"

"यह पतझड़ की पत्तियाँ भी हमारी पहली मुलाक़ात का चित्रण करती हैं।" हिमांशु ने कहा।

"हर गिरा पत्ता तुम्हारे प्रेम की सौगंध दे जाता है।"

जब हिमांशु-आईना वापस लौटने की राह पकड़ी , तो मैनचेस्टर की रोशन सड़कों ने विदा के क्षण में एक आख़िरी मुस्कान दी। शहर की नाइटलाइफ़ की धड़कनें, औद्योगिक अतीत की गूँज और ग्रामीण वादियों की कोमल गाथाएँ—ये सब मिलकर उन्हें भीतर से आलोकित कर गए। हिमांशु ने आईना को गले से लगा लिया, " यहाँ की हर चीज़ ने हमें एक साथ फिर से जीना सिखाया।" आईना ने सर हिलाकर जवाब दिया, "और हम अपने साथ ये अनुभव जीवनभर सहेज लेंगे।"

पहली धूप ने स्नोडोनिया की चोटियों पर जब बर्फ़ की शीतलता में सुनहरी रेखाएँ उकेरीं, तो उस क्षण हिमांशु–आईना दोनों की साँसें प्रकृति के विशालवाचन में थम गईं। बर्फ़ ओढ़ी चोटियाँ मानो किसी प्राचीन लेखनी की राहत पर पड़ी कविताएँ हों, जिनके शब्द पिघलकर नीचे उतर रहे थे।

मेड्रिड की वह साँझ एक ऐसी रंगहीन पेंटिंग की तरह थी, जिसकी छाया में रंग अपने को विलीन कर देते हैं। हवा वहाँ थी—पर जैसे कर्तव्यवश। वह न

फ्रांस की तरह सौम्य थी, न इटली की तरह सुगंधित। वह बस थी। उपस्थित। जैसे कोई बूढ़ा परिचित, जिसे आपने वर्षों से देखा है, पर कभी सुना नहीं।

हिमांशु और आईना उस शहर की सड़कों पर चल रहे थे, मानो किसी अधूरी कथा की पंक्तियों के बीच से गुज़र रहे हों। शहर का हर मोड़ एक कोष्ठक जैसा लगता था—कुछ कहना चाहता था, पर उसमें शब्द नहीं, केवल प्रतीक्षा थी।

एक कोने में पुराना थिएटर था—उसके बाहर परदे उतरे हुए, कुर्सियाँ उल्टी पड़ीं और दरवाज़े बंद।

आईना वहाँ रुक गई। उसने देखा नहीं, बस ठहर गई। उसकी नज़रों में कोई चित्र नहीं था, कोई स्मृति नहीं, कोई आकांक्षा नहीं—केवल वह क्षण था जो ख़ुद में थमता जा रहा था।

हिमांशु चुपचाप पास आया और एक ऊँची पड़ी कुर्सी पर पैर रख दिया, जैसे किसी अदृश्य मंच पर अभिनय की तैयारी कर रहा हो... मगर शब्द नहीं बोले।

शब्द बोलना उस वक़्त ठीक वैसा होता, जैसे चुप्पी के फ़ोन पर कॉल कर देना।

"शायद यही असली स्वागत है," उसने धीमे स्वर में कहा, "कोई रंग नहीं, कोई आवाज़ नहीं—बस एक ऐसा अंतराल जो हमें ख़ुद से मिलाता है।"

चुपचाप आगे बढ़ते हुए वे एक पुरानी बुक स्टॉल पर रुके—किवाड़ पर जंग लगा था, किताबों पर भी। वहाँ किताबें धूल की चादर में लिपटी थीं, जैसे इतिहास ख़ुद को चुपचाप भूलना चाह रहा हो।

आईना ने एक किताब उठाई—स्पेनिश भाषा की।

प्रोवेंस की धूप में लहराते लैवेंडर के खेतों के बीच आईना कुछ पल के लिए ठहर गई। उसकी आँखों में फूलों की नर्म बयार और बैंगनी सपनों का नशा उतर आया। "इन फूलों ने जैसे अपनी भाषा छोड़ दी है और अब बस ख़ुशबू से बात करते हैं..." वह धीरे से बुदबुदाई। हिमांशु ने उसकी ओर देखा—उसकी साँसें, उसकी मुस्कान, सब कुछ मानो उन्हीं ख़ुशबुओं में घुल रहा था। "और तुम्हारी साँसें," उसने कहा, "उन ख़ुशबुओं की लय बन जाती हैं।" आईना

ने शरारत से मुस्कुराते हुए जोड़ा, "तुम्हारी बातें भी कुछ ऐसी ही—मधुर, मगर ज़रा तीखी!" हिमांशु ने हौले से जवाब दिया, "क्योंकि इश्क़ में मिठास-तीखापन दोनों ज़रूरी हैं।" वो दोनों कुछ पल चुप रहे और फिर आईना की आँखों में चमक आ गई—"तब तो तुम और मैं, परफेक्ट कॉम्बिनेशन हैं।"

बर्फ़ से ढके माउंट ब्लांक के शिखर पर खड़े होकर आईना ने जब नीचे झांका, तो उसे लगा जैसे पूरी दुनिया सिकुड़कर उनके पैरों तले समा गई हो। बादलों के ऊपर खड़े वो दो मुसाफ़िर, जिन्हें शायद अपनी ही ऊँचाइयों का अंदाज़ा नहीं था। "यहाँ से देखो तो लगता है, सब कुछ छोटा है... मगर भीतर का शोर फिर भी बड़ा है," हिमांशु ने कहा, जैसे कोई पुराना ज़ख़्म सांस लेकर बाहर आना चाहता हो। आईना ने उसकी बात को थाम लिया—"क्योंकि ऊँचाई पर भी तन्हाई अपना ही राग गाती है।"

हवा में गूंजते उस सन्नाटे को सुनते हुए हिमांशु ने उसकी ओर हाथ बढ़ाया, "तो क्यों न हम अपनी ही धुन उस राग में घोल दें?" आईना ने उसका हाथ थाम लिया—काँपता हुआ, मगर भरोसे से भरा। दोनों ने आँखें मूँद लीं जैसे संगीत उनके भीतर बजने लगा हो। बर्फ़ की चादर, नीले आसमान की नोक और दो दिलों की लय—यह सब कुछ उस पल में एक हो गया था।

रेल की खिड़की से उतरती रोशनी ने जैसे लोयर घाटी के महलों के नक्काशीदार बुर्जों को सोने की लौ से नहलाया हो। मैंने कैमरा उठाया और आईना की उस शांत मुस्कान को कैद कर लिया—बाग़ों में फैले गुलाबों की ख़ुशबू उसके बालों से खेल रही थी। सुबह की ओस उन फव्वारों की कल-कल में घुलकर एक अपार सुकून भर रही थी, मानो इतिहास ख़ुद अपनी कहानी फुसफुसा रहा हो।

कैमरा अब प्रोवेंस के लैवेंडर के खेतों में थम गया। बैंगनी पर्दा हिलता-डुलता, पहाड़ी की गोद तक फैला हुआ—जैसे प्रकृति ने मधुरसंगीत की लय बुन डाली हो। अगली क्लिप में कैमरा पिलात की टीली की ऊँचाई को चुनता चला गया। सफ़ेद रेत, नीला समुद्र और मैं आईना के कंधे पर सर रखकर सुनता रहा अटलांटिक की हवाओं का गीत। जब हम चोटी पर पहुँचे,

तो सूरजमुखी-बीज की तरह उड़ते रेत के टुकड़े, छिटक-छिटककर हमारी जिंदगियों में जादू भर गए। आईना ने धीमे शब्दों में कहा, “यहाँ दूर तक फैली ख़ामोशी भी बोलती है।”

अब कैमरा संगमरमर-सी हरी-नीली वादियों के बीच चढ़ता हुआ माउंट ब्लांक के बर्फीले शिखर को खोज रहा था। ग्लेशियर से फुहारते ठंडे झरने मानो हिमखंडित कविताएँ कह रहे हों। आईना ने अपनी सांसों की उड़ान उस ऊँचाई की ओर बढ़ाई और मैंने महसूस किया कि वहाँ छुपी बेलगाम उड़ान, मन के अनछुए दर्दों को भी मुक्त कर देती है।

“तुम्हारी हँसी में पेड़ों की सरसराहट है, जो मेरा मन बहला देती है।” हिमांशु ने कहा।

“और तुम्हारी नज़रों में हवा की शीतलता, जो मेरे अंदर तक सुकून भेजती है।”

“जब तुम मुस्कुराती हो, लगता है उस क्षितिज पर नई दुनिया उग आई हो।”

“और तुम्हारी आँखों में देखती हूँ तो, वह नई दुनिया मेरे अपनी सी लगती है।”

पहली सुबह रोम की संकरी गलियों में आईना ने हिमांशु को जगाया, तो वह ऊँची इमारतों की अदरे-नदरे छाँव से चिढ़कर बोली, “तुम्हें मालूम है न, ये पत्थर की उम्र हमसे भी सौ गुना बड़ी है?” हिमांशु ने गुनगुनी कॉफ़ी घूंटते हुए जवाब दिया, “और हमें हर पहिया—पल में अपनी नई कहानी गढ़नी है, जानू।” दोनों ट्रेवी फव्वारे की ओर बढ़े जहाँ आईना ने टॉस किया सिक्का हँसते हुए, “ख़्वाब तो लौट आएँगे, लेकिन तुम्हारे साथ ये गर्मी और भी चूमेगी।” हिमांशु ने उसकी उँगली पकड़ी, “और इन हवाओं में तैरती उनकी क़िस्सागोई हमें हमेशा बाँध रखेगी।” कोलोसेयम के मसर्रत-ए-बेज़ुबाँ खंडहरों को निहारते हुए उन्होंने महसूस किया कि हर पत्थर पर अतीत में घुला प्रेम अभी भी साँसें लेता है। हिमांशु ने धीमे चलकर कहा, “अगर इन मीनारों से मोहब्बत की गूँज सुनने को मिले, तो समझ लेना कि इश्क़ का इज़हार यहाँ भी हो चुका है।” आईना ने हँसी में कहा, “और हम यहाँ अपना अहद-ओ-पैमान (आपस में की हुई प्रतिज्ञा) लिखने आए हैं।”

रोम की गलियाँ इतिहास से नहीं, भावनाओं से बनी हैं। वे पत्थर जिन पर अब समय की परतें चढ़ चुकी हैं, वे सिर्फ़ दीवारें नहीं वे उन लम्हों की गवाह हैं जहाँ प्रेम ने ख़ामोशी से अपना घर बसाया।

पियाज़ा नवोना, जहाँ फव्वारे धड़कते हैं जैसे शहर का दिल हों और धूप छायाओं के बीच लुकाछिपी खेलती है। शाम का रंग एक पुराने स्केच जैसा—धुँधला लेकिन ठोस।

हिमांशु और आईना उस पुराने चर्च के सामने लकड़ी की बेंच पर बैठे हैं। उनके बीच कोई बड़ी बातचीत नहीं ...बस वह चुप्पी है जो केवल वही लोग बाँट सकते हैं, जिन्होंने एक-दूसरे की आत्मा को छू लिया हो।

धीरे-से आईना ने अपनी कोहनी उसकी बाँह से टिका दी और अपनी नज़र फव्वारे की ओर टिकाए बुदबुदाई :

"तेरे बग़ैर भी जी लिए कुछ दिन
मगर अब ये साँस रास नहीं आती,
तेरी यादों से सजी हर रात
सुबह तक नींद पास नहीं आती।"

हिमांशु ने उसकी ओर देखा—चेहरे पर थकी मुस्कान थी। एक ग़हराई जो रोम की प्राचीन इमारतों जैसी थी—चुप, ठहरी, पर जीवन से भरी।

उसने धीमे से जवाब दिया :

"कभी यूँ भी आ मेरी आँख में,
कि मेरी नज़र को ख़बर न हो
मुझे एक रात नवाज़ दे
मगर उस के बाद सहर न हो"

बेंच के पास ही एक युवा कलाकार कैनवास पर स्केच बना रहा था—किसी जोड़े का हाथ थामे हुआ दृश्य। उनके पीछे की भीड़ रोम को देख रही थी और वो दोनों बस एक-दूसरे को।

आईना ने अपना सिर हिमांशु के कंधे पर टिका दिया।

"हमने मोहब्बत को आसान समझा, है ना?" उसने फुसफुसाकर पूछा।

हिमांशु ने उसकी हथेली को हल्के से दबाया और कहा :

"मैंने उसको चाहा—जैसे रूह को रब,
वो मुझमें उतर आया, मैं ख़ुद से ग़ायब।
अब न वो है, न मैं—
बस एक इश्क़ है, जो हर साँस में कायम।"

पियाज़ा नवोना के कोने में बजती सड़कों की वायलिन... एक छाया जैसी धुन। वह संगीत नहीं था, वह जैसे किसी पुराने ख़त का जवाब था।

आईना ने आँखे बंद कीं और बोली :

"वो कहता रहा—मत सर झुकाओ,
मैं कहती रही—ये इबादत है।
उसने कहा—तुम हद से बढ़ रहे हो,
मैं हँसी—यही मोहब्बत है।"

उनके आसपास कई पर्यटक थे, कैमरे थे, फ्लैश थे, हँसी थी। पर वे दोनों उस भीड़ में जैसे वक़्त के बाहर बैठे थे। सन्नाटे में साँस लेते हुए।

फव्वारे से उछलते पानी की बूँदें जैसे उनके शब्दों की पुनरावृत्ति कर रही थीं।

आईना उठ खड़ी हुई और फव्वारे की ओर चल दी। उसके पीछे-पीछे हिमांशु भी।

फव्वारे के किनारे आकर उसने ख़ुद को उन गिरती बूँदों के सामने पाया।

हिमांशु बोला :

“मैं उसकी आँखों से छलकी शराब पीता हूँ
गरीब हो के भी महँगी शराब पीता हूँ।
उसे भी देखूँ तो पहचानने में देर लगे कभी
कभी तो मैं इतनी शराब पीता हूँ”

हवा में उस क्षण कुछ देर को ठहराव था। कोई पर्यटक नहीं, कोई तस्वीर नहीं—बस एक प्रेम का नशा जो एक सदी की तरह धीरे-धीरे उतरता है।

फव्वारे की बूँदें उनके पैरों तक आईं। रोशनी और पानी के मिलन ने उनके चेहरों को सुनहरा कर दिया।

हिमांशु ने कहा : “अगर रोम में कोई चीज़ सबसे सुंदर है, तो वो ये पल है। हम, तुम और यह शहर—तीनों मिलकर एक कविता बन गए हैं।”

आईना ने उसका हाथ थामते हुए कहा : “कविताएँ लिखने के लिए कलम नहीं, एक दिल चाहिए—और तुम्हारा दिल एक पूरी किताब है।”

[वीडियो ओपनिंग म्यूज़िक के बाद कैमरा ऑन होता है—गोंडोला पर बैठा हिमांशु एक हाथ से कैमरा पकड़े, दूसरा स्कार्फ उड़ता हुआ...]

भाइयों और बहनों, आज हम वेनिस में हैं। हाँ, वही वेनिस जो पानी में तैरती नहीं, बल्कि सलीके से ठहरती है। यहाँ के लोग इतने शांति से चलते हैं कि लगता है जैसे हर गली में “धीरे चलिए, प्यार हो सकता है” का बोर्ड लगा है।

हमने जैसे ही गोंडोला पकड़ा, हवा ने मेरे स्कार्फ को ऐसा झटका मारा, जैसे कोई पुराना कर्ज़ चुकाने आ गया हो। मेरे साथ खड़ी थीं—आईना, यानी हमारी स्थायी सहयात्री, जिन्होंने तुरंत कह दिया—“वाह! ये पानी भी कवि है।”

अब भला बताइए, अगर पानी कवि है तो हम लोग क्या... अदद काव्य-पात्र?

मैंने टोपी ठीक करते हुए जवाब दिया—"दास्ताँ तो हमारी है, ये पानी बस बैकग्राउंड म्यूज़िक है।"

तभी सामने चाँदनी में एक कपल एक-दूसरे को देखकर ऐसा मुस्कुरा रहा था, जैसे बिजली का बिल नहीं आया हो।

आईना ठहाका मारकर बोलीं, "देखो, चाँदनी भी इश्क़ में डांस कर रही है।"

मैंने सोचा, *अगर इश्क़ में चाँदनी भी डांस करे तो हमारा क्या काम रह जाता है?*

ख़ैर, हम भी वहीं, गोंडोला में बैठकर अपना रोमांस "एमआईडी-रेज़ोल्यूशन" में शूट करने लगे।

[कट टू फ्लोरेंस—कैमरा अरनो नदी की ओर घूमता है]

अगले दिन पहुँचे फ़्लोरेंस—गुलाबी सूरज, नदी की झिलमिलाती परछाइयाँ और हम जैसे दो पके हुए टूरिस्ट।

आईना बोलीं, "देखा? ये नदी ख़ुद को संभाल नहीं पा रही, मुस्कुराए जा रही है।"

मैंने चुपचाप गीली रेत पर एक काम किया—हमारा नाम और तारीख़ लिख दी।

बगल से एक इटालियन आर्टिस्ट गुज़रा, वो भी हमारी कला देखकर ठिठक गया। मैंने सोचा कि अब यह रेत इंस्टॉलेशन मोमा में जाएगा।

मैंने उससे मुस्कराकर कहा, "ये इतिहास नहीं, ये हमारी छोटी सी महफ़िल है।"

वो बोला, बेलिस्सिमो! (इटालियन भाषा में 'बहुत सुन्दर') और आगे बढ़ गया।

पोंटे वेक्चियो की दुकानों में घुसते ही आईना बोलीं, "हर दुकान इश्क़ का बाज़ार है, चलो कुछ यादें बेच आते हैं।"

मैंने कहा, "यादें बेचने नहीं, यहाँ तो दिल बेचने का रेट भी लग सकता है!"

[कट टू अमाल्फी कोस्ट—ड्रोन शॉट, फिर हिमांशु सेल्फी कैमरा ऑन करता है]

और जनाब! अमाल्फी कोस्ट—जहाँ सड़क पतली, मोड़ घातक और नज़ारे इतने हसीन कि गाड़ी भी ब्रेक माँगने लगे।

मैंने कहा, "देखो ये पानी... किसी संगीत रचना का ओपनिंग सुर है।"

आईना ने जवाब दिया, "और वो रंगीन घर जैसे प्यार की चिट्ठियाँ हवा में उड़ रही हों।"

मैंने तुरंत अपनी जैकेट उसके कंधों पर डाली।

अब ये मत समझिए रोमांस चल रहा था... असली वजह ये थी कि हवा में ठंडक थी और जैकेट एक ही थी!

चलते-चलते गलियों के टिमटिमाते बल्बों में हमारी परछाइयाँ ऐसे दिख रही थीं, जैसे कोई कम बजट की रोमांटिक फ़िल्म की शूटिंग हो रही हो।

मैंने कहा, "इस अमाल्फी—रात को कोई 'इंटरवल' मत दो, बस चलते रहो।"

आईना मुस्कराई और बोलीं, "यहाँ हर लम्हा हमारी मोहब्बत पर दस्तख़त कर रहा है।"

[कट टू—चिंक्वे तेरे—कैमरा ऊपर से गाँव दिखाता है]

अब चलिए चिंक्वे तेरे। पाँच गाँवों की ये श्रृंखला ऐसी लगती है, जैसे किसी कवि ने प्रेम-पत्र को रंगीन पेंसिल से लिखा हो।

आईना बोलीं, "हर गाँव इश्क़ की एक परत है।"

मैंने कहा, "और हम वो दो लोग हैं जो इन परतों में अपनी रेसिपी तलाश रहे हैं।"

लहरों की आवाज़, पहाड़ी घर, झरोखों से उड़ती चिट्ठियाँ और बीच-बीच में हमारा कैमरा, जिसमें न 'साउंड डिजाइन' है, न 'डायलॉग कट'। बस ज़िंदगी जैसी है, वैसी ही।

[कट टू—टस्कनी—आख़िरी शॉट]

आख़िर में पहुँचे टस्कनी के खेतों में।

आईना बोलीं, "हर पौधा जैसे हमारे इश्क़ का गवाह है।"

मैंने जवाब दिया, "और ये वाइनयार्ड की सीढ़ियाँ, चुंबन के लिए लाइन खींच रही हैं।"

[कैमरा क्लोज़ होते हुए—हिमांशु बोलता है]

तो दोस्तों, यह था हमारा इटली व्लॉग—जहाँ हर मोड़, हर गली और हर गोंडोला ने हमें सिखाया कि इश्क़ कोई प्लान्ड इवेंट नहीं, बल्कि वो अनप्लान्ड हिचकी है, जो दिल में चुपचाप बजती है।

अगर आपको ये सफ़र पसंद आया हो, तो लाइक करें, सब्सक्राइब करें... और हाँ, इश्क़ करें—पर ज़िम्मेदारी से!

[एंड म्यूज़िक—"रोमांटिक विंटेज अकॉर्डियन"]

स्पेन की उस पहाड़ी बस्ती में, जहाँ मकानों की छतें एक-दूसरे से कंधे सटाए बैठी थीं और गलियाँ—जैसे किसी कवि की उँगलियों से निकली पतली रेखाएँ—समंदर की ओर उतरती थीं। हवा में जैतून के पेड़ों की गंध थी और दूर कहीं, कोई लोकगायक अपनी टूटी सितार पर धुन बुन रहा था।

एक चट्टान के किनारे, जहाँ नीचे फ़ीके नीले पानी की सतह पर सूरज की आख़िरी किरनें लहरों के संग खेल रही थीं, वहीं बैठा था हिमांशु और पास ही आईना—दोनों की हथेलियाँ एक-दूसरे की उँगलियों में उलझी हुई।

कुछ देर दोनों ख़ामोश रहे।

फिर हिमांशु ने सामने पसरी घाटी की ओर देखते हुए कहा :

"मैं सोचता हूँ कि ये दुनिया बदलनी चाहिए,
हर दिल में मोहब्बत की लौ जलनी चाहिए।
न हो भूख, न नफ़रत, न तास्सुब कोई,
इंसान की क़द्र सबसे पहले होनी चाहिए।"

आईना ने उसकी तरफ़ मुड़कर देखा, उसकी आँखों में गहराई थी, जैसे किसी पुराने खंडहर की दीवार पर काई की तरह उगी कोई नर्म बात।

वह धीमे स्वर में बोली :

"नफरतों के दरमियान भी मुहब्बत बाकी है,
हर दिल के कोने में कोई राहत बाकी है।
ज़माना कहे जो भी, पर हम जानते हैं,
इन पत्थरों में भी मोहब्बत बाकी है।"

उनकी बातों के बीच चुप्पी की जो परत थी, उसमें समंदर की आवाज़ें दर्ज होती जा रही थीं। जैसे किसी पुराने प्रेम-पत्र के भीतर लहरों की स्याही भर रही हो।

हिमांशु ने उसका चेहरा देखा। उस पल आईना की पलकों पर धूप का एक कतरा ठहर गया था।

वह बोला :

"मैंने देखा है तुझे, धूप में खिलते हुए,
फूल जैसे लबों पर ग़ज़ल सी हँसी।
तुम जो इक बार दिखे, तो नज़ारे थम जाएं,
तुम्हारे क़दमों में ही बहारें झुक जाएं।"

आईना ने उसकी बात का उत्तर नहीं दिया। वह बस उसके हाथ पर अपनी उँगलियाँ फिराने लगी—जैसे किसी बीते हुए मौसम की स्मृति को दोहरा रही हो।

एक पल बाद, जैसे अपने भीतर के जज़्बातों को तौला हो उसने और कहा :

"पलकों पे रक्खा था तुझे
फिर भी तुझसे हार गए,

मोहब्बत में इतने डूबे
कि अपने आप से भी यार गए।"

नीचे घाटी में एक झूला झूल रहा था। हवा के झोंकों के साथ उसके लकड़ी के हिस्से से एक सधी हुई आवाज़ आ रही थी—"छुन... छुन..."—जैसे उस सन्नाटे में कोई भूली हुई लोरी।

आईना उठकर खड़ी हुई, उसने अपने केशों को पीछे की ओर समेटा और समंदर की तरफ़ बढ़ गई। पानी उसकी एड़ियों तक आया, फिर लौट गया। जैसे समंदर भी उसे छूकर कुछ कहना चाहता था।

उसने पीछे मुड़कर देखा और कहा :

"आरज़ू ये है कि देखूं तुझे जी भर के मगर
क़द्र-ए-मौसम भी तो लाज़िम है, ग़ुबार आहिस्ता
शाख़ से फूल गिरा, चाँद उतर आया है
इतनी ख़ुशबू है तेरे नाम में, पुकार आहिस्ता।"

हिमांशु धीरे से उसके पास आया और बोला : "ये जगह जैसे तुम्हारे लिए बनी हो, आईना। हर रंग, हर हवा, हर लहर में तुम्हारा नाम छुपा है।"

आईना ने हल्के स्वर में कहा : "तुम्हारी आवाज़, इस समंदर से ज़्यादा शांत है। और तुम्हारी आँखों में, मुझे मेरी ही परछाइयाँ दिखती हैं।"

दोनों वहीं रेत पर बैठ गए।

चारों तरफ़ सिर्फ़ लहरों की ध्वनि और पक्षियों की कभी-कभार आती चहचहाहट थी। समय वहाँ ठहर गया था।

हिमांशु ने कुछ सोचते हुए कहा : "अगर हम इस जगह को छोड़ जाएं, तो भी ये जगह हमें कभी नहीं छोड़ेगी। ये पलों में नहीं, यादों में बस जाती है।"

आईना ने उसकी हथेली को थाम लिया।

"हम सिर्फ़ यात्राएँ नहीं कर रहे, हम अपनी कहानी के उन पन्नों पर चल रहे हैं जो शायद पहले कभी अधूरे रह गए थे।"

हवा में जैतून और नमक की मिली-जुली गंध थी। और शाम की रोशनी में उनका प्रेम—एक कविता की तरह बह रहा था।

स्पेन को देखना किसी पुराने स्वप्न में प्रवेश करने जैसा है, जहाँ हर दृश्य कोई भूली-बिसरी कविता सा लगता है। स्पेन में सूरज भी संगीत सुनता है और समुद्र हवाओं से कहानियाँ कहता है। यह कोई अतिशयोक्ति नहीं, बल्कि उस अनुभव का हिस्सा है, जो बार्सिलोना की गलियों से लेकर ग्रेनेडा के महलों तक फैला होता है। वहाँ सूरज धूप नहीं देता, वह ख़ुद एक स्वप्न की तरह जलता है। यह देश संगीत का नक्षत्र है, जहाँ फ्लेमेंको की थापों में एक पूरी सभ्यता की धड़कन छिपी है। जो दीवारें यहाँ ख़ामोश खड़ी हैं, वे भी गाती हैं—इतिहास की ऐसी धुनों में, जो किताबों में नहीं, ज़मीन में दफन होती हैं। सूरज जब समंदर की ओर झुकता है, तो ऐसा प्रतीत होता है मानो वह वाइन का रंग ओढ़ लेता है और हवाओं में जैतून के खेतों की महक घुल जाती है। ऐसे में, किसी यात्री के लिए स्पेन सिर्फ़ एक भूगोल नहीं, एक अनुभूति बन जाता है।

अगर पृथ्वी पर कोई देश कला, संगीत और जुनून से बना है, तो वह स्पेन है। स्पेन एक चित्र है—जिसे गॉदी ने रेखांकित किया, डाली ने रंगा और पिकासो ने जीवित किया। स्पेन की रातें इत्र की तरह होती हैं, जो धीरे-धीरे मन पर छा जाती हैं—बिना किसी शोर—शराबे के, केवल अपने होने की ख़ुशबू में लिपटी हुई। इस देश की हवा में उत्सव का संगीत है और मौसम की आत्मा हर वाइन के घूंट में घुली हुई मिलती है। यहाँ जीवन किसी उत्सव की तरह है—जिसमें हर रंग, हर गंध, हर स्पर्श किसी आत्मीय स्पर्श का प्रतिरूप बन जाता है। यात्रा यहाँ देह से नहीं, दृष्टि और चेतना से होती है।

प्रेम अब पनीर-मटर की तरह सीमित नहीं रहा। वह अब स्पेन की जैतून वाली हवा में सांस लेता है, रोम के ट्रेवी फव्वारे में सिक्का उछालता है और वेनिस के गोंडोले में प्यार का जीएसटी भरता है। लेकिन चिंता मत कीजिए यह

कोई रोमांटिक यात्रा-वृतांत नहीं है, यह है एक ईमानदार कोशिश : विदेशी प्रेम का भारत से जो संबंध है, वह वैसे ही है जैसे आईफ़ोन के बॉक्स में "Made in China" लिखा हो...

हिमांशु और आईना। नाम से ही लगता है जैसे वेलेंटाइन डे के पोस्टर पर बैठे हों और पास में पिंक गुलाब की फुलझड़ी हो। इन्होंने वेनिस की गलियों में प्रेम किया, रोम में उसका पासपोर्ट बनवाया और स्पेन में उसकी स्मृति-चिन्ह की तरह तस्वीरें लीं। पर जब वापस आए, तो एयरपोर्ट पर कस्टम अधिकारी ने पूछा, "क्या लाए हैं?"

आईना ने मुस्कुराकर कहा, "यादें।"

हिमांशु बोला, "और थोड़ा रोमांटिक धुआँ।"

अधिकारी ने सख़्त चेहरा बनाकर कहा, "Emotionally dutiable items को भी डिक्लेयर करना होता है!"

इनकी प्रेम कहानी में कोलोसेयम था, पर रसोई नहीं; गोंडोला था, पर सब्ज़ी नहीं; सी-प्लेन था, पर किराए का हिसाब नहीं। इस युग का प्रेम रेत पर लिखा नहीं जाता, उसे बुकिंग ऐप पर बुक किया जाता है। वह फ्लाइट का टिकट नहीं, एक रिटर्न गिफ़्ट है जिसमें भावनाएँ EMI पर आती हैं और यादें शेयर मार्केट की तरह घटती—बढ़ती हैं।

दोपहर का सूरज अपनी पूरी चमक में था, लेकिन स्पेन के इस पुराने गार्डन में वह तपिश जैसे कहीं पत्थरों और फूलों के बीच ठहर गई थी। दूर से आती पानी की धीमी कल-कल, नीले आसमान में तैरते सफ़ेद बादल और गार्डन के बीच में फैली लैवेंडर की ख़ुशबू—सब मिलकर एक अजीब-सा सम्मोहन रच रहे थे। आईना पत्थर की बनी बेंच पर बैठी थी, उसके सफ़ेद स्कार्फ़ के छोर हवा में हल्के से उड़ रहे थे। हिमांशु, हाथ में एक छोटी-सी डायरी थामे, उसके सामने खड़ा था। उसकी आँखों में एक निश्चय था—जैसे आज कोई अधूरी बात पूरी करनी हो।

उसने धीरे-धीरे पन्ना खोला और पढ़ना शुरू किया—

“तेरी आँखों के समंदर में उतरना चाहा,
तेरे दिल की हर इक धड़कन को पढ़ना चाहा,
मगर तुझसे मिलन आसान कहाँ था ' आईना,'
जैसे रेगिस्तान में पानी को पकड़ना चाहा।”

आईना ने हल्की मुस्कान के साथ उसकी ओर देखा—“रेगिस्तान में पानी पकड़ने की कोशिश क्यों करते हो, जनाब? कभी सोचा है, वहाँ तो नख़लिस्तान भी मिल सकता है... और शायद मैं वही हूँ।” उसकी आवाज़ में शरारत थी, लेकिन आँखों में एक नर्मी भी।

हवा में जैसमीन की ख़ुशबू और घास पर धूप की सुनहरी परत बिछी थी। हिमांशु कुछ कदम और करीब आया। उसने अगली पंक्तियाँ पढ़ीं—

“तेरी राहों में जलते रहे हम चिराग़ की तरह,
तेरे होंठों पे सजते रहे हम दुआ की तरह,
मगर तूने कभी चाहा न हमें अपनी तरह,
हम तेरे दिल में भी आये तो हवा की तरह।”

आईना ने हँसते हुए कहा, “हवा की तरह आए थे, तो ठहर क्यों नहीं गए? क्या मैं इतनी मुश्किल हूँ कि दिल के दरवाज़े खोलने में आलस आता है?” उसके शब्द जैसे गुलाब की पंखुड़ियों में छिपा कोई काँटा—हल्का चुभते हुए भी मीठा लग रहा था।

गार्डन के बीचोंबीच एक फ़व्वारा था, जिसकी बूँदें धूप में छोटे-छोटे इंद्रधनुष बना रही थीं। उन इंद्रधनुषों की तरह ही हिमांशु की आँखों में भी अब कई रंग झिलमिला रहे थे।

“तू जो हँस दे तो हर ग़म का इलाज हो जाए,

तेरी महफ़िल में बैठूँ तो निआज़ हो जाए,
सौदा कहता है ये चाहत का असर देख ज़रा,
तेरा दीदार ही जन्नत का मिराज हो जाए।"

हिमांशु ने थोड़ी गहरी साँस ली, जैसे शब्दों को और गाढ़ा करना चाहता हो—

"तेरा दीदार हुआ, दिल को सुकूँ आ ही गया,
तेरी बातों का असर जाम-ए-गुलूँ आ ही गया,
हम तो बैठे थे किसी और ख़यालों में मगर,
तेरी आहट से मोहब्बत का जुनूँ आ ही गया।"

आईना ने अपनी उँगलियों से बेंच पर रखी एक गिरी हुई पंखुड़ी को उठाया और कहा, "तो यह सब बस मेरी आहट का असर है? अगर मैं पास बैठ जाऊँ, तो शायद तुम्हें कविताओं से भी आगे कुछ कहना पड़ेगा।" उसकी आँखों में उस वक़्त एक गहराई थी, जो किसी भी कवि के शब्दों से ज़्यादा सच्ची लग रही थी।

बातचीत अब फूलों की पंखुड़ियों और हवा की सरसराहट में घुलने लगी थी। हिमांशु ने अपनी डायरी का आख़िरी पन्ना खोला—

"दिल को दिल से मिलाने का बहाना कर ले,
हमसे मिलने का ज़रा और बहाना कर ले,
तेरी गली में जो गुज़रें तो सजन छुप जाएँ,
ऐसी अदा से ज़रा आज दीवाना कर ले।"

आईना अब मुस्कान नहीं छिपा रही थी। उसने अपनी स्कार्फ़ को थोड़ा ठीक किया, जैसे किसी पुराने वक़्त की राजकुमारियों का सलीका हो और कहा, "तो बहाना मिल गया... आज से, यह गार्डन सिर्फ़ हमारा है।"

उस पल, जैसे पूरा गार्डन उनके लिए थम गया हो। हवा ने पत्तों को हिलाना बंद कर दिया, फव्वारे की बूँदें जैसे हवा में ठहर गईं और दूर गिटार की धुन भी धीमी हो गई। यह वह क्षण था जहाँ शब्द, कविताएँ और सारी रोमांटिक कोशिशें एक मुकम्मल चुप्पी में बदल गईं—और वही चुप्पी, उनके प्यार की सबसे बड़ी गवाही बन गई।

दिल्ली के इंदिरा गांधी अंतरराष्ट्रीय हवाई अड्डे पर उतरते ही एक अलग-सी गंध हवा में थी—जैसे मिट्टी में बसी पुरानी यादें। यूरोप के चमकदार स्टेशन, कैफ़े और पत्थरों से बने चौक अब पीछे छूट चुके थे, पर उनकी परछाइयाँ अब भी मन की सतह पर चमक रही थीं। आईना और हिमांशु चुपचाप खड़े थे, कांच की बड़ी खिड़की से बाहर देखते हुए, जहाँ हल्के कोहरे में रनवे पर नीली बत्तियाँ टिमटिमा रही थीं।

वापसी के दो दिन बाद, दिल्ली की ठंडी सुबह में वे फिर उसी जगह आए जहाँ से उनकी कहानी की शुरुआत हुई थी—लोधी गार्डन। धूप पत्तों के बीच से छनकर घास पर पड़ रही थी और ओस की बूँदें मोतियों की तरह चमक रही थीं।

आईना अपने बैग से एक छोटा-सा फोटो एलबम निकालती है—यूरोप ट्रिप की तस्वीरों से भरा हुआ। "देखो, ये बार्सिलोना के गार्डन की तस्वीर... तुम्हारी वही पंक्तियाँ याद आ रही हैं।"

हिमांशु हँसकर कहता है, "और ये लंदन का रेन... जहाँ तुमने पहली बार कहा था कि शायद तुम मुझसे..." वह वाक्य अधूरा छोड़ देता है।